Catherine Bybee

Bis Mittwoch unter der Haube

Übersetzt von Teresa Hein

Montlake Romance

Die Originalausgabe erschien 2013 unter dem Titel »Wife by Wednesday«
bei Montlake Romance, Las Vegas.

Deutsche Erstveröffentlichung bei
Montlake Romance, Amazon Media E.U. S.á r.l.
5 Rue Plaetis, L-2338, Luxemburg
April 2014

Die Übersetzung dieses Buches wurde durch AmazonCrossing ermöglicht.

Umschlaggestaltung: bürosüd° München, www.buerosued.de
Lektorat: Daphne Grossmann
Satz: Judith Zimmer, Hamburg
Gedruckt durch
Amazon Distribution GmbH
Amazonstraße 1
04347 Leipzig, Deutschland

ISBN 978-1-477-81999-9

www.montlake-romance.de

Eins

»Ich brauche eine Frau, Carter, und zwar am besten gestern.« Blake Harrison war auf dem Weg zu einem Starbucks. Ausgerechnet. Er saß auf dem Rücksitz seiner Limousine und schaute zum zehnten Mal hintereinander auf die Uhr.

Carters überraschtes Auflachen zerrte an Blakes Nerven. »Dann nimm doch eine aus deinem riesigen Fanclub und schlepp sie zum Standesamt.«

Der flapsige Ratschlag seines besten Freundes wäre vielleicht ganz nützlich gewesen, wenn Blake den Frauen in seinem Leben hätte trauen können. Aber leider war dem nicht so. »Und riskieren, dass alles den Bach runtergeht? Du müsstest mich eigentlich besser kennen. Etwas so Wichtiges wie ein Ehevertrag sollte nicht durch Gefühle verkompliziert werden.« Die Zeit drängte – er brauchte diesen Vertrag. Eine rechtlich bindende Vereinbarung. Von diesem Geschäft sollten beide Parteien ein Jahr lang profitieren. Danach konnten sie wieder getrennte Wege gehen und mussten einander nie wiedersehen.

»Ein paar von den Frauen, mit denen du gelegentlich aufkreuzt, würden sicher nur zu gerne einen Ehevertrag unterzeichnen.«

Daran hatte Blake auch schon gedacht. Aber er hatte hart an seinem Ruf als skrupelloser Herzensbrecher gearbeitet und wollte ihn auf keinen Fall gefährden, indem er so tat, als wäre er verliebt, nur damit eine Frau mit ihm die Rathausstufen erklomm. »Ich brauche eine Frau, die sich auf meinen Plan einlässt. Eine, die ich nicht mal ansatzweise anziehend finde.«

»Und du bist dir sicher, dass der Dating-Service dich da weiterbringt?«

»Die Agentur vermittelt keine Dates, das ist ein Eheanbahnungsinstitut.«

»Und wo ist da der Unterschied?«

»Die bringen nicht Leute zusammen, die sich verlieben wollen, sondern Leute, die ähnliche Zielvorstellungen haben.«

»Klingt romantisch.«

»Anscheinend sind die Dienste dieser Agentur sehr gefragt.«

Carter lachte und verschluckte sich prompt. »Tatsächlich?«, prustete er. »Ich kenne keinen anderen Mann mit einem Adelstitel und etlichen Millionen auf dem Konto, der einen Unbekannten damit beauftragt, ihn zu verkuppeln.«

»Der Typ hat jede Menge Referenzen. Er ist ein Geschäftsmann, der Männern wie mir unter die Arme greift.«

»Wie heißt er denn?«

»Sam Elliot.«

»Nie gehört.«

An einer Ampelkreuzung, zwei Straßenecken vom verabredeten Treffpunkt mit dem bewussten Geschäftsmann entfernt, gab es einen gewaltigen Rückstau. Die Uhr tickte, er würde zu spät kommen. Verdammt, wie er das hasste.

»Ich muss Schluss machen.«

»Ich hoffe, du weißt, was du tust.«

»Ich weiß, wie man erfolgreich Geschäfte macht, Carter.«

Sein Freund schnaubte missbilligend. »Ja, richtig. Die Misserfolge hebst du dir für deine Beziehungen auf.«

»Fahr zur Hölle, Carter.« Aber Blake wusste, dass sein Freund recht hatte.

»Sorry, aber ich habe einen wichtigen Termin.«

Durch einen rasanten Spurwechsel schaffte es Blakes Fahrer schließlich bei Gelb über die Ampel. Sein Boss schätzte diesen draufgängerischen Fahrstil. »Lass uns heute Abend etwas trinken gehen.«

Blake beendete das Gespräch mit seinem Freund, ließ das Telefon in die Jacketttasche gleiten und lehnte sich zurück. Schön, er würde unpünktlich sein. Aber Männer in seiner Position konnten locker eine halbe Stunde zu spät kommen. Meist taten die Leute, die er hatte warten lassen, dann, als wäre die Verspätung ihre Schuld. Vom Ausgang dieser Besprechung hing allerdings einiges ab. Um das Anwesen der Familie und das, was vom Vermögen seines Vaters noch übrig war, nicht zu verlieren, musste er noch vor Ablauf der Woche eine Ehefrau präsentieren können. Sam Elliot war seine letzte Rettung.

Den Kontakt hatte ihm sein persönlicher Assistent vermittelt und er konnte nur hoffen, dass dieser Elliot sein Geschäft verstand. Andernfalls musste er vielleicht doch mit Jacqueline übers Heiraten sprechen. Oder mit Vanessa. Jacqueline liebte ihre Unabhängigkeit mehr als sein Geld. Dass sie sich außer ihm noch einen weiteren Liebhaber leistete, warf sie aus dem Rennen um den Ring. Also doch Vanessa. Schön, blond und eigentlich schon auf der Abschussliste, weil sie Wert darauf legte, die Einzige zu sein. Der Gedanke, sie hinters Licht zu führen, behagte ihm nicht. Er war vielleicht ein Mistkerl, aber niemals grausam. Sicher gab es Frauen, die anderer Meinung waren, und die Klatschblätter bezeichneten ihn gelegentlich als selbstverliebt und raffiniert. Wenn die Schreiberlinge herausfanden, was er vorhatte, würden sie es genüsslich breittreten und ins Lächerliche ziehen. Aber einen Skandal konnte er jetzt am allerwenigsten gebrauchen. Die Realität war eine launische Schlampe und er wusste, dass seine Scheinehe echt aussehen musste, um die Anwälte seines Vaters zufriedenzustellen.

Neil brachte den langen schwarzen Wagen vor einem grün-weißen Kaffeehaus zum Stehen und öffnete Blakes Tür. Ohne die Leute zu beachten, die die Hälse nach ihm verdrehten, ging Blake mit der Aktentasche in der Hand durch die Eingangstür. Während er nach Sam Elliot Ausschau hielt, stieg ihm der köstliche Duft frisch gemahlener Kaffeebohnen in die Nase. Blake suchte nach einem Geschäftsmann im Anzug, vor dem ein dicker Ordner mit den Karteikarten von Heiratskandidatinnen auf dem Tisch lag.

Auf den ersten Blick konnte er niemanden entdecken, auf den diese Beschreibung gepasst hätte. Also nahm er die Sonnenbrille ab und sah sich genauer um. An einem kleinen Tisch saß sich ein junges Paar gegenüber. Die beiden nippten an ihren Milchkaffees, ohne den Blick von ihren Laptops zu heben. An einem anderen Tisch sprach ein Mann in Khakishorts und T-Shirt aufgebracht in sein Handy. An der Theke gab gerade ein Paar mit Kinderwagen seine Bestellung auf. Blake ging ein paar Schritte weiter und entdeckte den schmalen Rücken einer Frau mit roter Mähne. Sie tippte hektisch mit der Schuhspitze auf den Boden. Entweder war sie nervös oder sie hörte mit Ohrstöpseln Musik und wippte im Takt. Blake ließ den Blick weiter durch den Raum schweifen. In einem Polstersessel saß ein einzelner, lässig gekleideter Mann Ende vierzig. Anstelle von Karteien hatte er ein Buch vor sich. Blake fixierte ihn mit zusammengekniffenen Augen. Doch der Mann blickte nur flüchtig auf und wandte sich dann wieder seiner Lektüre zu.

Verdammt, vielleicht stand Mr Elliot an derselben verstopften Kreuzung wie er vor ein paar Minuten.

Unpünktlichkeit war nie ein gutes Zeichen bei zukünftigen Geschäftspartnern, ganz gleich, um welche Art von Geschäften es sich handelte.

Wenn Blake die Wahl gehabt hätte, wäre er einfach wieder gegangen.

Er schob sich an der allein am Tisch sitzenden Rothaarigen vorbei, schlug einen Bogen um den Kinderwagen, bestellte sich einen Kaffee und stellte sich auf ein paar Minuten Wartezeit ein. Die Aktentasche legte er auf einen freien Tisch. Als sein Kaffee fertig war, rief der Junge hinter der Theke seinen Namen.

Blake nahm seine Tasse in Empfang und spürte dabei einen bohrenden Blick im Rücken. Neugierig drehte er sich um. Das smaragdgrüne Augenpaar, das ihn musterte, verengte sich reflexartig. Es gehörte der zierlichen Rothaarigen. Sie hörte weder Musik, noch las sie eine Zeitschrift. Sie starrte ihn einfach nur an.

Ihr Blick streifte das kleine Notebook vor ihr, dann sprang er zu ihm zurück. Anscheinend hatte sie ihn erkannt. Diesen Gesichtsausdruck sah er oft, wenn jemand sein Gesicht mit seinem Namen verband. Hier in Kalifornien passierte das nicht ganz so häufig wie zu Hause in Europa, aber Blake wurde auch in den Staaten immer wieder erkannt.

Die Frau wirkte eigentlich ganz harmlos. Bis sie den Mund aufmachte und ihn ansprach. »Da sind Sie ja endlich.«

Fünf Worte. Fünf Worte in einer Stimmlage, die so tief war, dass die Sünde aus ihr triefte. Jede Telefonsex-Telefonistin wäre neidisch gewesen und Blake war sprachlos.

Die Bedeutung von Rotschopfs Worten drang leicht verzögert zu ihm durch. »Wie bitte?«

»Sie sind doch Mr Harrison?«

Die Frage war simpel, aber Blake hatte Mühe, sie zu verstehen. Er antwortete wie ferngesteuert; diese Frau warf ihn völlig aus der Bahn. »Ja, richtig.«

Sie stand auf. Ihr Scheitel reichte genau bis zur Oberkante seiner Schulter. »Sam Elliot.« Sie streckte ihm zur Begrüßung die Hand hin.

Eigentlich stand Blake nie derart belämmert herum. Aber die Frau hatte ihn mit ein paar Worten in einen verlegenen Schuljungen verwandelt. Als er nach ihrer Hand griff, überrollte ihn eine heiße Welle. Der forschende Blick und das ahnungsvolle Lächeln seines Gegenübers wirkten während des Händedrucks einen Sekundenbruchteil lang nicht mehr ganz so souverän. Doch die Handfläche der Frau war kühl, ihr Auftreten beherrscht.

»Sie sind gar kein Mann.« Blake wollte sich ohrfeigen. Das war das Dümmste, was er je zu einer Frau gesagt hatte.

Doch Ms Elliot blieb locker. »Und ich war auch noch nie einer.« Beim Lächeln blitzten ihre perfekten Zähne auf und als sie die Hand zurückzog, vermisste er sie sofort.

»Das passiert mir öfter und meistens ist es für mich von Vorteil.« Sie deutete auf den zweiten Stuhl an ihrem Tisch. »Wollen Sie Platz nehmen, damit wir anfangen können?«

Blake zögerte. Er war nicht sicher, ob er sich setzen und mit der Besprechung beginnen wollte oder ob er verlangen sollte, dass die Frau ihr Geschlecht änderte. Eigentlich hielt er sich nicht für sexistisch, aber er spürte, wie er sich statt auf sein eigentliches Ziel nun auf die Dame in dem eleganten Hosenanzug konzentrierte, die ihm gegenüber die Beine übereinanderschlug. Sam Elliot war die Widersprüchlichkeit in Person und dabei wusste er noch so gut wie nichts über sie.

Er gab ihr zehn Minuten. In dieser Zeit musste sie beweisen, dass sie ihm weiterhelfen konnte. Wenn ihr das nicht gelang, würde er sich nach anderen Möglichkeiten umsehen.

Bevor er sich setzte, öffnete Blake den obersten Knopf seines Jacketts. »Ist Sam eine Abkürzung für Samantha?«

»Ja.« Ohne seinen Blick zu erwidern, zog Samantha einen dünnen Papierstapel aus einer kleinen Aktentasche unter dem Tisch. Das kurze Lächeln, das sie ihm geschenkt hatte, war einer schwer zu deutenden schmalen Linie zwischen ihren Lippen gewichen.

»Nennen Sie sich Sam, um Ihre Kundschaft zu täuschen?«

Die Hand, mit der sie ihm die Papiere zuschob, hielt mitten in der Bewegung inne. »Wenn Sie gewusst hätten, dass ich eine Frau bin – wären Sie dann gekommen?«

Wahrscheinlich nicht. Er musterte sie stumm.

Mit leicht schief gelegtem Kopf fuhr Samantha fort: »Sehen Sie, Mr Harrison, das habe ich mir gedacht. Und jetzt lassen Sie mich raten: Sie haben mir ein Zeitlimit gesetzt. Ich soll Ihnen so schnell wie möglich beweisen, dass ich etwas von meinem Job verstehe. Wie lange habe ich? Zwanzig Minuten?«

»Zehn.« Er biss sich auf die Zunge. Eigentlich hatte er ihr das nicht verraten wollen. Wie schaffte es die Frau mit der Telefonsex-Stimme bloß, dass er sich so verplapperte?

Sie lächelte wieder und sofort schoss ihm völlig ungewollt und überraschend das Verlangen in den Bauch.

»Zehn Minuten«, wiederholte sie. »Um Ihnen detailliert zu erklären, wie ich die perfekte Ehefrau auf Zeit für Sie zu finden gedenke. Ein Geschäftsmann Ihres Kalibers erwartet schnelle, effektive Lösungen ohne emotionalen Ballast, der für Komplikationen sorgen könnte.« Der Blick aus ihren grünen Augen war fest. Ihre kecke, sommersprossige Nase sah über den verlockenden pinkfarbenen Lippen fast zu unschuldig aus. Die erotische 0900er-Stimme sagte: »Liege ich bisher richtig?«

»Voll und ganz.«

»Frauen sind emotional. Deshalb hat Ihr persönlicher Assistent sich überhaupt an mich gewandt. Ich nehme an, es gibt etliche Damen, die ihre Seele verkaufen würden, um Sie heiraten zu können, Mr Harrison. Aber Sie trauen diesen Frauen nicht.«

Normalerweise war er derjenige, der seine Bedürfnisse darlegte. Dass jemand plötzlich den Spieß umdrehte, sollte ihn eigentlich verlegen machen. Aber aus irgendeinem seltsamen Grund konnte er Sam Elliot, die eindeutig kein Mann war, zuhören, ohne dabei das Gefühl zu haben, mit heruntergelassenen Hosen dazustehen. Im Gegenteil. Er fühlte sich zutiefst verstanden. Hier war er richtig. Sie würde sein Problem lösen.

»Woher weiß ich, dass ich einer Kandidatin aus Ihrer Kartei trauen kann?«

»Weil ich die Frauen genauso sorgfältig auswähle wie meine Kunden. Ich führe detaillierte Background-Checks über ihre finanzielle Situation, ihre persönlichen Gewohnheiten und mögliche Leichen im Keller durch.«

»Man könnte meinen, Sie leiten eine Detektei.«

»Ja, der Eindruck könnte entstehen. Aber meine Stärke ist es, die passenden Leute zusammenzubringen.«

Blake faltete die Hände über der Brust und lehnte sich zurück. Er mochte diese Frau und er beschloss, ihr anstatt zehn lieber zwanzig Minuten zu geben.

»Sollen wir weitermachen?«

Er griff nach seinem Kaffee und nickte.

Sam zückte einen Bleistift und drehte die Unterlagen auf dem Tisch zu sich. »Ich stelle Ihnen jetzt ein paar Fragen«, sagte sie. »Dann entscheide ich, ob wir zusammenarbeiten können.«

Blake hob die Augenbrauen. Interessant. »Wie lange habe ich denn, um Sie von meiner Eignung als Kunde zu überzeugen, Ms Elliot?«

Sie lugte unter ihren langen Wimpern hervor. »Fünf Minuten.«

Er rutschte nach vorn. Er war neugierig, was sie in dieser Zeit über ihn herausfinden konnte.

»Sind Sie schon einmal verhaftet worden?«

Er hatte keine Vorstrafen, aber danach hatte sie nicht gefragt.

Wenn er Samantha Elliot anlog, würde sie ihr Notebook einpacken und ihn sitzenlassen, das wusste er. »Ich war siebzehn und der Kerl, dem ich eine verpasst habe, hat meine Schwester angemacht. Das Verfahren wurde eingestellt.« Wie alle Verfahren gegen junge Leute aus seiner gesellschaftlichen Schicht.

»Haben Sie je eine Frau geschlagen?«

Der Muskel in seinem Kinn lockerte sich. »Nein, nie.«

»Hätten sie es gerne mal getan?« Sie musterte ihn aufmerksam.

»Nein.« Gewalttätigkeit gehörte nicht zu seinen Eigenschaften.

»Ich brauche den Namen Ihres engsten Freundes.«

»Carter Billings.«

Sie machte sich eine Notiz.

»Ihr ärgster Feind?«

Mit dieser Frage hatte er nicht gerechnet. »Ich weiß nicht, was ich darauf antworten soll.«

»Dann lassen Sie mich anders fragen: Welche Person in Ihrem Umfeld würde sich wünschen, dass Ihnen etwas zustößt?«

Zunächst ging er im Kopf die Liste einiger Geschäftskontakte durch, die sich über die Jahre vielleicht über den Tisch gezogen gefühlt hatten. Aber keiner von ihnen hatte etwas davon, wenn es ihn nicht mehr gab. Ihm fiel nur eine Person ein, die das womöglich anders sah.

»An wen denken Sie gerade, Mr Harrison?«

Blake nahm einen Schluck Kaffee und spürte ihn dumpf in seinem Magen aufschlagen. »An eine ganz bestimmte Person.«

Samantha sah ihn fragend an.

»An meinen Cousin Howard Walker.«

Ein kaum merkliches Zucken ihres Kiefers, ein leichtes Absacken ihrer Schultern. Abgesehen davon war ihr keine Regung anzumerken. Zu Blakes Erstaunen notierte Samantha Elliot sich den Namen und ließ es dabei bewenden.

Sie behielt das oberste Blatt und schob ihm den Rest der Unterlagen hin. »Füllen Sie das hier bitte für mich aus. Anschließend können Sie mir alles unter der Nummer unten auf Seite acht zufaxen.«

»Habe ich den Test bestanden, Ms Elliot?«

»Ehrlichkeit ist das oberste Prinzip meiner Vermittlungsarbeit und bislang bin ich zufrieden.«

Blake lächelte. »Die Verhaftung hätte ich Ihnen verschweigen können.«

Samantha fing an, ihre Sachen einzupacken. »Sein Name war Drew Falsworth. Sie waren siebzehn Jahre und zwei Monate alt, als Sie ihm bei einem Polomatch an der Privatschule, auf die Sie beide gingen, die Nase brachen. Drew war bekannt dafür, dass er sich immer nur so lange mit einem Mädchen traf, bis es mit ihm ins Bett ging. Danach servierte er es ab und suchte sich die Nächste. Es war schlau von Ihrer Schwester, sich von ihm fernzuhalten. Wenn Sie den Kotzbrocken nicht geschlagen hätten, um Ihre Schwester zu schützen, oder wenn Sie mich angelogen hätten, wäre unser Gespräch sofort zu Ende gewesen.«

»Wie zum Teufel …«

»Ich habe zahlreiche Kontakte und ich bin mir sicher, dass Sie spätestens heute Abend fast alle ihre Namen kennen werden.«

Darauf konnte sie Gift nehmen. Er würde noch auf dem Weg zum Wagen mit seinem persönlichen Assistenten telefonieren.

»Was kostet mich denn Ihr Service, Ms Elliot?«

»Betrachten Sie mich als eine Art Maklerin. Sobald Ihr Anwalt den Ehevertrag aufsetzt, erhalte ich zwanzig Prozent des Betrages, auf den Sie sich mit Ihrer Zukünftigen einigen.«

»Und wenn sie nur ein Taschengeld bekommt?«

»Die Frauen, mit denen ich arbeite, erwarten ein bestimmtes Minimum. Den genauen Betrag finden Sie in diesen Unterlagen.«

»Was ist, wenn sich die Frau nicht an ihren Teil der Abmachung hält? Wenn sie den Vertrag nach einem Jahr anficht?«

Samantha stand auf und zwang Blake damit, sich ebenfalls zu erheben.

»Das wird sie nicht tun.«

»Anscheinend sind Sie sich da ziemlich sicher.«

»Der vereinbarte Betrag – der Anteil der Frau – wird auf ein Treuhandkonto eingezahlt. Falls die Frau später weitere Ansprüche erhebt, werden von dem Geld Ihre Anwaltskosten bezahlt, um sie abzuschmettern. Falls etwas übrig bleibt, gehört es Ihnen. Der einzige Umstand, der daran etwas ändern könnte, wäre eine Schwangerschaft und ein Vaterschaftstest, der beweist, dass das Kind von Ihnen ist. Aber Ärger mit Familiengerichten und Unterhaltsklagen fallen nicht in meinen Tätigkeitsbereich. Darum, dass Ihr Hosenladen geschlossen bleibt, müssen Sie sich schon selbst kümmern, Mr Harrison. Vorausgesetzt, Sie wollen die Ehe tatsächlich nach einem Jahr beenden. Sollten Sie es sich anders überlegen, dann wünsche ich Ihnen alles Gute und Sie können das Kind nach mir nennen.«

Sie hatte wirklich an alles gedacht. Er war beeindruckt. Gelinde gesagt.

»Ich brauche den Schriftsatz bis fünfzehn Uhr heute Nachmittag. Dann erhalten Sie bis spätestens siebzehn Uhr eine Liste mit Kandidatinnen. Wenn Ihr Terminplan es zulässt, können wir für morgen gleich die ersten Treffen vereinbaren.«

Blake bückte sich nach ihrer Tasche und reichte sie ihr.

Sie strich sich eine widerspenstige Locke aus den Augen und hängte sich die Tasche über die Schulter. »Haben Sie sonst noch irgendwelche Fragen, Mr Harrison? Oder ist Ihnen *Eure Durchlaucht* lieber?«

Sie ließ die Anrede provokant von ihrer Zunge rollen. An ihre geradezu hypnotische Stimme konnte er sich gewöhnen.

Er wollte sie unbedingt bald einmal am Telefon hören ... »Wie wär's mit Blake?«

Sam schob sich hinters Steuer. Sobald sie sich unbeobachtet fühlte, konnte sie ein selbstgefälliges Grinsen nicht unterdrücken. Ihr Hintern vollführte einen wenig damenhaften Tanz auf dem weichen Sitzleder. »Wurde ja auch Zeit, verdammt!«, flüsterte sie.

Der attraktive Aristokrat war ihre Eintrittskarte in eine andere Liga. Bei der Gründung von Alliance hatte sie sich vorgestellt, dass Kunden wie Blake Harrison bei ihr Schlange stehen würden: reiche Männer, die eine Ehefrau brauchten, weil das nun mal auf ihrer To-do-Liste stand. Sie suchte Frauen für Männer, die nicht die Zeit oder die Lust hatten, sich auf den Dating-Zirkus einzulassen. Diese Männer wünschten sich nicht die große Liebe, sondern eine passende Gefährtin. Einige wollten auch eine Ehefrau, damit ihre Geliebten sie nicht ständig wegen eines Rings nervten. Bislang hatten ihre Kunden vor allem durch persönliche Empfehlung zu ihr gefunden. Sie hatte inzwischen geschäftlich Fuß gefasst und kam ganz gut über die Runden.

Mit den geschätzten Einnahmen aus dem Harrison-Deal konnte sie den größten Posten ihrer laufenden Ausgaben sicher zwei oder drei Jahre lang bestreiten. Das hoffte sie zumindest.

Harrison brauchte das Geld seines verstorbenen Vaters nicht. Er war selbst millionenschwer. Aber es wäre doch zu schade, wenn ein Betrag, mit dem man ein kleines Land hätte aufkaufen können, in den großen Topf für mildtätige Zwecke fließen oder an den Cousin fallen würde, von dem Blake gesprochen hatte. Bei all den Skandalen, in die Stiftungen und Hilfsorganisationen in letzter Zeit verwickelt gewesen waren, konnte man nie wissen, wo das Geld tatsächlich landen würde oder wer sich damit letztlich die Taschen füllte.

Sam wusste aus erster Hand, dass Spenden oft in obskuren Kanälen versickerten. Harrison stellte allerdings eine besondere Herausforderung dar. Sein Adelstitel konnte zum Problem werden. Sie musste die Kandidatinnen genau unter die Lupe nehmen, um sicher sein zu können, dass sie nicht in den Kleinmädchentraum verfielen, Herzogin zu werden und zu bleiben. Bei Leuten, die in ihrer Kindheit zu viele Disneyfilme gesehen hatten, hatte man mit solchen Spätfolgen zu rechnen. Auch Harrisons blendendes Aussehen machte die Sache nicht leichter. Frauen, die tatsächlich ausschließlich auf sein Geld oder seinen Titel scharf waren, mussten schon blind sein.

Die Fotos, die sie von ihm gesehen hatte, blieben weit hinter der Wirklichkeit zurück. Dass sie zu Männern aufblicken musste, war sie mit ihren eins zweiundsechzig gewöhnt. Aber Blake war mindestens eins fünfundachtzig groß. Und dazu diese athletisch breiten Schultern. Sie hatte Paparazzibilder von ihm gesehen, die an einem Strand auf Tahiti geschossen worden waren. Doch darauf konnte man den durchtrainierten Körper unter dem Anzug nur erahnen. Als er ins Kaffeehaus gekommen war, hatten sich alle Augen auf ihn gerichtet. Anscheinend war ihm das gar nicht aufgefallen. Er hatte sich einfach nur nach Sam Elliot umgesehen. Bei jedem anderen Kunden wäre sie sofort aufgesprungen, aber bei Blake hatte sie einen Augenblick gebraucht, um sich zu fassen. Das energische, kantige Kinn und die umwerfenden grauen Augen hatten sie völlig durcheinandergebracht und ihr Herz einen Schlag lang aussetzen lassen.

Sein Aussehen war ein Problem. Am besten, sie suchte ihm eine Frau, die in einem weit entfernten Land lebte. Länger in seiner Nähe zu sein, würde jedes weibliche Wesen mit einem messbaren Puls in Versuchung führen, mit ihm zu schlafen.

Sam zog das Handy aus der Tasche und rief ihre Assistentin an.

»Alliance – Eliza am Apparat.«

»Hey, ich bin's.«

»Wie ist es gelaufen?« Eliza kam gerne schnell zur Sache.

»Perfekt. Hast du die Kartei durchgesehen und alle angerufen?«

»Ja. Joanne ist die Einzige, die im Augenblick nicht zur Verfügung steht.«

Sam stellte sich die hochgewachsene Brünette vor. »Tatsächlich? Weshalb?«

»Sie hat wohl einen Freund.«

Das konnte tatsächlich ein Hindernis für die Ehe mit einem anderen Mann sein. Ohne Joanne blieben drei passende Kandidatinnen übrig. Wenn Blake nichts gegen schöne Frauen hatte, konnte sie ihm bis Mittwoch eine Ehefrau besorgen. Es war ja erst Montag.

»Pech für sie.«

»Kommst du ins Büro?«

»Ich muss noch etwas erledigen, dann bin ich da.«

»Bringst du uns ein Mittagessen mit?«

Eliza und Sam waren schon vor ihrer Zusammenarbeit befreundet gewesen. »Müsstest du dich nicht um den Lunch kümmern? Ich bin schließlich dein Boss.« Sam lachte.

»Das würde ich gerne. Aber meine Chefin, diese Sklaventreiberin, ist ständig unterwegs und ich muss das Büro hüten.« Das Büro – was für eine Lachnummer. Sams Agentur hatte ihren Firmensitz im Gästezimmer des Stadthauses.

Lachend sagte sie: »Ich bin in einer halben Stunde da.«

»Vielleicht rufst du vorsichtshalber noch bei Moonlight an.«

Sam richtete sich auf. »Warum? Gibt es Probleme?« Ihr Magen fing vor Schreck und Sorge an zu kribbeln. Leider kannte sie dieses Gefühl nur zu gut.

»Nichts Dringendes. Jordan scheint nur keinen rechten Appetit zu haben. Die meinen, du solltest vorbeikommen und mit ihr reden.«

Samantha stieß die angehaltene Luft aus und atmete tief durch. Sie zwang sich, die Schultern locker zu lassen. »Okay.« Der Zwischenstopp in der Pflegeeinrichtung, in der ihre jüngere

Schwester betreut wurde, würde ihre Nachmittagsplanung durcheinanderbringen. Als Jordan das letzte Mal nichts mehr gegessen hatte, war sie wegen einer Infektion im Krankenhaus gelandet. Sam hoffte, dass ihre Schwester deprimiert war und nicht krank. Dass sie so denken musste, machte sie traurig.

Aber so war das nun mal. Depressionen hatten zu Jordans Selbstmordversuch geführt. Sie hatte ihn überlebt, aber einen Schlaganfall erlitten. »Dann wird es sicher ein wenig später. Aber wenn du warten kannst, bringe ich uns etwas zu essen mit.«

»Sag Bescheid, wenn es länger dauert.«

»Mach ich. Danke.«

Sam legte auf, ließ den Wagen an und fuhr zu den Moonlight Villas. Das exklusive Heim kostete über hunderttausend im Jahr. Das war der Grund, weshalb Samantha Blake als Kunden dringend brauchte. Mit dem Zahlen ihrer eigenen Rechnungen war sie bereits um einen Monat im Verzug und die Schecks an Moonlight schickte sie immer ein oder zwei Wochen zu spät ab. Sams größte Angst war, dass ihr das Geld ausgehen könnte und dass sie Jordan in einer staatlichen Einrichtung unterbringen musste. In einem solchen Heim würde man sich nicht ausreichend um sie kümmern und sie würde in kaum einem Monat wundgelegen sein oder an nicht behandelbaren Infektionen leiden. Nein. Bevor es so weit kam, würde Sam lieber in ihrem Auto wohnen.

Sam dachte an den Herzog. Er war die Lösung all ihrer Probleme. Wenn er nicht bis zum Monatsende verheiratet war, würde er dreihundert Millionen aus dem Vermögen seines Vaters verlieren. Der Frau, die mit ihm zum Standesamt ging, musste er eine stattliche Summe überweisen und die Provision für Alliance würde Samanthas Kosten über einen längeren Zeitraum decken. Sam musste nur die Kandidatinnen gut vorbereiten und sicherstellen, dass sie nicht völlig aus dem Häuschen gerieten.

Ein Kinderspiel. Das hoffte sie zumindest.

Zwei

Blake blätterte die Fotos und Datenblätter durch, die Samantha ihm geschickt hatte. Alle drei Kandidatinnen erschienen ideal. Sie waren gebildet, kultiviert und schön. Aber warum zum Teufel suchten solche Frauen über eine Vermittlungsagentur einen Ehemann auf Zeit? Es musste eine Verbindung zwischen ihnen und Miss Kupplerin geben, aber noch hatte Blake sie nicht gefunden.

Kandidatin Nr. 1: Candice … Kein Nachname. Laut Portfolio studierte sie im vierten Semester Jura und schlug sich mit den üblichen Studentendarlehen herum. Sie liebte die schönen Künste und lief in ihrer Freizeit Marathons. Blake schaute sich das Foto noch einmal an. Ihre Ähnlichkeit mit Jacqueline war geradezu unheimlich. Samantha hatte an alles gedacht: Unten auf der Seite listete sie sogar die Maße und das Gewicht der Damen auf. In einer Fußnote stand der Hinweis, dass viele Agenturen alte, mit Photoshop bearbeitete Schulfotos verwendeten. Alliance hingegen aktualisierte die Bilder alle sechs Monate.

Kandidatin Nr. 2: Rita … Wieder kein Nachname. Die Arzthelferin machte gerade einen Vorbereitungskurs fürs Medizinstudium. Sie liebte Segeltörns und verbrachte ihre Zeit gerne an exotischen Orten. Sie war viel gereist, aber aus Sams Unterlagen ging nicht hervor, wie sie sich das leisten konnte.

Kandidatin Nr. 3: Karen … Blake schenkte sich die Mühe, nach einem Nachnamen zu suchen. Er wusste, dass er keinen finden würde. Karen hätte als Model arbeiten können. Ihre strahlend blauen Augen und das schneeblonde Haar waren atemberaubend. Karen studierte nicht und hatte auch kein Studentendarlehen abzubezahlen. Sie leitete eine Art Pflegeheim und betreute außerdem Jungen und Mädchen in einem *Boys and Girls Club*.

Die Frauen waren perfekt. Nur warum wurde Blake das Gefühl nicht los, dass keine von ihnen die Richtige war?

Blake griff zum Telefon. Als sein Assistent sich meldete, sagte er: »Wie sieht's aus, Mitch?«

»Ich warte noch auf ein paar Rückrufe. Aber einige interessante Details über Miss Elliot habe ich schon.«

»Prima. Her damit.«

Blake trat an die raumhohen Fenster seines Büros und sah auf die Stadt hinunter. Sein Transportunternehmen hatte vier verschiedene Standorte, die gut über den Globus verteilt waren. Damit war er der Konkurrenz stets um eine Nasenlänge voraus. Er hatte sein Geschäft aus bescheidenen Anfängen heraus und gegen den Widerstand seines Vaters aufgebaut. Der Wunsch, seinem Vater zu zeigen, dass er es ohne ihn und sein Geld schaffen konnte, hatte Blake immer angetrieben. Dabei musste er zugeben, dass ihm der Name Harrison über die Jahre viele Türen geöffnet hatte. Sein alter Herr hatte inzwischen allerdings das Zeitliche gesegnet und Blake verspürte nicht die geringste Lust, den größten Teil seines Erbes einfach in den Wind zu schreiben.

Nach einem kurzen Anklopfen kam Mitch ins Büro.

Blake wandte sich um und deutete mit dem Kinn auf den Couchtisch in der Ecke. »Lass uns dort rübergehen.«

Mitch setzte sich und breitete die Papiere aus.

»Samantha Elliot, siebenundzwanzig Jahre alt, geboren in Connecticut, Tochter von Harris und Martha Elliot.«

Blake setzte sich. »Warum kommen mir die Namen so bekannt vor?«

»Vielleicht weil Harris vor ein paar Jahren mit Betrug, Unterschlagung und Steuerhinterziehung Schlagzeilen gemacht hat. Vorher lebte er mit seiner Familie in einer Zwanzigmillionen-Dollar-Villa und besaß Feriendomizile in Frankreich und auf Hawaii – der wahr gewordene amerikanische Traum.«

Blake erinnerte sich. Der gewiefte New Yorker Broker hatte Scheingeschäfte betrieben: Er hatte seinen arglosen Opfern Versicherungspolicen für ihre Immobilien und Geschäfte angedreht, aber nie die Absicht gehabt, auch nur einen Dollar auszuzahlen. Blake glaubte, sich zu erinnern, dass es dem FBI nicht gelungen war, ihn wegen Korruption dranzukriegen. Das Genick hatten ihm schließlich seine Steuervergehen gebrochen. Seine Konten waren eingefroren, seine Vermögenswerte beschlagnahmt worden. Die Familie war daran zerbrochen.

»Martha, die Ehefrau, verkraftete den Absturz nicht. Sie hat ein Röhrchen Tabletten geschluckt und das Zeug mit einer Flasche Gin runtergespült. Sie wachte nie wieder auf.« Mitch breitete Samantha Elliots Leben aus wie die Episoden einer Seifenoper.

»Laut Medienberichten versuchte Samanthas jüngere Schwester Jordan, dem Beispiel ihrer Mutter zu folgen. Ihr Selbstmordversuch misslang, aber sie trug einen bleibenden Hirnschaden davon. Samantha hat dieses ganze Schlamassel irgendwie überstanden und versucht zu retten, was zu retten war. Sie musste ihr Wirtschaftsstudium abbrechen, aber anscheinend ist es ihr gelungen, ein bisschen Geld beiseitezuschaffen. Davon bezahlt sie jetzt wohl das Pflegeheim für ihre Schwester.« Mitch holte Luft und legte Blake eine Liste mit Namen vor.

»Was ist das?«

»Das sind Miss Elliots Kontakte. Sie ist in einem ziemlich begüterten Umfeld aufgewachsen, hat entsprechende Verbindungen und ein paar gute Freunde. Die Erwachsenen haben jeden Kontakt zu ihrer Familie abgebrochen, als die Elliots den Bach runtergingen. Aber Samanthas eigene Freunde hielten zu ihr. Auf der Liste stehen außer der Tochter eines Senators auch zwei junge Anwälte, die gerade so richtig durchstarten. Wie sie von deiner Verhaftung vor Ewigkeiten erfahren hat, weiß ich trotzdem nicht. Aber darum kümmere ich mich noch.«

Blake blätterte die Unterlagen durch. Er fand ein Foto der Elliot-Familie aus glücklicheren Tagen. Die vier posierten an

Bord einer Jacht. Martha war spindeldürr, ihre Töchter standen in Badeanzügen neben ihr. Samanthas Haar war zu einem Pferdeschwanz zusammengebunden, wehte ihr aber dennoch ins Gesicht. Jordan war viel jünger als sie. Sie hatte das dunkle Haar und die zarte Statur ihrer Mutter. Dafür hatte Harris gut und gerne zwanzig Kilo zu viel auf den Rippen. Seine Hand lag auf der Schulter seiner Frau und er lächelte in die Kamera.

Fotos konnten täuschen. Blake dachte an ein ganz ähnliches Familienporträt. Wie auf dem Bild der Elliots stand sein Vater darauf hinter seiner Mutter und hatte ihr die Hand auf die Schulter gelegt, während die Hände seiner Mutter sich an die Armlehnen des Sessels krallten, in dem sie saß. Ihre Fingerknöchel traten weiß hervor. Blake erinnerte sich noch gut an den Tag, an dem das Foto gemacht worden war. Er und sein Vater hatten sich über ein Sommerpraktikum gestritten, mit dem Blake seine Chancen auf einen Studienplatz verbessern wollte. Aber Edmund hatte nichts davon hören wollen, dass sein Sohn gedachte, für jemanden zu arbeiten. Und das auch noch ohne Bezahlung. Aus Edmunds Sicht brauchte man eine gewisse Bildung, um etwas darzustellen und damit angeben zu können. Aber Arbeit war für ihn etwas Unanständiges. Solange er es irgendwie verhindern konnte, sollte kein Harrison sich je die Finger schmutzig machen.

»Und ich dachte, meine Familie wäre kaputt«, flüsterte Blake.

»Ich glaube, Miss Elliots Familie schlägt deine um Längen.«

Hier wollte Blake ausnahmsweise einmal nicht der Sieger sein. »Und wo wohnt Samantha?«

»Sie hat sich in Tarzana ein Stadthaus gemietet.«

»Mitbewohner?«

»Schwer zu sagen.«

Mit der nächsten Frage überraschte er sich selbst. »Fester Freund oder Lover?«

Mitch blickte auf. »Keine Ahnung. Aber das lässt sich rausfinden.« Das Handy in Mitchs Tasche klingelte. Er zog es heraus und schaute aufs Display. »Das ist wegen ihrer Schwester«, sagte er, bevor er sich meldete.

Während Mitch telefonierte, studierte Blake die Namen auf dem Blatt Papier in seiner Hand. Samantha hatte viele Freunde. Er fragte sich, ob es darunter welche gab, die ihr finanziell unter die Arme griffen.

Mitch stieß einen leisen Pfiff aus und lenkte damit Blakes Aufmerksamkeit auf sich.

»Okay, danke!«, sagte Mitch. Damit beendete er das Gespräch.

»Was gibt's?«

»Miss Elliot ist dringend auf das Geschäft mit dir angewiesen.«

»Ach ja? Weshalb?«

»Ihre Schwester wird in den Moonlight Villas betreut. Hübscher Name für ein gehobenes Heim für Erwachsene mit schweren Beeinträchtigungen. Die jährlichen Kosten belaufen sich auf eine sechsstellige Summe.«

Blake spürte, wie sich auf seiner Stirn eine Falte bildete. »Und die stemmt Miss Elliot ganz allein?«

Mitch zuckte die Schultern. »Ich habe niemanden gefunden, der sie unterstützt. Ihre Freunde geben ihr sicher den einen oder anderen Ratschlag, aber es gibt keinen regelmäßigen Geldfluss aus irgendeiner Quelle. Ihre Einnahmen stammen allein aus ihrer Agentur.«

Einer Agentur, über die Blake Erkundigungen eingezogen hatte. Inzwischen war er bestens informiert.

»Interessant.«

»Wie ist sie denn so?« Das war Mitchs erste persönliche Frage.

Blake dachte an Samanthas Alabasterhaut und das energische Kinn. Und an ihre Stimme. Verdammt. Allein die Erinnerung daran weckte in ihm den Wunsch, noch einmal mit ihr zu sprechen.

»Sie hat ein sehr professionelles Auftreten«, sagte Blake. »Sie würde dir gefallen.«

Die Fäden in der Hand zu halten, war in ihrem Metier überlebenswichtig. Als Blake Harrison auf einem gemeinsamen Dinner bestand, um die potenziellen Heiratskandidatinnen mit ihr durchzugehen, spielte Sam im Kopf verschiedene Szenarien durch.

Vielleicht hatte er eine der Frauen erkannt oder verband mit einem der Gesichter einen bestimmten Familiennamen. Die Nachnamen ließ sie absichtlich immer weg, damit ihre männlichen Kunden die Vorzüge der Frauen unabhängig von ihrem familiären Hintergrund beurteilen konnten. Sam wusste aus leidvoller Erfahrung, dass viele Menschen zuerst an die Verfehlungen ihrer Eltern dachten, wenn sie den Namen Elliot hörten. Nach dem Skandal hatte sie mit dem Gedanken gespielt, ihren Namen und sogar ihre Haarfarbe zu ändern. Stattdessen war sie schließlich an die Westküste gezogen, wo die Medien sie weitgehend in Ruhe ließen. Die Aufmerksamkeitsspanne der Klatschpresse war kurz. Sobald ein neuer Skandal Schlagzeilen machte, war der vorige vergessen. Allein die Nähe zu Hollywood sorgte dafür, dass ständig jemand anderes im Rampenlicht stand. Deshalb war Sams Gesicht seit der Beisetzung ihrer Mutter nicht mehr in einer Zeitung erschienen.

Wäre Samantha eine Schönheit und auf einen Flirt mit den Medien aus gewesen, hätten die Paparazzi sich sicher an ihre Fersen geheftet. Aber seit sie sich für einen Mauerblümchenlook und ein Dasein als graue Maus entschieden hatte, ließen die Reporter sie in Frieden.

Was wollte Harrison denn besprechen? Vielleicht hatte er sich bereits mit seinem Anwalt in Verbindung gesetzt und brauchte Details, die nicht aus ihren Unterlagen hervorgingen. Als sie mit der Agentur angefangen hatte, hatte sie versucht, an alle möglichen Fallstricke zu denken. Sie zahlte immer pünktlich ihre Steuern – *Danke, Dad!* – und hängte nicht an die große Glocke, wer ihre Informanten und Kontakte waren. Bei ihren Hintergrundchecks und bei den Überprüfungen durch Privatdetektive ging es immer ganz legal zu. Informationen besorgte sie sich am liebsten bei Frauen. Selbstverständlich wusste sie, dass auch Frauen krumme Dinger drehen konnten. Sie war schließlich nicht naiv. Aber Männern zu vertrauen, fiel ihr schwer. In ihrem Leben gab es kaum einen, der sie nicht schon enttäuscht hatte. Genau genommen gar keinen.

Die Sonne war noch nicht untergegangen, als sie auf den Parkplatz des teuersten Strandlokals von Malibu einbog. Dem Einparkservice konnte sie leider nicht entkommen. Bei laufendem Motor stieg Sam aus ihrem kompakten Wagen made in USA. Sie dankte dem Mann vom Parkservice und sah zu, wie er ihr Auto nur ein paar Meter weiter in eine Parklücke steuerte. Zwischen all den Mercedes-Karossen, den Lexus-Limousinen und den Cadillacs wirkte ihr GMC ziemlich mickrig.

Samantha betrat den gediegenen Innenraum des Restaurants und sog den köstlichen Duft von Knoblauch und Kräutern ein. In einem Fünf-Sterne-Restaurant hatte sie zum letzten Mal vor einem Jahr gegessen – mit einer ihrer glücklich verbandelten Kundinnen. Gourmetessen und sonstiger Luxus waren für Sam Geschichte und es gab nur wenig, was ihr wirklich fehlte. Ganz oben auf der Liste stand allerdings ein Essen, das nicht aus der Mikrowelle oder von einem Schnellimbiss kam.

Schon an der Tür steuerte ein Mann auf Samantha zu. »Miss Elliot?«

Seltsam. Er war anders gekleidet als die Kellner. Der Manager vielleicht?

»Ja?«

»Mr Harrison erwartet Sie.«

Der Manager, eindeutig. Samantha folgte dem elegant gekleideten Mann durch das Restaurant. Er führte sie zu einem Separee mit einem atemberaubenden Blick auf den Pazifik. Blake Harrison saß bereits dort. Als er sie sah, erhob er sich.

Wie schon bei ihrem ersten Treffen im Starbucks versetzten seine markanten Züge und die Art, wie er seinen Designeranzug ausfüllte, Sam unter Hochspannung. Er dominierte den Raum allein durch seine Anwesenheit.

Seine Augen glitten an ihr hinab, seine Mundwinkel zuckten nach oben. Sie trug ein schlichtes, aber elegantes Kleid – nicht zu leger, aber auch nichts für den roten Teppich. Blakes Gesichtsausdruck zeigte ihr, dass sie die richtige Wahl getroffen hatte. Selbstverständlich war es ihr nicht darum gegangen, ihm zu gefallen. Aber sie wollte nicht deplatziert wirken, wenn sie neben ihm saß. Als ihre Augen sich trafen, schoss ein heißer Strahl durch ihr Rückgrat.

»Da sind Sie ja endlich.« Er grinste verschmitzt.

Sie machte den Mund auf, bewegte die Lippen wie ein Goldfisch auf dem Trockenen und klappte den Mund wieder zu. »Touché.«

Er lächelte. »Ich habe mir erlaubt, eine Flasche Wein zu bestellen. Ich hoffe, das war in Ordnung.« Blake wartete, bis sie Platz genommen hatte, dann griff er nach der Flasche, die neben ihm in einem Eiskübel stand.

Samantha sah zu, wie er die goldene Flüssigkeit in ein hochstämmiges Glas goss, und gab sich Mühe, ihn nicht wie gebannt anzustarren. »Haben wir etwas zu feiern?«

»Vielleicht.« Er hielt die Flasche über sein eigenes Glas.

Am liebsten hätte sie ihn sofort gefragt, für welche Kandidatin er sich entschieden hatte. Aber er hatte die Frauen ja noch gar nicht persönlich kennengelernt. Er konnte sich also noch keine ausgesucht haben.

Blake hob sein Glas und wartete, dass sie ihres hob. »Auf eine erfolgreiche Geschäftsbeziehung.«

Ihre Hand zuckte. Die Art, wie Blake das Wort *Beziehung* aussprach, ließ bei ihr die Alarmglocken schrillen. Sie stieß mit ihm an, trank einen Schluck Wein und legte dann schnell die Hände in den Schoß, damit er nicht sah, dass sie zitterten.

»Ich hoffe, die Fahrt war nicht allzu nervenaufreibend.«

Okay. Er wollte also nicht wie sie sofort übers Geschäftliche sprechen. Sam beschloss, sich auf ein bisschen Smalltalk einzulassen. »Um diese Uhrzeit ist der Pacific Coast Highway immer ziemlich verstopft.«

»Danke, dass Sie trotzdem bereit waren, mich hier zu treffen.«

»Ich bin überrascht, dass Sie gerade dieses Restaurant ausgesucht haben. Meistens finden meine Geschäftsessen in einem weniger förmlichen Rahmen statt.« Und in einem so romantischen schon gar nicht, wollte sie hinzufügen.

Blake setzte sich bequem zurecht. Sein sündhaft gutes Aussehen machte es Sam fast unmöglich, sich auf den Grund ihres Treffens zu konzentrieren. Es wäre so leicht, sich in die umwerfenden grauen Augen ihres Gegenübers zu versenken und sich von der Wärme seines Lächelns einhüllen zu lassen.

»Eine schöne Frau nur auf ein paar Cocktails in eine Bar einzuladen, liegt mir nicht.«

O Mann. Höchste Zeit, dem Gespräch eine andere Richtung zu geben. Samantha wusste, dass sie nicht im eigentlichen Sinn schön war – eher vielleicht attraktiv. Die Art Schönheit, auf die Männer wie Harrison abfuhren, spielte sich in einer ganz anderen Liga ab. »Das ist wirklich sehr freundlich, Mr Harrison. Aber Sie sollten Ihren Charme nicht an mich verschwenden. Ich nehme an, Sie hatten Gelegenheit, die Unterlagen durchzusehen, die Ihnen meine Assistentin zugefaxt hat?«

Seine Augen verengten sich, aber er sagte kein Wort. Sam schluckte und verschlang die Hände in ihrem Schoß. Sie schaffte es, seinem Blick standzuhalten, und wartete. Mitten in das angespannte Schweigen platzte der Kellner. Der junge Mann erläuterte die Empfehlungen des Tages und Samantha griff nach der Speisekarte. Bei einem Essen mit Kunden verlangte die Etikette, dass sie die Rechnung übernahm, selbst wenn das Restaurant weit jenseits ihrer Preisklasse lag. Sie entschied sich für den Schwertfisch und einen kleinen Beilagensalat und gab sich Mühe, nicht auf die Preise zu schielen. Sie würde mit ihrer Kreditkarte bezahlen und hoffen, dass Mr Harrisons Scheck einging, bevor die Abrechnung fällig war.

Als der Kellner wieder weg war, fragte Blake: »Sagen Sie, Samantha, warum glauben Sie, dass mein Charme an Sie verschwendet ist?«

Ihr Name kam aus seinem Mund wie das zärtliche Streicheln eines Liebhabers – weich und seidig. Sie nahm einen leichten britischen Akzent wahr. Eigentlich hatte sie wegen seines Adelstitels mit einem viel stärker britisch geprägten Englisch gerechnet.

»Wir sind hier, um Ihre bevorstehende Eheschließung mit einer der drei Frauen aus meiner Kartei zu besprechen«, sagte sie. »Und da frage ich mich natürlich, was Sie sich davon versprechen, wenn Sie mich mit Ihrem Charme beglücken.«

»Muss denn immer hinter allem eine Absicht stecken?«

»Im Geschäftsleben auf jeden Fall.« Zumindest in ihrer Welt.

»Und auf privater Ebene?« Er beugte sich vor. Sein Jackett öffnete sich ein wenig und ihr fiel auf, dass er keine Krawatte trug. Die beiden oberen Hemdknöpfe standen offen. Ihr Blick fiel auf seine bronzefarbene Haut.

»Aber wir sind ja nicht hier, um über mein Privatleben zu diskutieren.«

»Da wäre ich mir nicht so sicher. Nachdem Sie mir heute Morgen einen kurzen Überblick über mein eigenes Leben gegeben haben, habe ich ebenfalls ein paar Nachforschungen angestellt.«

Samantha machte sich auf ein vernichtendes Urteil gefasst. Sie versuchte nie, ihre Vergangenheit zu verbergen, aber es konnte durchaus vorkommen, dass die Sünden ihres Vaters sie einen Kunden kosteten. »Um meine Vergangenheit ans Licht zu bringen, muss man nicht tief graben, Mr Harrison.«

»Ich dachte, wir hätten abgemacht, dass Sie mich Blake nennen?«

Vornamen und Gespräche über Beziehungen. Das verhieß nichts Gutes. Samantha nahm noch einen Schluck von ihrem Wein und wünschte sich plötzlich, sie hätte etwas Stärkeres im Glas. »Mein Vater ist ein grauenhafter Mensch, meine Mutter war feige. Das sagt allerdings nichts über meinen Charakter aus oder über die Art, wie ich mein Geschäft führe, *Blake*.«

»Das wollte ich damit auch nicht andeuten.«

Sie hasste den rechtfertigenden Unterton in ihrer Stimme mindestens ebenso sehr wie den Anflug von Mitleid in Blakes Augen.

»Sie haben die Nachnamen der Frauen nicht mitgeliefert. Aus welchem Grund?«

Na endlich. Zurück zum Geschäftlichen. »Ich bin nicht der einzige Mensch auf der Welt, dessen Eltern bei anderen Leuten Stirnrunzeln auslösen. Familiäre Hintergründe können für jede Beziehung eine Belastung sein. Selbst für eine geschäftliche. Indem ich Ihnen zunächst nur Informationen über die Frauen selbst zukommen lasse, sorge ich dafür, dass die Türen nicht vorschnell geschlossen werden.«

»Sind die Frauen allesamt reiche Erbinnen? Oder die Töchter verurteilter Straftäter?«

»Wohl kaum. Aber alle haben die Verbindung zu ihren Familien abgebrochen. Zumindest in finanzieller Hinsicht. Deshalb ist ihnen eine Absicherung auch wichtiger als Liebe.«

Blake drehte sein Weinglas zwischen den Fingern. Zu ihrem eigenen Erstaunen fragte sich Sam, wie es sich wohl anfühlen würde, seine Hände auf der Haut zu spüren, auf den Armen und an den Schenkeln. Als eine heiße Welle ihren Hals flutete, schaute sie schnell beiseite. »Wenn Sie darauf bestehen, verrate ich Ihnen die Nachnamen selbstverständlich. Falls Ihre Entscheidung davon abhängt, müssen Sie sie sowieso erfahren.«

»Halb so wild. Die Frau, der ich einen Vertrag anbieten möchte, habe ich mir bereits ausgesucht.«

Samanthas Kopf schoss in die Höhe, aber der Kellner brachte gerade den Salat. Sie biss sich auf die Lippen und wartete, bis er frischen Pfeffer über ihrem ersten Gang zermahlen und Wein nachgeschenkt hatte. Dabei war sie vor Anspannung und Neugier ganz kribbelig. Wen wollte er haben und warum? Wie konnte er einer Person, die er noch nicht einmal in natura gesehen hatte, die Ehe anbieten? Das war ziemlich krass – selbst für den adeligen Millionär, der ihr gegenübersaß. Oder vielleicht doch nicht? Was wusste sie schon über Blake Harrison? Dass er eine Schwäche für schlanke, langbeinige, aber vollbusige Frauen hatte. Auf jedem einzelnen Foto aus ihren Recherchen hing eine Frau mit Modelmaßen an seinem Arm. Deshalb hatte Samantha die drei schönsten Kandidatinnen aus ihrem kleinen schwarzen Buch herausgepickt – aus ihrem kleinen schwarzen Notebook. Trotzdem blieb die Frage: Wie konnte dieser Mann sich anhand von drei Fotos entscheiden?

»Möchten Sie die Frauen nicht erst kennenlernen?« Dass Bilder ihm offenbar reichten, fand sie plötzlich ziemlich oberflächlich. Wollten Männer wirklich vor allem eine hübsche Verpackung? Die knappe Antwort lautete Ja. Vermutlich war Blake Harrison genauso einfach gestrickt wie der Durchschnittsmann. Das war durchaus denkbar. Dennoch empfand sie so etwas wie Enttäuschung, dass nicht mehr hinter seiner gutaussehenden Fassade steckte.

»Sie meinen die Frauen auf den Bildern?«

Sam schüttelte verwirrt den Kopf. »Selbstverständlich.«

»Nein.« Er griff zu seiner Gabel und kostete den Salat.

Nein? O Mist. Er hatte sich für eine andere entschieden. Die Dollarzeichen, die seit dem ersten Anruf seines Assistenten in Sams Augen geleuchtet hatten, erloschen. »Sie haben eine andere Frau gefunden, die sich von ihnen heiraten lassen möchte?«

»Sie hat noch nicht Ja gesagt. Bis jetzt.« Er aß seelenruhig seinen Salat.

Warum, zum Teufel, war sie eigentlich hier, wenn er ihre Dienste gar nicht in Anspruch nehmen wollte? »Dann ist Alliance für Sie also nur eine Art Plan B?« Vielleicht brauchte er ihre Agentur ja doch. Männer wie er taten nichts ohne Grund.

»Nicht wirklich.«

Samantha ließ die Gabel sinken und fixierte ihn. »Es tut mir leid, Blake. Aber ich kann Ihnen nicht folgen. Heute Morgen haben Sie noch eine Frau gesucht, die sich auf eine Vereinbarung mit Ihnen einlässt. Ist in den letzten Stunden irgendetwas passiert? Oder sind Sie mit den Damen, die ich Ihnen präsentiert habe, nicht zufrieden?«

Blake tat nun nicht mehr so, als wäre ihm im Moment nur sein Salat wichtig. Er legte die Hände neben den Teller. »Die Frauen sind allesamt perfekt. Fast zu perfekt. Mir bleibt aber nicht mehr viel Zeit, mich zu entscheiden. Diese hübschen Damen nacheinander kennenzulernen und mir eine von ihnen auszusuchen, ist ein Luxus, den ich mir nicht leisten kann.« Er zog eine Aktentasche unter dem Tisch hervor, die Sam bislang nicht bemerkt hatte, nahm einen Hefter heraus und schob ihn ihr hin.

»Was ist das?«

»Die Vereinbarung, die mein Anwalt und ich heute Nachmittag aufgesetzt haben.«

Sams Finger juckten. Sie wollte den Hefter aufschlagen. Stattdessen legte sie die Hand darauf. »Was denn für eine Vereinbarung?«

Blakes graue Augen hielten ihre fest. »Ich biete *Ihnen* einen Ehevertrag an.«

Ihr Herz fiel ihr mit einem Plumps vor die Füße. »Ich gehöre nicht zum Angebot von Alliance, Mr Harrison.« Sie schob ihm die Unterlagen wieder hin. Er griff nach ihrer Hand und hielt sie fest. Bei der Berührung jagte ihr das Prickeln, das sie schon bei seinem ersten Anblick am Morgen gespürt hatte, bis hinunter in die Zehen und wieder zurück. Sams Herz schlug schneller, eine Gänsehaut kroch über ihre nackten Arme. Bald spürte sie das Kribbeln überall, obwohl sich nur ihre Hände berührten.

»Jeder Mensch hat einen Preis, Samantha.«

»Ich nicht.« Sie versuchte, die Hand wegzuziehen. Aber er ließ ihre Finger nicht los, gab ihr keine Gelegenheit zur Flucht.

»Ich richte ein Treuhandkonto für Jordan ein. Lebenslang. Dann wäre sie versorgt, selbst wenn Ihnen etwas zustoßen sollte.«

Sams Mund öffnete sich, sie machte schon wieder das Goldfischgesicht. Ein Granateneinschlag in nächster Nähe hätte sie kaum mehr schockieren können. Blake hatte seine Hausaufgaben gemacht, er wusste von Jordan und ihrer besonderen Situation. »Meine Schwester ist erst zweiundzwanzig. Sie könnte hundert Jahre alt werden.« Die Ärzte hielten das zwar für eher unwahrscheinlich, aber es gab auch keinerlei Grund zu der Vermutung, dass Jordan jung sterben würde.

»Und das Heim kostet Sie hundertsechstausend im Jahr. Sicher wird es im Lauf der Zeit noch teurer werden.« Er lockerte seinen Griff, doch sie zog die Hand nicht weg.

»Sie wollen mir acht Millionen geben, damit ich für ein Jahr Ihre Ehefrau werde?«

»Plus zwanzig Prozent. Die verlangen Sie doch als Provision, oder?«

Samantha nickte bedächtig, dann schüttelte sie den Kopf. »Warum ich?«

»Warum *nicht* Sie?« Sein Daumen strich über ihre Hand, aber sie befand sich noch immer in einem Schockzustand.

»Ich bin nicht Ihr Typ.«

»Mein Typ?«

»Groß, blond, umwerfend.«

Sein Lachen holte sie wieder auf den Boden der Tatsachen zurück. Hier ging es um ein Geschäft, nicht mehr und nicht weniger. Blake hatte ihre Hand umgedreht und malte zarte kleine Kreise auf ihre Pulsadern. Okay, vielleicht war ein Ehevertrag doch ein bisschen mehr als ein Geschäft.

Sie zog ihre Hand weg. »Wie müsste ich mir eine Ehe mit Ihnen denn vorstellen?«

»Ihr Leben bräuchte sich nicht wesentlich zu ändern.« Er hob sein Glas an die Lippen. »Ein kurzer Gang zum Friedensrichter, vielleicht sogar in Vegas. In den ersten Monaten müssten wir ein paarmal zusammen in der Öffentlichkeit auftreten, damit die Anwälte meines Vaters zufrieden sind, und mein Cousin ebenfalls. Er hätte nämlich am meisten davon, wenn unser Deal platzen würde. Ich verbringe in etwa so viel Zeit in Europa wie in Malibu. Wir würden uns also nicht ständig auf der Pelle sitzen.«

»Warum suchen Sie sich nicht in Europa eine Frau?«

»Die Paparazzi in Europa sind gnadenlos. Dort gibt es unzählige Zeitschriften nur mit Reportagen über Promis und Adelige. So etwas kennen wir hier gar nicht. Die Nachricht, dass ich geheiratet habe, wäre in den Staaten in kürzester Zeit Schnee von gestern.«

Das Testament seines Vaters verlangte, dass Blake das Vermögen nur erben konnte, wenn er bis zu seinem fünfunddreißigsten Geburtstag verheiratet war und sein unstetes Leben aufgegeben hatte. Nach längeren Verhandlungen hatten die Anwälte sich einverstanden erklärt, Blake nach einem Jahr Ehe alle Vermögenswerte zu überschreiben und dies an keine weiteren rechtlichen Bedingungen zu knüpfen. Das wusste Samantha von ihren Quellen in London.

»Was denn für öffentliche Auftritte?«

»Ein kleines Hochzeitsfest und ein paar Besuche bei Veranstaltungen. Außerdem müssten Sie mit mir nach London kommen und dort in Gegenwart der Anwälte die Dokumente wegen des Titels – *unseres* Titels – unterzeichnen.«

Samantha schluckte. An den Adelstitel hatte sie gar nicht mehr gedacht. »Ich habe keine Ahnung, was eine Herzogin so tut.«

Blake griff wieder zur Gabel und aß weiter. »Ich auch nicht. Ich hatte noch nie eine.«

Samantha musste fast gegen ihren Willen lachen. »Das ist total verrückt.«

»Finden Sie wirklich? Ich halte dieses Arrangement für sehr praktisch und sinnvoll.«

Der Kellner brachte den Hauptgang und zog sich sofort wieder zurück. Samantha dachte an den Rat, den sie Blake am Morgen gegeben hatte: *Darum, dass Ihr Hosenladen geschlossen bleibt, müssen Sie sich selbst kümmern, Mr Harrison*. Vielleicht wollte er sie ja zur Frau haben, weil es ihm leichtfallen würde, einen Bogen um ihr Bett zu machen. Genau so musste es sein. Vielleicht fand er die Frauen, deren Fotos sie ihm geschickt hatte, einfach zu unwiderstehlich.

»Was ist denn?«, fragte er.

An ihrem Pokerface musste sie unbedingt noch arbeiten. »Nichts. Ich … Mir geht nur so viel durch den Kopf. Das kommt alles so plötzlich.«

»Aber Sie sind bereit, darüber nachzudenken.«

»Nur ein Dummkopf täte das nicht.«

»Und wie ein Dummkopf kommen Sie mir nicht vor.« Er spießte mit blitzenden Augen ein Stück Fleisch auf.

Da musste sie ihm Recht geben. »Ich sehe mir den Vertrag morgen an.«

»Wunderbar.«

Drei

Das Flugzeug hatte die Reiseflughöhe erreicht und der Pilot sagte durch, sie könnten während des folgenden fünfundvierzigminütigen Flugs nach Las Vegas die Sicherheitsgurte ablegen. Samantha hatte seit dem Einsteigen nur sehr wenig gesagt.

Sofort nachdem sie eingewilligt hatte, ein Jahr lang seine Frau zu sein, hatte Blake die Reise in die Stadt der Sünde organisiert. Er war der Meinung, eine als romantisch geltende Blitzhochzeit in einer Kapelle im Heiratsparadies Vegas würde auf die Anwälte der Kanzlei Parker und Parker überzeugender wirken als ein kurzer Termin auf dem Standesamt.

Blake löste seinen Sicherheitsgurt und nutzte die Bewegungsfreiheit. Er ging durch die Kabine seines Privatjets und öffnete eine Flasche Champagner. Ihm war nicht entgangen, wie krampfhaft seine Zukünftige die Hände im Schoß ineinanderschlang. Seltsam. Er war derjenige, für den alles auf dem Spiel stand, aber nervös war sie. »Hier, das müsste helfen.« Er reichte ihr eine hohe Champagnerflöte und setzte sich ihr gegenüber in einen dick gepolsterten Ledersessel.

»Bin ich so leicht zu durchschauen?«

»Weiße Fingerknöchel sind ein eindeutiger Hinweis.«

Samantha stürzte die Hälfte des Champagners mit einem Schluck hinunter. »Schauspielerin wollte ich auch nie werden.«

»Aber als Synchronsprecherin würde man sich um Sie reißen.«

Sam zuckte die Schultern. »Das habe ich schon öfter gehört. Ich wünschte, ich würde jedes Mal einen Dollar bekommen.«

Das konnte er sich vorstellen. »Ihre Stimme ist wirklich einzigartig.«

Samanthas Augen huschten von seinen weg. Ihre Wangen wurden rosig. »Ich glaube, diese Ehe kann umso besser funktionieren, je weniger wir aneinander einzigartig finden. Zumindest, was persönliche Belange angeht.«

»Wahrscheinlich haben Sie recht. Aber wir haben uns doch darauf geeinigt, ehrlich zueinander zu sein. Und Ihre Stimme ist nun mal höllisch sexy.« Zu sehen, wie sie sich unter seinem Kompliment wand, war es wert, sich in die Karten schauen zu lassen. Ihre knallroten Wangen waren einfach hinreißend.

Ihr Glas war plötzlich leer. »Ich weiß nicht, ob ich mich bedanken oder Sie bitten soll, auf solche oberflächlichen Komplimente zu verzichten.«

»Autsch.«

»Sie wollten doch Ehrlichkeit.«

Er sah zu, wie sie die hohen Schuhe abstreifte und die Beine auf den Sitz zog. Ihre Finger waren nun nicht mehr ganz so blass. Gegen ihn zu sticheln, machte sie anscheinend ein bisschen lockerer. Er wusste nicht, wie er das finden sollte. »Der einzige andere Mensch in meinem Leben, der mich oberflächlich nennt, ist Carter.«

»Ihr bester Freund?«

»Mein einziger *echter* Freund.«

»Im Ernst? Ich hätte gedacht, ein wohlhabender Mann wie Sie könnte sich vor Freunden kaum retten.«

»Geld zieht Menschen an, nicht Freunde«, sagte er.

»Amen. Ich nehme an, Carter weiß von uns? Von unserem Arrangement, meine ich.«

»Ja, tut er.«

»Und Ihre Freundinnen? Wissen die es?«

Jetzt war er es, der sich wand. Obwohl sie nur eine Scheinehe eingehen würden, fand er es irgendwie unpassend, mit seiner Frau über seine Geliebten zu sprechen.

»Wenn ich es meinen Freundinnen, wie Sie sie nennen, erzählen würde, könnte ich gleich jemanden von der Regenbogenpresse anrufen und denen ein ganzseitiges Interview geben.«

Blake leerte sein Glas und stand auf, um ihnen beiden nachzuschenken.

»Sie trauen ihnen nicht?«

»Nicht in dieser Sache.«

»Wie kriegen Männer das fertig?«

»Was denn?«

»Wie können sie mit Frauen schlafen, denen sie nicht trauen?« Samantha dankte ihm für den Champagner. Diesmal nahm sie nur einen kleinen Schluck und beschloss, langsam zu trinken.

»Man nennt es gegenseitige Anziehung.«

»Man nennt es Lust«, sagte Samantha lachend.

»Ja, auch.« Blake spürte, wie ihm von innen heraus warm wurde. Wann hatte er zum letzten Mal mit einer Frau darüber gesprochen, was Männer antrieb? Nie. Aber es gefiel ihm.

»Was haben Sie denn Ihren … Wie nennen Sie die Frauen in Ihrem Leben? Geliebte? Was haben Sie ihnen denn gesagt?«

Die Bezeichnung Geliebte klang beinahe zu intim. »Bis jetzt gar nichts.«

Sie hob ihre schön geschwungenen Augenbrauen. »Bei den Gesprächen, die Sie noch führen werden, würde ich gerne Mäuschen spielen. *Ach übrigens, Schatz, ich habe am Wochenende geheiratet.*« Samantha lachte über ihren eigenen Witz.

»Ich glaube, so würde ich nicht unbedingt vorgehen.« Er hatte keine Ahnung, wie er es anstellen sollte. Genau genommen hatte er noch gar nicht wirklich darüber nachgedacht.

»Ihnen ist aber schon klar, dass Sie beide verlieren könnten?«

»Woher wissen Sie, dass es zwei sind?« Er schüttelte den Kopf und winkte ab. »Egal. Ihre sorgfältigen Hintergrundchecks hatte ich ganz vergessen. Machen Sie sich keine Gedanken. Sie werden ihnen nie begegnen.«

Samantha legte sich lächelnd eine Hand auf die Brust. »Oberflächlich und ein bisschen naiv.«

Heiliger Strohsack. Musste er sich so etwas wirklich sagen lassen? »Wie bitte?«

»Wenn Sie und ich zusammen wären und Sie plötzlich Knall auf Fall eine andere heiraten würden, würde ich einen Weg finden, die Frau kennenzulernen, die etwas hat, was ich nicht habe. Ich würde mich zwar selbst dafür hassen, es aber trotzdem tun. Frauen sind emotionale Wesen, Mr Har… Blake. Ich selbst stemme mich zwar mit aller Macht gegen diese typisch weibliche Eigenschaft, aber gewisse Impulse lassen sich nun mal nicht unterdrücken. Und ich bezweifle, dass Vanessa und Jackie …«

»Jacqueline«, korrigierte er sie.

»Entschuldigung – dass Vanessa und Jacqueline da völlig anders ticken. Was denken Sie, welche von beiden wird es härter treffen?«

Die Sache mit der Ehrlichkeit ging eindeutig zu weit. Dieser lockere Spaziergang durch sein Privatleben mochte dafür sorgen, dass seine Zukünftige nicht mehr ganz so angespannt war. Aber ihm wurde immer unbehaglicher zumute. Samantha hatte die Füße unter ihr Hinterteil gezogen und wirkte zum ersten Mal, seit sie sich kennengelernt hatten, völlig unbefangen. Das Lächeln auf ihrem Gesicht war echt. Ihre Augen blitzten schelmisch. Viel lieber hätte er sie auf andere Weise in diese Stimmung versetzt und nicht mit einer Diskussion über seine Verflossenen. Genau das waren sie jetzt nämlich: Verflossene. Einen Moment lang überlegte er, was Vanessa und Jacqueline sagen würden, wenn sie von seiner Heirat erfuhren. Bei Vanessa konnte er sich vorstellen, dass sie ihm eine Ohrfeige verpassen und ihn dann stehenlassen würde. Jacqueline war weniger der Typ für dramatische Szenen, aber die Beziehung mit ihr fortzusetzen, war riskant. »Die beiden wussten voneinander.«

»Und welche wollte mehr?«

»Ich kann nicht glauben, dass meine Zukünftige mir solche Fragen stellt.«

»Welche, Blake?« Samantha war gnadenlos.

»Vanessa. Aber ich glaube nicht, dass sie sich mit Ihnen in Verbindung setzen würde. Außerdem lebt sie in London und kommt immer nur für ein paar Tage nach New York.«

»Ah ja. Und Jacqueline pendelt zwischen New York und Spanien.«

Die Stimme des Piloten kündigte den Landeanflug auf den Flughafen in Nevada an. »Sie haben Ihre Hausaufgaben gemacht.« Blake setzte sich neben Sam.

»Ich bin eine Musterschülerin.« Sie sah aus, als wäre sie stolz auf sich.

»Sie sagen mir bitte Bescheid, falls eines Tages eine von ihnen vor Ihrer Tür steht.«

Samantha stellte die Füße auf den Boden und schloss den Sicherheitsgurt. »Sie werden der Erste sein, der es erfährt.«

Der Jet setzte zur Landung an, Samantha schaute aus dem Fenster. Dank des Champagners und ihres Gesprächs sah sie nun nicht mehr aus, als würde sie in letzter Minute aus der Hochzeitskapelle flüchten. Als Blake nach ihrer Hand griff, zuckte sie zusammen. »Meinen Sie, Sie kriegen das noch unter Kontrolle?«

Sam schaute auf ihre Hände und atmete tief durch. »Ich gebe mir Mühe.«

Blake ließ seine Hand auf ihrer liegen und nahm sich vor, das öfter zu tun. Zuckte sie zusammen, weil ihr die Berührung unangenehm war oder weil sie ihr gefiel? Vielleicht gefiel es ihr und das war ihr unangenehm. Wie auch immer, sie würde sich daran gewöhnen müssen.

Während die Reifen über die Landebahn zischten, beobachtete Blake, wie Samanthas Miene sich im Wechselspiel der Gefühle veränderte. Die vollen pinkfarbenen Lippen, die gerade noch gelächelt hatten, waren nun zu einem schmalen Strich geworden. Zu jeder anderen Frau hätte er sich hinübergebeugt und ihre Sorgen weggeküsst. Völlig unerwartet überkam ihn die allergrößte Lust, genau das zu tun. Wie würde sie schmecken? Wahrscheinlich süß vom Champagner. Der Gedanke, dass ihre sexy Stimme in sein Ohr flüsterte, ihn ermutigte, mehr zu tun, als sie nur zu küssen, schoss ihm vom Kopf direkt zwischen die Beine. Nur mit Mühe riss er die Augen von ihren Lippen los und drückte ihre Hand.

Als der Pilot sagte, sie dürften nun die Gurte lösen, drehte Blake sich zu Samantha. »Zum Jawort bereit?«

Sie drehte die Hand und flocht die Finger zwischen seine. »Ach, was soll's. Ich hatte heute sowieso nichts Besseres vor.«

Blake warf den Kopf zurück und lachte.

Nach einer kurzen Limousinenfahrt zum allerneuesten Hotel auf dem Strip stand Samantha Hand in Hand mit Blake am Altar. Während der Zeremonie steckte sie ihm den Ring an, den er ihr zuvor gegeben hatte. Aber als er ihr einen mit Diamanten besetzten vierkarätigen Saphirring auf den Finger schob, schnappte sie nach Luft. »Für meine Herzogin«, sagte er. Selbst dem Pastor blieb beim Anblick des Rings der Mund offen stehen.

Irgendwann zwischen Limousine und Ring wurde Samantha bewusst, dass Blake sie am Ende der Zeremonie wahrscheinlich küssen würde. Warum auch nicht? Sicher wollte er den Eindruck erwecken, er und Sam wären im Liebestaumel nach Las Vegas durchgebrannt. Nur für den Fall, dass die Anwälte den Pastor oder den Zeugen befragten. Anstatt an ihr Eheversprechen zu denken – ein Versprechen, das keiner von ihnen zu halten gedachte –, dachte Sam nur noch an den bevorstehenden Kuss.

Der Raum fühlte sich plötzlich viel zu warm an, ihre Hände wurden feucht. Sie wiederholte die Trauungsformel und hörte, wie Blake ihr die Treue versprach.

»… erkläre ich euch zu Mann und Frau. Sie dürfen die Braut jetzt küssen.«

Sam schluckte.

Sie war kurz davor zusammenzusacken, aber Blake wirkte kühl und beherrscht. Er schlang einen Arm um ihre Taille und sah ihr in die Augen. Seine grauen Augen blitzten, seine perfekten Lippen kräuselten sich zu einem kleinen Lächeln.

Sie befeuchtete ihre Lippen und rang sich ein Lächeln ab. Als er noch näher kam, zog ihr Magen sich zusammen. Blake legte ihr die freie Hand auf die Wange. Kurz bevor sein Mund ihre Lippen berührte, zögerte er. Samantha spürte seinen heißen Atem und schmiegte sich an ihn.

Dann spürte sie seine Lippen. Feucht, fest und berauschend. Wie ein Stromschlag durchzuckte die Berührung ihr Gehirn und ihren ganzen Körper. Damit er sie küssen konnte, musste sie sich selbst in ihren hohen Schuhen auf die Zehenspitzen stellen. Sein Arm drückte sie an sich. Ihre Brüste wurden an seine harte Brust gepresst. Sie schnappte nach Luft und seine Zunge glitt in ihren Mund.

Samantha vergaß den Pastor und die fremden Zuschauer. Sie gab sich einfach nur den Gefühlen hin, die Blake Harrison in ihr weckte. Sie war schon eine Ewigkeit lang nicht mehr geküsst worden und an einen solchen Kuss erinnerte sie sich überhaupt nicht. Vielleicht lag es daran, dass sie sich gerade das Eheversprechen gegeben hatten. Oder es lag ganz einfach an diesem Mann. Vielleicht küssten aber auch alle Herzöge so.

Irgendjemand räusperte sich und Samantha spürte, wie Blake sich zurückzog. Sie sah so etwas wie Verwirrung in seinen Augen. Konnte es sein, dass der Kuss ihm genauso durch und durch gegangen war wie ihr? Sie dachte an die zwei Frauen, denen er nun eine Erklärung schuldig war, und kam zu dem Schluss, dass der Kuss auf ihn nicht dieselbe Wirkung gehabt haben konnte wie auf sie. Blake, ihr Ehemann, war ein rastloser Jäger. Das durfte sie nicht vergessen.

»Meinen Glückwunsch, Mr und Mrs Harrison. Wenn Sie mir nun folgen und die Dokumente unterzeichnen wollen. Anschließend können Sie gleich in die Flitterwochen aufbrechen.« Der Pastor führte sie von der kleinen Kapelle in ein Büro, wo Samantha ihren Namen neben Blakes Namen auf eine offizielle Urkunde setzte.

Und schon war sie eine verheiratete Frau.

Wie er sich seine Hochzeitsnacht genau vorgestellt hatte, wusste Blake nicht. Aber ganz sicher nicht so wie die vergangene. Er hatte die Honeymoon-Suite eines Luxushotels mit Casino gebucht und dort auf der Couch geschlafen. Stundenlang hatte er mitangehört, wie seine Frau nebenan im Schlafzimmer umhergewandert war, bis sie schließlich gegen ein Uhr morgens Ruhe gegeben hatte.

Der Kuss hatte ihn durcheinandergebracht. Eigentlich hatte alles nur Show sein sollen – eine öffentliche Zurschaustellung von Zuneigung, falls die Anwälte danach fragten. Aber seit dem ersten Mal in der Kapelle wünschte er sich sehnlich eine Wiederholung. Samanthas Strahlen und dass sie jetzt seinem Blick auswich, nahm er als Zeichen, dass der Kuss sie genauso heiß gemacht hatte wie ihn. Verdammt, er war scharf auf seine Ehefrau und das war nicht gut. Sie hatten eine reine Zweckehe geschlossen, aber seine Frau schaffte es, ihm ein Lächeln aufs Gesicht zu zaubern. Sie sorgte dafür, dass er sein Playboydasein und sämtliche oberflächlichen Vergnügungen aufgeben wollte.

Er erinnerte sich an ihre Mahnung, er solle seinen Hosenladen geschlossen halten. Wenn er nicht bald für einen gehörigen Abstand zwischen ihm und Mrs Harrison sorgte, konnte er in dieser Hinsicht für nichts garantieren.

Blake räumte das Kopfkissen und die Decke weg, mit denen er sich auf dem Sofa eingerichtet hatte, und wartete darauf, dass genügend Licht in Samanthas Zimmer fiel, um sie zu wecken. Er hatte seinem Büro in London bereits mitgeteilt, dass er sich auf den allerersten Blick in eine Frau verliebt und sie vom Fleck weg geheiratet hatte. Die Nachricht würde sich verbreiten wie ein Lauffeuer. Wahrscheinlich musste er sich in ein paar Wochen noch einmal mit seiner Frau zeigen, damit alle sich davon überzeugen konnten, dass er die große Liebe gefunden hatte. In der Zwischenzeit würde er ein paar Mauern um seine Libido errichten. Um sein eigenes Herz sorgte er sich nicht allzu sehr. Aber wenn er es mit Samantha vergeigte, lief er Gefahr, alles zu verlieren. Dieses Risiko wollte er auf keinen Fall eingehen.

Ein leises Klopfen sagte ihm, dass der Zimmerservice da war.

Blake öffnete die Tür und bat den jungen Mann in der Pagenuniform, das Wägelchen hereinzuschieben. Der köstliche Kaffeeduft betörte seine Sinne und ließ ihm das Wasser im Mund zusammenlaufen. Als der Kellner ihm die Rechnung reichte, öffnete sich die Schlafzimmertür und ein schläfriges Wesen mit dunklen Schatten um die Augen spazierte in einem kuscheligen weißen Bademantel in den Raum.

»Rieche ich etwa Kaffee?« Samanthas Schlafzimmerstimme ging ihm durch und durch. Er stöhnte auf. Selbst der Junge mit dem Frühstückstablett vergaß seine Aufgabe und drehte sich zu der Stimme.

»Ich habe Frühstück bestellt.«

»O gut. Ich bin am Verhungern.« Sams nackte Füße tappten näher, ihre zierlichen Beine blitzten durch den Schlitz im Bademantel.

Dem Kellner fiel die Rechnung aus der Hand und Blake postierte sich als Sichtschutz zwischen ihn und Samantha. Mit rotem Kopf hob der Junge den Zettel auf und reichte ihn Blake. Blake unterschrieb hastig und schob den Kellner aus dem Zimmer.

Bevor er sich umwandte, holte er erst einmal tief Luft und drückte das Rückgrat durch. Doch das half ihm nicht weiter. Die Härchen auf seinem Nacken richteten sich auf. Samantha hob mit einer Hand die silbernen Deckel über den Tellern, mit der anderen hielt sie sich das Haar aus dem Gesicht. Sie war sexy wie die Sünde.

Sie griff zur Kaffeekanne und goss ein. »Wie möchtest du ihn?« Sie waren verheiratet – es war Zeit, zum Du überzugehen.

Blake schloss die Augen und verbannte die nackten Gedanken aus seinem lustentbrannten Hirn. »Schwarz.«

Er setzte sich an den Tisch.

Samantha hantierte stumm am Tablett. Sie reichte ihm seine Tasse. In ihren eigenen Kaffee löffelte sie ein klein wenig Zucker.

Nach dem ersten Schluck sank sie seufzend in einen Sessel. Das kehlige Geräusch jagte Blake einen weiteren Schauer über den Rücken. Er musste verdammt schnell aus Vegas weg, sonst würde er innerhalb kürzester Zeit mit seiner Frau im Bett landen.

Ohne zu ahnen, welche Wirkung sie auf ihn hatte, legte Samantha die Beine auf den Sessel gegenüber. Der Bademantel teilte sich ein wenig, ein Stück ihres Schenkels wurde sichtbar.

Blakes Körper reagierte mit Macht. Seine Härte drückte schmerzhaft gegen seine Hose und er musste seine Sitzposition verändern, damit Samantha nichts davon bemerkte.

»Wie hast du geschlafen?« Sam machte sich nicht die Mühe, ihre Alabasterhaut zu bedecken.

»Ganz ordentlich«, log er. Er zwang sich, nicht auf ihre Schenkel zu starren.

»Wirklich? Ich habe mich die halbe Nacht hin und her gewälzt. Der Ehestand bringt mich doch mehr durcheinander, als ich dachte.«

Wie schwer konnte es sein, ihr zu sagen, dass es ihm genauso ging? Aber das würde sich anhören, als hätte er sich nicht unter Kontrolle, und Blake musste alles in seinem Leben fest im Griff haben. Einschließlich seiner Ehe.

»Sicher wirst du dich schnell daran gewöhnen. Außerdem bin ich bald wieder in London.«

Sie nahm sich ein Stück Toast. »Wann reist du denn ab?«

»Morgen.«

»Morgen?« Sie klang überrascht.

»Vorher bringe ich dich zurück nach L. A. und stelle dich meinen Angestellten und Carter vor.«

Sie knabberte an ihrem Toast. »Wird es denn kein Misstrauen erregen, wenn du so kurz nach unserer Hochzeit verschwindest?«

»Doch, schon möglich. Dagegen müssen wir natürlich etwas tun. Tägliche Anrufe – etwas, womit wir beweisen können, dass wir miteinander reden. Die Anwälte meines Vaters kennen keine Gnade. Als ich auf dem College war, haben sie in seinem Auftrag sogar Privatdetektive angeheuert, damit er immer über meine Verfehlungen Bescheid wusste.«

»Ging das nicht ein bisschen weit?«

»Mein Vater hat sie gut bezahlt. Für jede aufgedeckte Schandtat gab es einen Bonus. Und ich glaube, sein Tod hat daran nicht viel geändert.« Blake wollte im Augenblick nicht noch tiefer in die Familiengeschichte eintauchen. Deshalb fragte er: »Hast du einen Reisepass?«

»Nicht mehr. Das FBI hat ihn eingezogen, als ich zwanzig war. Aber es dürfte kein Problem sein, einen neuen zu kriegen. Fürs Erste ist der fehlende Pass vielleicht eine gute Ausrede dafür, dass ich nicht mit dir reise.«

Jetzt lächelte sie. Der Kaffee hatte ihre Lebensgeister geweckt. Sicher hatte sie den Themenwechsel bemerkt, aber sie hielt sich mit weiteren Fragen zurück.

»Ich beantrage gleich am Montag einen«, setzte sie hinzu.

»Klingt gut.«

»Letzte Nacht, als ich nicht schlafen konnte, habe ich mir überlegt, ob ich meinen Namen ändern soll. Viele Frauen behalten ihren Namen ja auch nach der Hochzeit. Das ist vielleicht unkomplizierter.« Sie nahm sich einen Teller mit Rührei.

Was sie sagte, gefiel ihm nicht. Aber über den Grund würde er später nachdenken. »Wenn wir aus Liebe geheiratet hätten und nicht aus rein rationalen Überlegungen, hättest du dann meinen Namen angenommen?«

»Haben wir aber nicht.«

»Aber was wäre, wenn?«

Sie betrachtete das Familienerbstück, das er ihr gestern an den Finger gesteckt hatte. »Ja, wahrscheinlich schon.«

Er leerte seine Tasse mit einem selbstzufriedenen Grinsen. »Dann ändere deinen Namen. Ich möchte nicht, dass irgendjemand kritische Fragen stellt. Wenn wir den Großteil des Jahres getrennt voneinander verbringen, müssen wir sowieso noch jede Menge Überzeugungsarbeit leisten.«

Sie sah aus, als wollte sie widersprechen. Aber stattdessen seufzte sie: »Ja, vermutlich hast du recht.«

»Ich richte dir vor meiner Abreise ein Konto ein und gebe dir die Schlüssel zu meinem Haus.« Bei dem Gedanken, dass sie in dem flauschigen weißen Bademantel durch sein Haus wanderte, musste er lächeln.

»Das ist nicht nötig.«

»Ganz im Gegenteil.« Er nahm sich Eier, Würstchen und Toast. »Ich kann meine Frau nicht ohne einen Penny sitzenlassen.«

»Schön. Aber ich werde dein Geld nicht anrühren. Jetzt, wo ich weiß, dass Jordan versorgt ist, brauche ich nicht mehr viel. Und ich habe mein eigenes Haus.« Sie kaute langsam und sorgfältig.

»Ich schulde dir immer noch deine zwanzig Prozent. Nimm dir Geld von meinem Konto, Samantha. Ich würde meine Frau niemals kurz halten und ich will nicht, dass die Leute das denken.«

Sie ließ die Hand auf den Tisch sinken. »Ich werde dein Image schon nicht schädigen, Blake.«

»Doch, das wirst du, wenn du einen alten Wagen fährst und bei deinen persönlichen Einkäufen allzu sparsam bist. Ich sage ja nicht, dass du dir eine Jacht zulegen sollst. Aber bitte hol deine Sachen nicht bei irgendwelchen Discountern.« Er stellte sich vor, wie ein Reporter sie bei Walmart fotografierte. Nicht auszudenken.

»Du weißt schon, wie snobistisch sich das anhört, oder?«

»Das ist mir egal. Meine Freundinnen haben ihre Kleider in Designerläden gekauft. Da wird meine Frau doch nicht Jagd auf Sonderangebote machen.« Blake bemerkte, wie sie das Kinn anspannte, und machte sich auf Widerspruch gefasst.

»Gefällt dir nicht, wie ich mich anziehe?«

Au Backe. Er spazierte ohne Bleiweste durch ein Minenfeld. »Das habe ich nicht gesagt.«

»Doch, hast du.«

Er ließ die Gabel sinken. »Du weißt, dass ich recht habe.«

Ihre Lippen zuckten, aber sie widersprach ihm nicht. »Okay.«

»Gut.« *Eins zu null für mich.* Heiliger Strohsack, wann hatte er sich zum letzten Mal mit einer Frau gestritten, weil sie sich weigerte, sein Geld auszugeben? Er spürte, wie seine Lippen sich unwillkürlich zu einem Lächeln verzogen.

»Was ist denn so lustig?« Ihre Augen blitzten vor unterdrücktem Zorn. Sie waren umwerfend.

»Ich glaube, wir hatten gerade unseren ersten kleinen ehelichen Zoff.«

Ihre Schultern sackten nach unten und sie fing an zu lachen. »Sieht ganz so aus.«

»Und ich habe gewonnen«, sagte er.

Samantha fixierte ihn mit einem versengenden Blick. »Glaub bloß nicht, dass das so weitergeht.«

Nein, da machte er sich nichts vor. Sicher würde er nicht aus jeder Auseinandersetzung als Sieger hervorgehen. Aber dass ihm das bei der ersten gelungen war, betrachtete er als Sahnehäubchen auf seiner Hochzeitstorte.

Vier

Sechsundzwanzig Stunden nach ihrem Jawort wurden Samantha und Blake beim Aussteigen aus Blakes Jet von einer Reporterschar erwartet. Zum Glück hatte sie an eine große Sonnenbrille gedacht, hinter der sie den gestressten Ausdruck in ihren Augen verstecken konnte. Die Medienleute benahmen sich noch genau wie damals bei der Verhaftung ihres Vaters. Sie versperrten ihnen den Weg, ließen die Kameras klicken und stellten tausend Fragen.

Blake schob Sam aus dem Flughafen. Dabei schlang er den Arm besitzergreifend um ihre Taille. Mit etwas Glück brach irgendwer in Hollywood demnächst eine Entziehungskur ab und stand dann im Rampenlicht. Andernfalls hatte sie die ganze Paparazzimeute allein am Hals.

Blake fütterte die Reporter im Vorbeilaufen mit Kommentaren wie *meine ganz große Liebe* und *hat mich völlig umgehauen*. Er klang dabei zutiefst aufrichtig. Wenn Samantha nicht Teil der ganzen Inszenierung gewesen wäre, hätte sie ihm selbst geglaubt. Irgendwann drückte er die Lippen an ihr Ohr und flüsterte: »Schlimmer wird es nicht mehr. Also beiß die Zähne zusammen und lächle.«

Sie lachte und wich an ihn geschmiegt einer Autotür aus. Das Foto, das in diesem Moment geschossen wurde, erschien kurz darauf in den Fernsehnachrichten aller wichtigen Kanäle und außerdem in drei Klatschzeitschriften.

Blakes Freund Carter war eine Überraschung. Der blonde, gut aussehende Surfertyp war äußerlich das Gegenteil von Sams

Ehemann. Aber er war genauso wenig wie Blake auf den Kopf gefallen, stand mit beiden Beinen fest im Leben und hatte einen umwerfenden Humor. Er gab Sam seine Handynummer und sagte, sie könne ihn jederzeit anrufen, falls sie Unterstützung bräuchte, wenn Blake gerade nicht da war.

Wie angekündigt gab Blake Samantha den Schlüssel für sein Haus. Die riesige Villa hatte mehrere Terrassen und einige Nebengebäude. Sie lag hoch über Malibu, hatte einen traumhaften Blick aufs Meer und war von einem parkartigen Garten umgeben. Es gab eine Köchin, ein Hausmädchen und ein ganzes Geschwader von Gärtnern. Neil, Blakes Fahrer, führte das Kommando über die Angestellten und wohnte selbst im Gästehaus. Er war ein Bär von einem Mann und hätte sogar einer Footballmannschaft Respekt eingeflößt. Blake verriet Sam, dass Neil auch als sein Leibwächter fungierte.

Kurz nachdem sie ihrem Mann einen guten Flug gewünscht hatte, saß Samantha tief in Gedanken versunken wieder in ihrem Stadthaus. Blakes Heiratspläne und deren zügige Umsetzung waren ein kluger Schachzug gewesen. Sein Reichtum ließ allerdings selbst eine starke Frau wie sie nicht kalt. Sie drehte bewundernd den Ring an ihrem Finger. »Ich will gar nicht wissen, was du gekostet hast«, murmelte sie. In vierundfünfzig Wochen musste sie ihn zurückgeben. Aber in der Zwischenzeit würde sie sich daran erfreuen.

Sie hörte, wie Eliza schrie: »Kein Kommentar!« Dann schlug die Haustür zu.

»Heiliger Strohsack. Wie lange müssen wir das nun aushalten?« Eliza warf ihre Handtasche auf den Couchtisch.

»In ein oder zwei Tagen sind sie wieder weg.«

»Bist du sicher?«

»Alles schon mal erlebt. Unsere Scheidung wird allerdings auch noch mal für richtig viel Wirbel sorgen.«

Eliza ließ die Zeitung auf den Tisch fallen. Sie öffnete sich auf der Seite mit dem inzwischen vertrauten Foto. »Ihr beide seid sehr überzeugend.«

Samantha lächelte. Sie hoffte zwar, dass die Reporter sie bald in Ruhe lassen würden, aber die Bilder, die sie geschossen hatten, gefielen ihr. Immerhin waren es ihre Hochzeitsfotos. »Wir geben ein ganz nettes Paar ab.«

»Nett? Ihr strahlt wie die Honigkuchenpferde.«

»So schlimm?« Sam grinste.

»Schlimmer! Schade, dass ich nicht da war, als er dich hier abgesetzt hat.« Eliza ließ sich auf die Couch plumpsen und legte die langen Beine auf den Couchtisch.

»Hat er gar nicht. Sein Fahrer hat mich hergebracht.«

»Sein Fahrer?« Eliza riss fragend die umwerfenden schokoladenbraunen Augen auf.

»Blake schwimmt im Geld. Warum in aller Welt sollte er selbst fahren?« Samantha sagte das so hochnäsig und blasiert wie irgend möglich. Dann verdrehte sie lachend die Augen.

»Herrje – wie kleinkariert von mir.« Eliza lachte mit.

Das Geschäftstelefon klingelte. Eliza sprang auf und schnappte sich den Hörer. »Alliance.«

Samantha hörte mit einem Ohr zu. Sie betrachtete noch einmal das Foto in der Zeitung. Obwohl Blake ihre etwas kurz geratene Gestalt deutlich überragte, sahen sie zusammen wirklich gut aus.

»Nein, kein Kommentar«, sagte Eliza. »Nein, wir sind kein Escort-Service … Kein Kommentar.« Seufzend legte sie auf.

»Eigentlich hätte ich es wissen müssen.« Sie mussten höllisch aufpassen, dass die Medien Alliance nicht in ein völlig falsches Licht rückten.

»Vielleicht sollten wir uns eine Standardantwort für alle Reporteranfragen überlegen.«

»Gute Idee. Ich werde mir was ausdenken und es mit Blake besprechen.«

Das Telefon klingelte schon wieder und wieder stellte ein Reporter dieselben Fragen. Nach einer Stunde hatten Sam und Eliza die Faxen dicke und zogen den Stecker des Geschäftstelefons. Mit ein bisschen Glück war der Hype bald vorbei. Vielleicht würde die kostenlose Reklame Alliance sogar zu ein paar neuen Kunden verhelfen. Vorausgesetzt sie konnten ihnen Vertraulichkeit zusichern. Solange die Klatschreporter allerdings vor Samanthas Tür campierten, würde sie potenzielle Kunden vertrösten müssen.

»Das ist doch Wahnsinn.« Eliza ließ die Jalousien im Wohnzimmer herunter. Einige Paparazzi hatten von der Straße aus das Fenster ins Visier genommen und drückten bei jeder Bewegung hinter den Gardinen auf den Auslöser.

»Ich stecke uns eine Pizza in die Mikrowelle. Es macht dir doch nichts aus, hier zu übernachten?« Eliza wohnte seit sechs Monaten mit ihrem derzeit aktuellen Freund zusammen. Vorher hatte sie in Sams Gästezimmer logiert.

»Ist das deine Art, mich zu bitten, heute hierzubleiben?«

»Ja, verdammt. Solange die Medienfritzen das Haus belagern, will ich nicht alleine sein. Außerdem würden sie dich sowieso bis vor deine Haustür verfolgen«, sagte Sam.

»In Ordnung. Aber ich darf aussuchen, welchen Film wir uns angucken. Und jetzt sag, dass du Wein im Haus hast.«

»War das schon mal nicht der Fall?« Samantha schaltete das Licht auf der Veranda aus und verriegelte die Haustür. Dann schlüpften die Freundinnen in Jogginghosen und bequeme T-Shirts und machten es sich mit Mikrowellenpizza und einer Flasche Merlot vor dem Fernseher gemütlich.

»Ich habe das Gefühl, dass wir das nun nicht mehr allzu oft tun werden«, sagte Eliza zwischen zwei Bissen.

»Wieso denn?« Sam war gerade dabei, auf ihrem Notebook eine Presseerklärung zu verfassen.

»Du bist jetzt eine verheiratete Frau.«

»Ja und?« Sie wussten beide, dass diese Ehe nur auf dem Papier bestand. Im Augenblick lag Blake wahrscheinlich, ohne einen Gedanken an sie zu verschwenden, im Schlafabteil seines Privatjets.

»Du bist mit einem Herzog verheiratet, Sam. Hast du eigentlich eine Ahnung, was das für ein Knaller ist?«

»›Herzog‹ ist auch bloß ein Titel wie ›Sir‹ oder ›Doktor‹ – nur dass Blake ihn geerbt hat und nichts dafür leisten musste.«

»Der Titel ist nach dem Tod seines Vaters automatisch auf ihn übergegangen, richtig?« Eliza zog die Füße unter ihr Hinterteil und stellte eine Schüssel Popcorn zwischen ihnen auf die Couch.

Samantha nickte.

»Und um auch das Vermögen erben zu können, musste er heiraten?«

»Meistens gehen der Titel und der Besitz zusammen an den erstgeborenen männlichen Nachkommen eines Herzogs oder einer Herzogin. Aber Blakes Vater war ein Kotzbrocken erster Güte. Er hat in seinem Testament verfügt, dass sein Erbe anderweitig verteilt wird, falls Blake nicht bis zu seinem fünfunddreißigsten Geburtstag unter der Haube ist. Einen Großteil würde ein Cousin bekommen, Blakes Mutter und seine Schwester hätten Anspruch auf etwas Unterhalt – der Rest käme wohltätigen Zwecken zugute.«

»Das ist hart. Blakes Vater hat also nicht dafür gesorgt, dass seine Frau in dem Haus bleiben kann, das so lange ihr Heim war.«

»Offenbar nicht.«

Eliza beugte sich vor. »Was für ein Arsch.«

»Blake meint, der Titel ohne das Geld ist wie Königsein ohne Land. Dass ich jetzt Herzogin bin, will mir noch nicht so recht in den Kopf.«

Samanthas Handy klingelte, Blakes Name erschien auf dem Display. Sofort spürte sie ein Kribbeln. »Hey.«

»Ich wollte dich noch erwischen, bevor du ins Bett gehst.« Er klang müde und die Hintergrundgeräusche machten es schwer, ihn zu verstehen.

»Ich dachte, du wärst längst über dem Atlantik. Wo bist du?«

»Ich wurde in New York aufgehalten. Aber in ein paar Minuten geht es los.« Der Tag hatte für sie beide sehr früh begonnen und für Blake war anscheinend kein Ende in Sicht. Samantha hatte fast ein bisschen Mitleid mit ihm.

»Hör mal, die Medienmeute ist völlig außer Rand und Band. Ich dachte, wir sollten so bald wie möglich eine Presseerklärung herausgeben, damit ein bisschen Ruhe einkehrt«, sagte Samantha.

»O je, ist es so schlimm?« Seine Stimme klang besorgt.

»Nein, ich …«

»Ich wünschte, du würdest in mein Haus ziehen.«

»Ich dachte, das hätten wir geklärt? Ich kann gut hier bei mir wohnen bleiben. Dass ich mein Leben nicht gleich komplett auf den Kopf stellen will, werden die Leute mir sicher abkaufen.« Sie hörte, wie im Hintergrund einige Flüge angesagt wurden. »Ich lese dir kurz vor, was ich geschrieben habe: Mr und Mrs Harrison möchten Sie bitten, während der ersten Schritte in ihre gemeinsame Zukunft ihre Privatsphäre zu respektieren. Das Paar wurde von der rasanten Entwicklung seiner Beziehung, die in einer Blitzhochzeit gipfelte, fast ebenso überrascht wie die Öffentlichkeit. Bei einer in Kürze stattfindenden Feier werden Mr und Mrs Harrison sich einem größeren Kreis präsentieren und eine Erklärung zu ihrer spontanen Liebesheirat abgeben.«

»Liebesheirat?« Alles andere war für Blake anscheinend in Ordnung.

»Klingt wirklich ein bisschen kitschig. Ich lasse mir etwas anderes einfallen.«

Blake lachte. »Nein, schon in Ordnung. Das Einzige, was du ändern musst, sind unsere Namen.«

»Wie meinst du das?«

Er war kaum noch zu hören.

»Es muss heißen Lord und Lady Harrison, Herzog und Herzogin von Albany. Hör mal, ich muss los. Ich melde mich morgen früh wieder bei dir. Ruf Carter oder Neil an, wenn du etwas brauchst.« Damit brach die Verbindung ab.

Sam war plötzlich beklommen zumute. Sie hatte das Gefühl, ein Vorhang sei gefallen. »Oh. Mein. Gott.«

»Was ist denn?« Eliza hörte auf, sich Popcorn in den Mund zu schaufeln, und starrte Sam mit großen Augen an.

»Ich fasse das alles einfach nicht.« Herzogin! Sie war tatsächlich eine Adelige. Das Gewicht des Titels erdrückte alle anderen Gedanken.

»Du hast meine Kreditkarte nicht benutzt.« Das waren drei Tage später Blakes erste Worte.

Samantha joggte gerade am Strand entlang und hatte einen Stöpsel im Ohr. Ihre Haustür befand sich nicht mehr im Belagerungszustand, aber sie bekam immer noch viele Anrufe von Reportern. Sie hatte Eliza ein paar Tage frei gegeben und flüchtete aus dem Stadthaus, wann immer sie konnte.

»Dir auch einen wunderschönen guten Morgen.« Sam drosselte ihr Tempo, damit sie besser reden konnte.

»Du schnaufst ja so. Was machst du denn?«

»Ich jogge.«

»Oh.« Er klang überrascht. »Was ist das für ein Geräusch?«

»Der Wind. Ich bin am Strand.« Sie schlug einen Bogen um ein paar Felsbrocken.

»Ist die Gegend sicher? Ist jemand bei dir?«

Sie lachte. »Dieser Strand ist sicher, großer Beschützer. Und nein, es ist niemand bei mir.« Hinter dem flapsigen Ton verbarg sie ihre Freude darüber, dass er sich Gedanken machte. Sam wusste nicht, wie lange es her war, dass es jemanden gekümmert hatte, ob sie alleine joggte oder nicht. »Aber sicher rufst du nicht an, um mit mir über mein Fitnessprogramm zu diskutieren. Was gibt's?«

»Ich wollte fragen, ob du die Formulare für den Reisepass ausgefüllt hast.«

»Ich habe am Dienstag geschlagene sechs Stunden auf diversen Ämtern verbracht. Namensänderung, Passantrag, das volle Programm. Ich habe denen gesagt, es sei eilig. Aber sie meinten, ein Pass dauert mindestens zehn Arbeitstage.«

Ihr Haar war feucht vom Morgennebel und klebte ihr im Gesicht. Am Strand war nur eine Handvoll Jogger unterwegs und draußen vor der Landzunge tummelte sich etwa ein Dutzend Surfer im Wasser. Hierher schaffte sie es höchstens einmal die Woche. An den anderen Tagen rannte sie durch ihr Wohnviertel. Allerdings wurde die Gegend seit einiger Zeit immer zwielichtiger, sodass sie gelegentlich mit dem Auto zu einem sichereren Pfad oder Park fuhr. Unwillkürlich fragte sie sich, wie wohl der Strand in der Nähe von Blakes Haus aussah.

»Zehn Tage? So lange können wir nicht warten. Ich rufe mal dort an. Vielleicht lässt sich ja etwas machen.«

»Ich habe schon die Eilgebühr bezahlt. Sonst hätte es mindestens einen Monat gedauert. Sie meinten, schneller ginge es wirklich nicht.« Samantha schnaufte nun heftig, lief aber weiter.

»Ich kümmere mich darum.« Dass er das Kommando an sich riss, amüsierte sie.

»Schlägt irgendjemand je dem großen, mächtigen Blake Harrison etwas ab?«, flachste sie.

»Nur du. Warum bist du nicht shoppen gegangen? Ich habe dir doch gesagt, du sollst dir etwas gönnen.« Irgendetwas ging ihm gegen den Strich. Das hörte sie seiner Stimme an.

»Lass mich raten: Du hast ein Foto von mir in der Regenbogenpresse gesehen. Altes Shirt? Verwaschene Jeans?«

Er schien zu zögern.

»Oder ist es was anderes?« Sie fing an zu lachen und musste stehenbleiben und nach Luft schnappen. »Komm, Blake. Raus damit.«

»Geh einkaufen, Samantha. Auf unserer Hochzeitsfeier werden alle möglichen Würdenträger und einige sehr einflussreiche Persönlichkeiten zu Gast sein. Wir werden ins Theater gehen, zum Polo und so weiter.«

»Und du meinst, da soll ich meine abgeschnittenen Jeans im Schrank lassen?« Sam hatte vom Lachen schon Tränen in den Augen.

»Sogar ich habe *Pretty Woman* gesehen. Geh shoppen!«

Bei dem Gedanken, dass er einen solchen Mädelsfilm über sich hatte ergehen lassen, prustete sie sofort wieder los. »Ich hoffe, die Lady war es wert.«

»Welche Lady denn?«

»Diejenige, die dich in den Film geschleppt hat.«

Er lachte. Bei dem Geräusch sah sie seine markanten Züge und seine grauen Augen vor sich. »Das war meine Schwester.«

»Ah ja.«

»Sie hatte eine Wette gewonnen und ich musste sie zu dem Film einladen. Wettschulden sind Ehrenschulden.« Er klang inzwischen entspannter. Das passierte im Lauf ihrer Telefongespräche häufig und Sam merkte plötzlich, wie sehr sie sich immer auf seine Anrufe freute. »Bist du stehengeblieben?«, fragte er.

Samantha ließ den Blick über den menschenleeren Strand schweifen, stemmte eine Hand in die Hüfte und stieß den Atem aus. »Ja«, schnaufte sie.

Blake stöhnte.

»Was ist?«

»Willst du eine ehrliche Antwort?«

»Immer.« Sie drehte sich in die Brise und zwang sich, ruhiger zu atmen.

»Dein heftiger Atem und dazu noch deine Stimme – ich kann kaum noch stillsitzen.«

Samanthas Herz machte einen Sprung. Sie saugte an ihrer Unterlippe. »Dann sage ich dir jetzt besser nicht, was ich anhabe. Sonst platzt deine prickelnde Fantasie wie eine Seifenblase.«

Er lachte. »Ich bin sicher, irgendwo lauern die Paparazzi, und ich habe spätestens morgen früh sowieso ein Foto von dir auf dem Schreibtisch.«

Sam sah sich um, entdeckte aber niemanden mit einer Kamera. »Vielleicht.«

»Ach übrigens, ich habe versucht, dich zu Hause zu erreichen. Aber mit dem Telefon stimmt was nicht.«

»Die Leitung rauscht derzeit fürchterlich. Der Reparaturservice ist schon bestellt. Ich habe jetzt Anruferkennung, damit ich die Reporter aussortieren kann.« Sam machte kehrt und joggte gemächlich zum Auto zurück.

»Gute Idee. Ich rufe dich morgen wieder an.«

Sie lächelte und sagte schelmisch: »Ach, Blake?«

»Ja?«

Sam ließ ihre Stimme noch tiefer klingen und atmete schwer. »Mir ist furchtbar heiß und der Schweiß läuft mir über den ganzen Körper.«

»Grrrrrr.« Ihr Ohrstöpsel vibrierte.

Als Blake aufgelegt hatte, fragte Samantha sich, ob es klug war, mit ihm zu flirten. Aber sie hatte vom Lächeln schon fast dauerhafte Grübchen im Gesicht. Deshalb schob sie ihre Bedenken beiseite und beschloss, einfach zu genießen, dass ein Mann Interesse an ihr als Frau zeigte.

Selbst wenn es sich dabei um ihren Ehemann handelte.

Die Umgebung des Stadthauses wirkte regelrecht verlassen. Anscheinend hatten die Reporter aufgegeben. Zumindest sah sie keine mit Kameras behängten Mittvierziger hinter Büsche abtauchen oder mit Teleobjektiven an der Ecke lauern. Sam ging ins Haus, warf die Schlüssel auf das Tischchen am Eingang und machte sich auf den Weg zur Treppe.

Als es an der Tür klingelte, kehrte sie um und öffnete sie wie gewohnt. Zu spät fiel ihr ein, dass sie auf diese Art sicher jemandem zu einem unvorteilhaften Foto verhalf. Blake würde morgen darüber den Kopf schütteln.

Aber die Person auf der Schwelle war kein Reporter oder Fotograf auf der Jagd nach einem Foto und ein paar Dollar.

Es war viel schlimmer: Vor der Tür stand Vanessa.

Die Frau, die Sam fixierte, war das genaue Gegenteil von ihr. Ein derart intensives Blond konnte man nicht in Tuben kaufen.

Das helle Haar umrahmte ein Gesicht mit hohen Wangenknochen und umwerfenden blauen Augen. Ein exquisiter Seidenrock, der sicher nie auf einer Stange in einem Kaufhaus gehangen hatte, umspielte Vanessas lange Beine.

Blake hatte einen guten Geschmack, das musste man ihm lassen.

»Sie wissen, wer ich bin.« Vanessa van Buren war nicht die Art sitzengelassene Geliebte, der Samantha zugetraut hätte, bei ihr aufzukreuzen. Von jemandem wie ihr hätte sie eher giftige Blicke aus der Distanz erwartet. Aber einfach an ihre Haustür zu klopfen – dazu gehörte schon etwas. Ein Besuch der aufbrausenden, temperamentvollen Jacqueline hätte Sam weniger überrascht.

»Und Sie wissen, wer ich bin.«

Vanessa musterte Sam von oben bis unten, dann kräuselte sie hämisch die Lippen. Vanessa trug Gucci, Samantha Klamotten vom Wühltisch. Lange vor dem Skandal um Sams Vater hatte eine Freundin ihr den guten Rat gegeben: »Wenn du in die Schlacht ziehst, dann nur mit einem Waffenarsenal.« Samantha und eine Rivalin aus der Highschool hatten sich damals für denselben Jungen interessiert. Von diesem Tag an war Samantha nie wieder ohne komplettes Make-up und mindestens ein Designerstück am Leib aus dem Haus gegangen.

Sie betrachtete ihre Baumwollshorts und das T-Shirt mit dem Aufdruck LÄUFER L(I)EBEN LÄNGER und hätte sich am liebsten die Haare gerauft.

»Wollen Sie mich nicht hereinbitten?«

Träum weiter, Baby. »Ich wüsste nicht warum.«

Vanessa machte unbeirrt einen Schritt nach vorn und schob sich an Samantha vorbei. Um sie daran zu hindern, hätte Sam sie festhalten müssen. Aber das Bild, das die Zeitungen dann drucken würden, würde weder ihr noch Blake gefallen.

Samantha schloss die Tür und baute sich vor Vanessa auf. »Bis hierher und nicht weiter.«

»Keine Angst, es dauert nicht lange.« In Vanessas Stimme schwang unterdrückte Wut, ihr Blick schweifte durch den Raum.

»Was findet Blake bloß an Ihnen?«

Sam verschränkte die Arme vor der Brust. »Sind Ihre Krallen immer ausgefahren oder ziehen Sie sie nachts manchmal ein?«

»Nett. Wissen Sie, dass wir erst vor zwei Wochen zum letzten Mal miteinander geschlafen haben?«

Samantha lagen mehrere Antworten auf der Zunge. Aber sie schluckte sie ungesagt hinunter. »Blake und ich wollten niemandem wehtun.« Sam gab sich die allergrößte Mühe, sich Blake und Vanessa nicht zwischen den Laken vorzustellen.

»Blake tut allen Menschen weh … früher oder später. Das werden Sie sicher bald herausfinden.«

»Ich glaube, Sie gehen jetzt besser.« Samantha wusste nicht, wie lange sie noch höflich bleiben konnte. Vor ihr stand keine liebeskranke Frau, sondern eine Schlange, die gleich vorschnellen und zubeißen würde.

»Weiß er von Ihrem Vater? Von Ihrer unrühmlichen Familiengeschichte, Ihrer geheimen Vergangenheit?«

Samanthas Kiefer spannte sich. Sie grub die Nägel in die Arme. »Blake weiß alles.«

Vanessa musterte sie kühl. »Wirklich alles? Sind Sie sich da ganz sicher?«

Sam hatte nichts zu verbergen. Zumindest fast nichts. Ihre Schuldgefühle, was den Niedergang ihrer Familie betraf, gingen niemanden etwas an. »Sie hören sich an wie eine sehr verzweifelte Frau, Vanessa. Diese Rolle steht Ihnen nicht.«

Vanessas Feixen fiel in sich zusammen. »Verzweifelt? Ich? I wo! Das gilt doch wohl eher für Sie: Sie sind geradezu ein Paradebeispiel der Verzweiflung.«

»Ding, ding. Diese Runde ist offiziell beendet.« Samantha hielt die Haustür weit auf. Im Moment war es ihr völlig egal, wer sie knipste. »Und jetzt raus hier. Oder Ihre Pradas machen Bekanntschaft mit meinen Nikes.«

Samantha schlug das Herz bis zum Hals. Sie hatte tatsächlich gute Lust, kräftig zuzutreten.

»Vorsicht. Sie wissen nicht, mit wem Sie sich da anlegen.«

Samantha rückte so nahe an Vanessa heran, dass sie sich beinahe berührten. »Und Sie haben keine Ahnung, wozu ich fähig bin, Teuerste. Als Blake mir von Ihnen erzählt hat, taten Sie mir ein kleines bisschen leid. Aber das war offenbar Zeitverschwendung. Ich frage mich, wie er überhaupt mit Ihnen zusammen sein konnte.«

Vanessas Augen schossen Giftpfeile ab, doch sie machte auf den hohen Absätzen kehrt, setzte sich eine dunkle Brille auf und stakste zu einem roten Sportwagen.

Samantha wollte die Tür zuknallen. Aber damit hätte sie nur gezeigt, wie sehr ihr die Begegnung mit Blakes gehässiger Ex unter die Haut ging. Deshalb schloss sie die Haustür ganz ruhig und lehnte sich von innen dagegen. Ihre Hände begannen zu zittern, das Blut jagte ihr durch die Adern.

Sie hörte, wie die Reifen den Splitt am Straßenrand spritzen ließen. »Bezaubernd.« Sam drückte sich von der Tür ab und griff nach ihrer Handtasche. Sie wollte jetzt nicht reden, deshalb schrieb sie nur eine SMS.

Ich hatte recht. Kriege ich jetzt einen Preis?, textete sie an ihren Ehemann.

Während sie auf die Antwort wartete, schloss sie die Haustür ab und ging hinauf zur Dusche.

Auf der obersten Stufe summte das Handy.

Was ist passiert?

Habe grade deine blonde Viper kennengelernt. Sehr hübsch. Aber was hast du bloß an ihr gefunden, außer …? Weil Sam ihrer Stimme noch immer nicht traute, setzte sie hinzu: *Dusche jetzt. Bis später.*

Sam warf das Handy aufs Bett und ging ins Bad. Langsam beruhigten sich ihre Nerven. Sie betrachtete sich im Spiegel. Nach dem Lauf im Morgennebel war ihr Haar eine Katastrophe und ihre Wangen sahen aus wie rotgerubbelt. »Schauerlich.«

Nebenan klingelte das Handy.

Sie kümmerte sich nicht darum.

Samantha zog sich das Shirt über den Kopf und warf es in den Wäschekorb. Die Worte ihrer Highschool-Freundin klangen ihr in den Ohren: *Nie ohne Waffenarsenal.*

»Weißt du was, Blake? Ich glaube, ich gehe doch mal mit deiner Kreditkarte in die Stadt.« Wenn plötzlich Frauen wie Vanessa vor ihrer Tür standen, musste sie sich tatsächlich fürs Schlachtgetümmel rüsten. Schließlich war sie mit dem sprichwörtlichen goldenen Löffel im Mund zur Welt gekommen und kannte die Spielregeln. Nur aufs Mitspielen hatte sie keine Lust mehr gehabt.

Bis jetzt.

Fünf

Blake rieb sich zum x-ten Mal an diesem Tag mit den Händen übers Gesicht. Samanthas SMS machte ihm Sorgen und er bekam sie nicht ans Telefon.

Was zum Teufel war in Vanessa gefahren? Was hatte sie zu seiner Frau gesagt? Nach kaum einer Woche Ehe musste er sich bereits den Kopf darüber zerbrechen, wie er Begegnungen zwischen seiner Angetrauten und seiner Geliebten verhindern konnte. Seit Samantha seinen Ring trug, hatte Blake noch nicht mit Vanessa gesprochen. Er hatte versucht, sie anzurufen. Aber als ihre Haushälterin gesagt hatte, ihre Chefin würde keine Anrufe von ihm entgegennehmen, war er davon ausgegangen, dass sie einander nichts mehr zu sagen hatten.

Jacqueline hatte ihm nur eine eisige »Melde dich, wenn du sie satthast«-SMS geschickt.

Was hatte das Wort *Viper* zu bedeuten? Sicher nichts Gutes.

Wenn nicht fast ein ganzer Tag Flugzeit zwischen ihnen gelegen hätte, hätte er schon in der Maschine gesessen. Aber er beschloss, erst einmal nichts zu überstürzen. Seine Rückkehr in die Staaten war für Sonntagabend geplant. Er wollte seine Frau abholen und mit ihr nach Europa fliegen.

Wenn Samantha bis dahin ohne ihn klarkam, würde es dabei bleiben. Gleichzeitig war der Gedanke, sie vielleicht doch schon früher wiederzusehen, ziemlich reizvoll. Er merkte, wie sehr ihre Telefongespräche seine Laune hoben. Das überraschte ihn. Sicher flirtete es sich deutlich weniger entspannt, wenn sie sich auf demselben Kontinent befanden. Aber solange ein ganzer Ozean zwischen ihnen lag, fühlte er sich sicher. Vielleicht konnte er sich Sam deshalb ein wenig öffnen. Mit Frauen hatte er sein Leben lang immer nur gespielt. Erst lockte er sie an, was nie schwierig war. Dann verführte er sie. Ein Zeitlimit hatte er sich zwar nie gesetzt, aber er hatte bislang auch keinen Wert darauf gelegt, dass die Beziehungen länger dauerten als sechs Monate oder ein Jahr. Normalerweise verlor er schon viel früher das Interesse. Monogamie kannte Blake nur vom Hörensagen. Das gehörte zu den wenigen Dingen, in denen er seinem Vater nachschlug.

Samantha musste er nichts vormachen. Zum ersten Mal in seinem Erwachsenenleben gab ihm Ehrlichkeit im Umgang mit dem anderen Geschlecht ein Gefühl von Sicherheit.

Sein Handy piepte. Er hatte eine SMS bekommen.

»Sam.« Er flüsterte ihren Namen, griff hoffnungsvoll nach dem Telefon.

Die Nachricht war nicht von ihr.

Seine Bank informierte ihn, dass die Kreditkarte, die er seiner Frau gegeben hatte, belastet worden war.

Vielleicht war Vanessas Besuch doch zu etwas gut gewesen. Schmunzelnd betrachtete er die Summe, die ihm in Rechnung gestellt wurde, und dachte dabei an Samanthas Bemerkung, Frauen seien emotionale Wesen. Anscheinend galt das auch für sie.

Durch dramatische Einschnitte im Leben entwickelte man für gewisse Dinge einen siebten Sinn. Samantha glaubte das jedenfalls felsenfest und sie selbst hatte in ihrem kurzen Dasein bereits genügend Dramen für zwei Leben hinter sich.

Die kamerabewehrten gestrandeten Reporterexistenzen hatten sich inzwischen einem abgestürzten Sternchen zugewendet, das wegen Drogenbesitz und diversen Ordnungswidrigkeiten im Knast gelandet war. Die frischgebackene Herzogin in den Niederungen von Tarzana war im Augenblick zum Glück vergessen. Dennoch wurde Samantha das ungute Gefühl nicht los, beobachtet und verfolgt zu werden.

Und langsam fand sie das mehr als lästig.

Das letzte Jahr, das ihr Vater in Freiheit verbracht hatte, war für sie schon fast wie ein Knast gewesen. Immer wieder waren auf dem Campus neue Studenten aufgekreuzt, die nie zu irgendwelchen Vorlesungen gingen, ihr aber ständig über den Weg liefen. Dunkle Limousinen folgten ihrem Cabrio und parkten in der Nähe der Bistros und Kneipen, in denen sie sich mit Freunden traf, und das Telefon in ihrem Haus machte ein Klickgeräusch, sobald eine Verbindung zustande kam. Am Ende zog sie sich nur noch im Badezimmer oder in ihrem begehbaren Kleiderschrank um, um sicher sein zu können, dass niemand sie beobachtete.

Blake hatte ihr nicht näher erklärt, wer ihr Eheleben im Lauf des kommenden Jahres im Auge behalten würde. Sie wusste nur, dass jemand damit beauftragt war. Wenn sie gemeinsam auftraten, mussten sie überzeugend wirken, und wenn sie voneinander getrennt waren, musste es aussehen, als würden sie einander vermissen. Sicher rief Blake sie nur deshalb täglich an. Er wollte, dass die Gespräche auf den Verbindungsnachweisen auftauchten.

Samantha versicherte Blake, dass sie Vanessas Besuch gut weggesteckt hätte. Das war vermutlich die einzige Halbwahrheit, die sie ihm bislang aufgetischt hatte. Er musste ja nicht unbedingt wissen, wie verunsichert sie tatsächlich war. Die Kreditkartenrechnung sprach eine ganz andere Sprache. Sam hatte sich Julia Roberts' Filmfigur zum Vorbild genommen und Designerkostüme, -kleider, -schuhe und -handtaschen gekauft. Einen halben Tag hatte sie mit Maniküre, Pediküre und einer Gesichtsbehandlung in einem Kosmetiksalon verbracht. Danach war sie zum Friseur gegangen. Ein paar breitkrempige Hüte und dunkle Sonnenbrillen dienten ihr inzwischen als Verkleidung. Aber dennoch hatte sie das unheimliche Gefühl, dass überall Augen auf sie lauerten.

»Du leidest unter Verfolgungswahn«, sagte Samantha zu sich selbst, als sie am frühen Freitagnachmittag die Jalousien schloss.

Sie warf einen Blick auf die Uhr und rechnete nach, wie spät es jetzt bei Blake in Europa war. Meistens rief er sie an, aber sicher machte es sich gut, wenn sie auch einmal die Initiative ergriff. Nur für den Fall, dass jemand ihre Anrufe überwachte. Sie griff zum Telefon und zog den Zettel mit seiner Festnetznummer zu sich.

Der Wählton tutete, klickte und tutete wieder.

Samantha erstarrte.

Dieses Geräusch kannte sie nur zu gut. Sie legte den Hörer zurück auf die Gabel und dachte nach. Natürlich konnte sie Blake mit ihrem Handy anrufen. Aber möglicherweise waren hier im Haus Mikrofone und Kameras versteckt und alles wurde mitgeschnitten. Zum Glück hatte ihr letztes Gespräch mit Blake auf dem Mobiltelefon und weit weg von zu Hause stattgefunden.

Natürlich konnte sie für den Anruf das Haus verlassen.

Aber es gab noch eine weitere Möglichkeit. Falls ihr Telefon abgehört wurde und jemand auf ein verräterisches Gespräch über ihre Scheinehe hoffte, würde er eine große Enttäuschung erleben.

Die Behörden hatten Sams Privatsphäre schon einmal verletzt. Mit tödlichem Ausgang. Diesmal stand nicht ganz so viel auf dem Spiel, aber sie würde auf keinen Fall zulassen, dass jemand Blake etwas wegnahm, was ihm rechtmäßig zustand.

Blake war ihr Ehemann – in guten wie in schlechten Tagen. Zumindest in den nächsten dreiundfünfzig Wochen.

Samantha streifte die Schuhe ab und griff erneut zum Hörer des Festnetztelefons. Gleichzeitig schickte sie von ihrem Handy aus eine SMS.

Bist du zu Hause?

Ein Signalton zeigte den Eingang seiner Antwort an. *Zum ersten Mal diese Woche.*

Sam wählte Blakes Festnetznummer. *Schau auf dein Handy und spiel einfach mit.*

Blake starrte auf das Display seines Mobiltelefons. Mitspielen? Wobei denn? Er wollte die Frage gerade tippen, da klingelte sein Festnetztelefon.

Er nahm ab und hörte Samanthas Schlafzimmerstimme schnurren: »Hey Süßer.«

Süßer? Was war denn jetzt wieder los? Genau das wollte er Samantha fragen, aber sie redete einfach weiter – mit einer Stimme, die von Silbe zu Silbe verführerischer klang.

»Wie war dein Tag?«

»Stressig. Ich bin froh, dass ich morgen ein bisschen mehr Luft habe.« Sein Handy piepste. *Hörst du das Klicken in der Leitung?*

Er las die Frage und wollte laut antworten. »Samantha, was ist eigentlich …«

»Ich kann dir gar nicht sagen, wie sehr ich dich vermisse. Ich wünschte, die würden meinen Pass endlich fertigkriegen, damit ich zu dir kommen kann.«

Blake schüttelte den Kopf. Betrunken klang Samantha nicht. Eigentlich hätte es ihn gefreut, dass sie ihn vermisste. Aber er war kein Trottel und merkte, wenn man ihm irgendwelchen Mist erzählte.

Mein Telefon wird abgehört. Rede weiter.

»Wie bitte?« Sie hatte eine Wanze im Hörer?

»Ich sagte, ich vermisse dich.« Samanthas atemlose Stimme bebte.

»Ich dich auch«, raunte er bedächtig. Nebenher tippte er: *WTF ist eigentlich los?*

Samantha lachte. »Weißt du, woran ich schon den ganzen Tag denke?« Die 0900er-Nummer-Stimme stand in krassem Widerspruch zu den SMS-Texten und brachte die Sicherungen in seinem Kopf zum Glühen. Falls ihr Telefon tatsächlich verwanzt war, war jemand in ihrem Haus gewesen. Sein Kiefer fing an zu schmerzen, ihm wurde heiß. Er war viel zu weit weg von ihr.

»Nein, aber verrate es mir doch einfach.«

Ich werde beobachtet. Unser Gespräch wird mitgehört.

»Ich denke ständig an dein sexy Lächeln.«

Er zögerte. »Du findest mein Lächeln sexy?«

»Das weißt du doch. Mir fehlt das Lachen in deinen Augen, das immer da ist, wenn wir zusammen sind.«

Blake wusste, dass das vor allem für die Ohren ihres Mithörers bestimmt war. Die Wirkung war dennoch durchschlagend. Für jemanden, der keine Schauspielausbildung hatte, spielte Samantha ihre Rolle geradezu Oscar-verdächtig gut.

Du musst aus deinem Haus raus.

»Weißt du, was ich unheimlich vermisse?« Er nahm den Faden ihrer Unterhaltung wieder auf.

»Sag's mir.«

Du hast recht, textete sie.

Dass sie ihm ohne Widerrede zustimmte, erschreckte ihn. »Wie bitte?«

»Ich sagte, sag mir, was du so unheimlich vermisst.«

Blake legte das Handy beiseite und konzentrierte sich auf das Gespräch.

»Ich vermisse dein wildes Haar auf meinem Kopfkissen.« Dieses Bild hatte er häufig im Kopf, auch wenn er es noch nie real gesehen hatte. Noch nicht. »Und wie du deine Lippen befeuchtest, kurz bevor ich dich küsse.«

»Wirklich?« Ihre Stimme klang rau.

»Ich vermisse den Lavendelduft deiner Haut. Ich glaube, ich lasse den Gärtner hier ein paar Büsche pflanzen, damit sie mich immer an dich erinnern.« Was war bloß in ihn gefahren? Seit wann war er so poetisch?

Das Telefon blieb einen Moment lang still. »Samantha? Bist du noch da?« Er warf einen Blick auf sein Handy, wollte sehen, ob sie ihm wieder eine SMS geschickt hatte. Offenbar nicht.

»Ja, bin ich. Es ist nur … Ich will näher bei dir sein. Vielleicht sollte ich doch in dein Haus in Malibu ziehen.«

Er lächelte. »Wie schön, dass du dir das nun vorstellen kannst.«

»Es ist eben alles so schnell gegangen. Deshalb wollte ich nichts überstürzen. Aber jetzt kommt mir das albern vor.«

»Du bist eine sehr unabhängige Frau. Ich kann dich verstehen. Aber wir werden abwechselnd in Europa und in den Staaten sein. Am besten, du ziehst zu mir und richtest dich häuslich ein. Dann weiß ich wenigstens, wo du bist, wenn ich dich mal alleinlassen muss.« Seltsam – er meinte jedes Wort genau so, wie er es sagte. Aber ohne den heimlichen Lauscher hätte er diese Gedanken niemals ausgesprochen.

»Du hast … Verdammt!« Der wütende Aufschrei kam völlig überraschend.

Die Härchen auf Blakes Nacken richteten sich auf. »Was ist los?«

»Ich … ich habe mir den Zeh angestoßen.« Sie klang wütend, nicht, als hätte sie Schmerzen.

Sein Handy piepte. *Kamera entdeckt.*

»Was machst du gerade?« Er stand auf und fing an, auf und ab zu gehen.

»Ich suche ein paar Bücher heraus, die ich mit zu dir nehmen will. Wann kommst du denn am Sonntag nach Hause?« Um das leichte Zittern in ihrer Stimme zu bemerken, musste man schon genau hinhören. Hektisch schickte er Neil eine Nachricht. *Fahr sofort zu Sam! Rufe dich gleich an.*

»Ich verschiebe ein paar Termine, dann kann ich schon früher hier weg.« *Gleich heute Abend.*

»Das musst du nicht«, sagte Sam.

»O doch. Wir sind schon viel zu lange voneinander getrennt.« Was er sagte, fühlte sich genau richtig an – trotz des Vertrages, den sie geschlossen hatten.

Sie atmete tief durch. »Ich glaube, ich werde dir ausnahmsweise mal nicht widersprechen.«

»Ich rufe dich später noch mal an.«

»Mach dir keinen Stress, okay?«, sagte sie. »Ich komme schon klar.«

Aber Blake brodelte. Jemand spionierte seiner Frau hinterher, hörte ihre Gespräche ab … beobachtete sie. Schön, man versuchte, sie beide bei einer Lüge zu ertappen – aber Kameras und Wanzen gingen eindeutig zu weit.

»Ich bin morgen früh bei dir.«

»Ich freue mich schon auf dich.«

Blake legte lächelnd auf.

Pack das Nötigste zusammen. Neil holt dich ab.

Blake rief seinen Leibwächter an und erklärte ihm die Situation. Dann setzte er sich mit seinem Piloten in Verbindung. Frustriert fuhr er sich durchs Haar und fing an, seine Abreise vorzubereiten. Diese Ehe auf Distanz war riskant. Seine Gedanken jagten, er konnte die Füße nicht stillhalten und seine Hände zuckten. Blake hatte den innigen Wunsch, sie jemandem um die Gurgel zu legen. Würde sein Cousin zu so perfiden Mitteln greifen? Oder heckte Vanessa einen verrückten Racheplan aus? Selbst Parker und Parker standen mit auf der Liste der Verdächtigen, denn wenn sie Blakes und Samanthas Ehe als Scheinehe enttarnten, winkte ihnen ein fetter Bonus.

Zwanzig Minuten später – er war auf dem Weg zum Flugplatz – klingelte sein Handy.

»Samantha?«

»Ja.« Sie klang matt, abgekämpft. »Ich bin in deinem Haus.«

»Dann können wir reden. Wenn es bei mir Wanzen gäbe, hätten meine Leute sie längst gefunden. Kommst du klar?«

Sie seufzte. Der Ton lag schwer in seinem Ohr. »Ich bin ziemlich genervt. Ich dachte, die Zeiten mit den Wanzen im Telefon und mit versteckten Kameras lägen hinter mir. Wer macht denn so etwas, Blake?«

»Diese Frage beschäftigt mich auch schon die ganze Zeit. Ich habe ein paar Spezialisten darauf angesetzt. Wir werden es rauskriegen.«

»Lass mich wissen, wie ich helfen kann. Wer dafür verantwortlich ist, wird mich kennenlernen.« Der Zorn in ihrer Stimme gefiel ihm besser als die Mattigkeit vor ein paar Sekunden. Wenn man sie in die Enge trieb, konnte seine resolute rothaarige Frau sich in einen Feuerball verwandeln.

»Ich komme heute Nacht ziemlich spät zu Hause an. Welches Zimmer hast du dir denn ausgesucht?«

»Oh, ähm. Ich … ich war mir nicht sicher, wer hier wie viel weiß. Deshalb habe ich Neil gesagt, er soll meine Sachen in deine Suite bringen«, stammelte sie. »Aber ich kann gerne in ein anderes Zimmer umziehen.«

Bei dem Gedanken, dass ihr Kopf tatsächlich auf seinem Kissen lag, ihr die Augen in seinem Bett zufielen, wurde ihm warm ums Herz. »Nein. Bleib, wo du bist. Meinen Angestellten vertraue ich zwar, aber ich glaube, wir sollten uns trotzdem in Acht nehmen.«

»Ist das wirklich in Ordnung für dich?« Nun klang sie wieder sehr verletzlich. Er spürte den fast schmerzhaften Drang, sie in seine Arme zu schließen und fest an seine Brust zu drücken.

»Bitte bleib.« Forderungen zu stellen oder Befehle zu geben, hatte keinen Sinn. Die warf Samantha ihm immer sofort vor die Füße. Jemanden nett um etwas bitten zu müssen, war eine ganz neue Erfahrung für ihn. Aber es gelang ihm von Tag zu Tag besser.

»Okay. Wir sehen uns morgen früh.«

Nach dem Gespräch spielten seine Finger mit dem Telefon. Die Vorstellung, dass Samantha zu einem kleinen Ball zusammengerollt mit ängstlich aufgerissenen Augen in seinem Bett lag, nahm ihm fast den Atem. Seine Finger gruben sich in seine

Handflächen. Wer seiner Frau derart zusetzte, hatte einen großen Fehler begangen. Wer immer es war, der so tief in Samanthas Privatsphäre eindrang, er würde ihn gnadenlos fertigmachen. Fotografen auf öffentlichen Straßen und Lauscher an öffentlichen Orten – das war eine Sache. Aber das hier? Was, wenn es auch in ihrem Schlafzimmer eine Kamera gab? Was, wenn jemand ihr beim Ausziehen zusah, sie beim Duschen beobachtete?

Kein Wunder, dass sie Angst hatte.

Je mehr er sich damit beschäftigte, desto wütender wurde er.

Samanthas schlafschweres Gehirn war voller Bilder, in denen sie mit einem Rucksack über der Schulter über den Campus marschierte – halb Erinnerung, halb Traum.

Jemand folgte ihr. Er kam ihr bekannt vor, doch sie wusste nicht, wo sie diese Person schon einmal gesehen hatte. Die Panik begann, nachdem sie ihrem Betriebswirtschaftsprofessor ein paar Dinge über ihre Familie erzählt hatte.

Eigentlich wusste Samantha, dass sie träumte. Sie wusste, was als Nächstes geschehen würde, und versuchte verzweifelt, aus dem Traum auszubrechen.

Im Kopf sah sie ihr Jugendzimmer. Hörte ein vertrauliches Gespräch mit einer guten Freundin. Ihre Mutter – noch lebend –, die mahnte, sie solle nicht so viel plappern.

Jordan in ihrem allerersten BH, die über etwas lachte, was ihr Hund Buster gerade tat.

All diese Bilder vermischten sich und ballten sich in Samanthas Brust zu einem festen Knäuel.

Zwei Männer in dunklen Anzügen zeigten ihre Dienstmarken, holten sie aus einem Seminarraum und befragten sie. Aber anstatt sich zu erkundigen, wo ihr Vater sei und was er gerade täte, interessierten sie sich nur für Blake.

»Was er macht, ist illegal, Samantha. Tausende Menschen sind wegen ihm in Schwierigkeiten.«

Nein! Sie kämpfte gegen den Traum an, gegen die Bilder.

Doch es ging immer weiter und die Angst griff nach ihrem Herzen.

Samantha schoss in die Höhe, setzte sich mit klopfendem Herzen auf. Genauso schnell sprang Blake aus dem Sessel, in dem er geschlafen hatte, und stürzte an ihre Seite.

»Sam, alles in Ordnung?« Seine Hände griffen nach ihren Armen, hielten sie fest.

Sie zwang sich, ruhiger zu atmen. »Bloß ein schlechter Traum.«

»Du zitterst ja.« Er schlang die Arme um sie und zog sie an sich.

Vermutlich hätte sie ihn wegstoßen sollen, aber ihr fehlte schlicht die Kraft dazu. Sie atmete den warmen, männlichen Duft nach Tannennadeln ein, der Blake stets umgab. Wenn er ihr so nahe war, war der Duft viel stärker, kräftiger. Samantha sank an seine Brust und schloss die Augen.

Er strich ihr über den Rücken und das Haar. »Alles okay«, flüsterte er.

Der Traum hatte sich tief in ihr Herz gegraben: die Erinnerung an ihre Mutter, die lebte, an ihre Schwester, die unversehrt war. Alles vorbei.

Durch ihre Schuld.

Blake hielt sie eine halbe Ewigkeit lang fest. Als sie schließlich den Kopf hob, bemerkte sie, dass er noch sein Hemd und die Anzughose trug. Sein Kinn war stoppelig, seine Augen waren schwer vor Sorge. Wie immer sah er verboten gut aus, aber auch sehr müde.

»Es geht schon wieder«, sagte sie.

Er rückte ein kleines Stück von ihr ab, ließ sie aber nicht los. Seine Finger glitten an ihren Armen entlang, dann hielt er ihre Hände fest.

Sam hatte plötzlich das überwältigende Gefühl, angekommen zu sein, den Platz gefunden zu haben, an den sie gehörte. Blakes

Augen wanderten über ihr Gesicht, als suchte er nach äußeren Anzeichen von Misshandlung. Seine Sorge um sie schnürte ihr die Kehle zu und sie spürte, wie sie sich noch viel mehr zu ihm hingezogen fühlte. Aber so verstört, wie sie im Augenblick war, lag ihr nichts ferner, als mit ihm zu flirten oder ihn irgendwie darauf aufmerksam zu machen, dass sie nur mit einem dünnen Nachthemd bekleidet in seinem Bett saß.

Samantha wich Blakes Augen aus und schaute sich im Zimmer um. »Hast du in dem Sessel geschlafen?«

»Ich wollte nach dir sehen und muss eingenickt sein.«

Aber seine Schuhe lagen neben dem Sessel, das Sakko hing ordentlich über der Lehne.

»Was machen wir denn jetzt? Irgendjemandem ist offenbar jedes Mittel recht, um unsere Scheinehe zu enttarnen.«

»Aber dieser Jemand ist zu weit gegangen.« Er hielt ihre Hände noch fester.

Sie erwiderte den Druck. »Und wie geht es jetzt weiter? Die Sache endet ja nicht einfach, wenn ich aus meinem Haus ausziehe. Damals, als die Beweise gegen meinen Vater zusammengetragen wurden, dauerte die Überwachung ein ganzes Jahr. Vielleicht wird es uns genauso ergehen.« Allein von dem Gedanken, nun volle zwölf Monate lang ständig auf der Hut vor Wanzen und versteckten Kameras sein zu müssen, bekam sie Kopfschmerzen.

»Ich werde rausfinden, wer dahintersteckt. Jemanden in seinem eigenen Heim zu belauschen und zu filmen, ist immer noch eine Straftat.«

»Dass es illegal ist, ist anscheinend nicht sehr abschreckend. Wir müssen diese Leute davon überzeugen, dass sie ihre Zeit vergeuden. Ansonsten besteht die Gefahr, dass sich einer von uns im Laufe des Jahres verplappert und aus Versehen verrät, dass wir nur eine Ehe auf Zeit führen. Dann verlierst du alles, was dir zusteht, und es ist meine Schuld.«

Seine Augen verengten sich, er neigte fragend den Kopf. »Weshalb denn deine Schuld? ›Ja, ich will‹ haben wir schließlich beide aus den falschen Gründen gesagt.«

Aus Angst, er könnte ihre alten Sünden in ihren Augen sehen, ließ Samantha seine Hände los, zog die Knie an die Brust und schlang die Arme um ihre Beine. Sie starrte in eine Ecke und sagte: »Vielleicht nicht allein durch meine Schuld …«

Blake schob sich in ihr Blickfeld und legte ihr eine Hand aufs Knie. Die Wärme seiner Handfläche durchstrahlte ihr ganzes Bein und machte ihr sehr bewusst, wie nahe er ihr war. »Wir wissen jetzt, mit welchen schmutzigen Methoden die vorgehen, und können das Spiel mitspielen. Wir benutzen ihre Kameras, um ihnen zu zeigen, dass sie sich täuschen.«

»Und wie sollen wir das machen?«

Ein Grinsen umspielte seine Lippen. Die Sorge in seinen Augen verblasste ein wenig. »Du und ich, wir fahren zu deinem Haus und packen deine Sachen. Aber vorher schicke ich ein paar Leute hin. Sie sollen die versteckten Kameras suchen.«

»Ist das denn nicht zu auffällig?«

»War es auffällig, als die Dinger installiert wurden?«

Darüber hatte sie auch die halbe Nacht nachgedacht. Seit der Hochzeit mit Blake waren nur die Leute vom Telefonservice im Haus gewesen. »Nein.«

»Wir werden die Kameras finden und denen etwas vorspielen.«

Sams Pulsschlag beschleunigte sich. »Vorspielen?«

Blake schob ihr eine Haarsträhne hinters Ohr. Ihre Haut prickelte unter seinen Fingerspitzen. Auch er spürte die Schwingungen, das sah sie seinen schönen grauen Augen an. »Würde es dir sehr schwerfallen, mich noch einmal zu küssen? Für die Kameras?«

Sie leckte sich die Lippen. Ihr Blick hing an seinen.

»Dich zu küssen?«

Er legte ihr die Hand auf die Wange. »Und vielleicht noch ein bisschen mehr? Irgendwo gibt es sicher ein Zimmer ohne Kameras und wir können die Spione mit einem kleinen Hörspiel ins Grübeln bringen.«

Ins Grübeln war sie bereits selbst gekommen. Zum Beispiel darüber, wie es sich anfühlen würde, in seinen Armen zu liegen. Sein Kuss ging ihr seit ihrer Hochzeit nicht mehr aus dem Kopf.

»Und was würde das beweisen?« Sie versuchte, nicht darauf zu achten, dass sein Daumen ihre Wange streichelte und damit äußerst erotische Vorstellungen von seinen Händen an anderen Stellen ihres Körpers auslöste.

»Es würde beweisen, dass wir miteinander intim sind, dass wir unsere Liebe auch abseits der Öffentlichkeit genießen. Solange die glauben, wir wüssten nichts von der Überwachung, müsste das funktionieren. Was meinst du, Samantha? Nimmst du die Herausforderung an?«

Als es ihr endlich gelang, den Blick von seinen Lippen loszureißen, sah sie, dass er sie anstarrte. Er wusste bereits recht gut, wie er sie anstacheln und ihren Kampfgeist wecken konnte. »Auf in die Schlacht.«

Sein Grinsen wurde zu einem breiten Lächeln. »Braves Mädchen. Lass dir doch von der Köchin ein schönes Frühstück machen. Ich versuche, noch ein bisschen zu schlafen. Dann fahren wir zu dir. In der Zwischenzeit können meine Leute schon mal nach Mikros und Kameras suchen.«

Er ließ die Hand sinken und stemmte sich vom Bett hoch.

»Blake? Was ist mit morgen? Und mit übermorgen? Wie halten wir das ein ganzes Jahr lang durch?«

»Lass uns einfach von einem Tag zum anderen planen, Süße. Wir sind zwei intelligente Menschen und haben dasselbe Ziel. Uns fällt schon etwas ein.«

Sechs

Kameras gab es im Wohnzimmer, in der Küche und in beiden Schlafzimmern. Dass das Telefon angezapft wurde, wussten sie ja bereits. Samanthas Wagen sei sauber, meinten Blakes Leute.

Aber verdammt! Jemand hatte sie beim Anziehen beobachtet und beim Schlafen. Samantha erzählte Blake von ihrem Gespräch mit Eliza – dem einzigen, das vielleicht Hinweise enthielt, dass mit ihrer Ehe etwas nicht stimmte. Die Kameras waren vermutlich von dem Mann angebracht worden, der angeblich das Telefon repariert hatte. Oder jemand hatte sich ins Haus geschlichen, während sie beim Joggen gewesen war.

Seither hatte sie allerdings nur mit ihrem Handy telefoniert und das auch nur von unterwegs. Aber eigentlich bestand kein Grund zur Sorge: Sie und Blake hatten immer nur über die bevorstehende Hochzeitsfeier gesprochen und über die Leute, die sie inzwischen kennengelernt hatte. Okay, vielleicht hatten sie ein bisschen zu sehr wie ein altgedientes Ehepaar geklungen, was durchaus etwas befremdlich wirken konnte. Schließlich kannten sie einander noch kaum.

Blake saß am Steuer der Limousine, Sam wies ihm den Weg zu ihrem Haus.

Je näher sie ihrem Ziel kamen, desto bewusster wurde ihr, was sie vorhatten.

»Deine Fingerknöchel sind wieder ganz weiß«, sagte Blake. »Gibt es ein Problem?«

»Willst du eine ehrliche Antwort?« Sie wusste, was er sagen würde.

»Immer.«

»Das Küssen.«

Er linste sie kurz aus dem Augenwinkel an und schaute dann wieder auf die Straße. »Mich zu küssen ist ein Problem?«

»Ja«, platzte sie heraus. »Ich meine, nein.«

Er lachte. »Was denn jetzt?«

»Ähm. Was ist, wenn ich irgendetwas Dummes sage? Wenn ich nicht überzeugend wirke?« Was, wenn sie es vermasselte und den Spionen genau das zeigte, was sie sehen wollten? Dann würde Blake sein Erbe verlieren.

Blake nahm eine Hand vom Steuer und legte sie auf ihre eisigen Finger. »Samantha?«

»Ja.«

»Bleib locker. Überlass mir ausnahmsweise mal das Kommando.«

Sie schüttelte den Kopf. »Ich bin es nicht gewohnt, einen Mann bestimmen zu lassen, was ich tun soll.«

»Ich weiß. Aber du kannst mir vertrauen.«

Das wollte sie wirklich gerne, aber als sie in ihre Einfahrt einbogen, zitterten ihr die Hände. Blake zog den Zündschlüssel ab und drehte sich zu ihr. »Komm, wir gehen rein und packen.«

»Küsst du mich gleich, wenn wir drin sind?« Verflixt, sie wollte sich einfach mental darauf vorbereiten.

Blake beugte sich vor und nahm die Sonnenbrille ab. »Komm her«, flüsterte er. Dabei fixierte er ihre Lippen.

Sie rutschte bis zur Sitzkante, glaubte, er wolle ihr etwas Wichtiges zuflüstern.

Stattdessen beugte er sich zu ihr und legte sanft die Lippen auf ihre. Sofort fuhr ihr ein heißer Blitzstrahl bis in die Zehen. Ihre Lider flatterten, dann schloss sie die Augen und überließ sich seinem Kuss.

»Küssen ist ganz leicht«, murmelte er hinterher über ihren geöffneten Lippen. »Wieder damit aufzuhören, ist viel schwieriger.«

Zärtlich strich er mit dem Daumen über ihre Unterlippe, dann öffnete er die Fahrertür.

Samantha stieg mit Puddingbeinen aus, ließ sich widerstandslos von Blake dabei helfen.

Nach einem langen Blick die Straße entlang schüttelte er missbilligend den Kopf. »Die Gegend macht keinen sehr vertrauenerweckenden Eindruck. Wie lange wohnst du denn schon hier?«

»Zwei Jahre.« Sie steckte den Schlüssel ins Schloss und öffnete die Tür.

Samantha legte ihre Tasche auf das Tischchen am Eingang. »Ich hole ein paar Kartons hinten aus dem Schuppen.«

»Und ich die aus dem Wagen.«

Im Vorübergehen wanderten Samanthas Augen unwillkürlich zu der Kamera, die im Bücherregal versteckt war. Dann ging sie durch die Küche hinaus zum Schuppen und kam mit ein paar staubigen Kartons in unterschiedlichen Größen wieder zurück. Sie ließ die Schachteln auf den Couchtisch fallen und sah sich im Zimmer um.

Blake brachte ein halbes Dutzend noch zusammengefaltete Kartons herein und dazu eine Rolle Paketband.

»In die sauberen neuen Schachteln packen wir am besten meine Kleider«, sagte Sam.

»Okay.« Blake warf einen Blick die Treppe hinauf.

Samantha ging voraus zu ihrem Schlafzimmer. Er legte die Kartons aufs Bett. Dann faltete er sie auf und steckte sie zusammen. Noch ein Streifen Paketband und die Schachteln waren einsatzbereit.

»Womit soll ich denn anfangen?«, fragte Blake.

»Mit dem Wandschrank.«

Nach ein paar Minuten hatte Samantha die Kameras vergessen und war ganz mit dem Inhalt ihrer Kommode beschäftigt. Weil ihr das Haar dabei ständig ins Gesicht fiel, band sie es kurzerhand zu einem Pferdeschwanz zusammen.

»Sollte ich mir Gedanken über die vielen Schuhe hier drin machen?«, fragte Blake vom Schrank aus.

Sie lachte. »Du wolltest doch, dass ich einkaufen gehe.«

»Sieht aus, als müsste ich die Handwerker bestellen und dir bei mir einen eigenen begehbaren Schrank bauen lassen.« In seiner Stimme lag ein Lachen.

»Frauen lieben Kleider.«

»Schuhe anscheinend auch. Grundgütiger, ich hätte nie geglaubt, dass ein einzelner Mensch solche Massen davon braucht.«

Samantha packte ihre Slips ein und griff nach einem weiteren Stapel. »Ich bin klein, falls du das noch nicht gemerkt hast. Ich brauche hohe Absätze, damit ich sehen kann, wie es bei euch da oben so ist.«

Blakes Stimme kam näher. »Du bist nicht klein.«

Sie wandte sich um und sah ihn ein Paar Pumps mit zehn Zentimeter hohen Absätzen begutachten.

»Dann vielleicht etwas kurz geraten.« Um ihre Worte zu unterstreichen, richtete sie sich auf. »Siehst du?« Wenn sie sich neben ihn stellte, reichte sie ihm gerade bis ans Kinn. »Klein!«

Seine Augen schienen sie in ihn hineinzuziehen. »Ich würde an dir alles genauso lassen, wie es ist«, sagte er. Blake zog ihr das Band aus dem Haar. Als seine Fingerspitzen sie berührten, vergaß Samantha zu atmen. Je näher er ihr kam, desto weniger Luft blieb für ihre Lunge übrig. Sie legte den Kopf in den Nacken, damit sein Mund es leichter hatte, zu ihrem zu finden. Blake ließ die Schuhe fallen, legte den Arm um Sams Taille und zog sie an sich.

Seine harte Brust drückte gegen ihre Brüste, sein Kuss wurde fordernder. Erst als seine Zunge ihre Lippen bat, sich zu öffnen, fielen Sam die Kameras wieder ein. Sie erstarrte, aber Blake ließ sie nicht los. Seine Hand glitt über ihren Rücken zu ihrem Hinterteil.

Sams Körper vibrierte, Blakes Zunge begann den langsamen Tanz mit ihrer. Sein Tannenduft und sein heißer Atem ließen sie alles andere vergessen. Sie spürte nur noch seine Arme, seine Berührungen.

Ihr Bauch fühlte sich an wie mit heißem Magma gefüllt, die Leidenschaft ließ ihr Rückgrat kribbeln. Sie war so lange nicht geküsst worden, dass sie vergessen hatte, wie gut sich das anfühlte. Aber war es je zuvor so schön gewesen? Sie glaubte es nicht.

Jemand stöhnte, als Blakes Lippen sich von ihrem Mund lösten. War er es gewesen oder sie? Seine Lippen wanderten über ihren Kiefer zu ihrem Hals. Vielleicht spielte er ja alles nur für die Kameras, aber sein Körper hielt sich nicht an die Regeln. Sam spürte die Hitze seiner Erektion an ihrem Bauch und wusste, dass er dasselbe wollte wie sie.

»Ich habe dich vermisst«, flüsterte er in ihr Haar.

Samantha nahm die Hände von seinen Schultern und zerrte an seinem Hemd. »Ich dich auch.«

Sein Blick hielt ihren fest. Sie lächelte über das schelmische Funkeln darin. Als ihre Hand sein nacktes Fleisch unter dem Hemd berührte, verdunkelten sich seine Augen. Er küsste sie noch einmal, diesmal viel drängender. Sie spürte, wie seine Hand durch den Stoff ihres Shirts hindurch ihre Brust umfasste. Sie wollte ihn noch viel näher bei sich haben, wollte, dass er ihre Haut an den Stellen kostete, an denen seine Hände lagen.

»O Gott«, hauchte sie. *Das ist gefährlich.* Diese Leidenschaft war echt. Zumindest ihre.

»Weißt du, was ich will?«, fragte er nach dem langen Kuss.

»Was denn?« Sie küsste sein Kinn und fing an, sein Hemd aufzuknöpfen.

Blake beugte sich zu ihr und hob sie hoch.

Mit einem überraschten Aufschrei klammerte sie sich an seine Schultern, um nicht das Gleichgewicht zu verlieren.

»Ich will dich unter der Dusche.«

Samantha kreuzte lächelnd die Knöchel hinter Blakes Rücken und er trug sie aus dem Zimmer, weg von den neugierigen Kameraaugen.

In der Badezimmertür stellte er sie auf die Füße und fing wieder an, sie zu küssen. Zusammen quetschten sie sich in den engen kleinen Raum. Blake setzte Sam neben das Waschbecken. Dabei tanzten seine Lippen ununterbrochen mit ihren. Er drängte sich zwischen ihre Schenkel und ihre Hüften schoben sich nach vorn, um ihn noch besser spüren zu können.

Das Geräusch der Tür, die sich schloss, wurde an irgendeiner Stelle ihres Gehirns registriert, aber ihre Lippen hingen fest an Blakes.

Sie waren allein. Keine Kameras, keine neugierigen Blicke.

Blakes warmer Mund löste sich von ihrem und schmiegte sich an ihre Schläfe. Sie wimmerte, weil der Kuss zu Ende war. Doch er hielt sie weiterhin fest in seinen Armen. Während sie beide um Fassung rangen, sickerte die Realität langsam wieder zu Sam durch.

Sie durfte sich in Blakes Armen nicht so zu Hause fühlen. Wenn sie weiterhin Russisches Roulette spielten, würde sie unweigerlich in seinem Bett landen. Samantha wollte sich losmachen, aber Blake hielt sie fest.

»Gib mir eine Minute«, atmete er in ihr Ohr. Seine Stimme war heiser vor Verlangen.

Sie lehnte sich an ihn und lockerte den Griff um seine breiten Schultern. Viele Atemzüge lang verharrten sie schweigend in ihrer Umarmung. Blake strich Sam dabei mit langen, gleichmäßigen Bewegungen über den Rücken.

»Sollten wir nicht den Duschhahn aufdrehen?«, fragte sie schließlich. Sie war nicht sicher, ob Blake sie noch einmal loslassen würde.

Blakes verschwommener Blick suchte ihren. »Ist das eine Einladung?«

»Für die Kameras«, sagte sie hastig.

War das, was in seinen Augen aufblitzte, Enttäuschung? »Klar doch.« Er schüttelte den Kopf und löste sich aus ihren Armen. Sofort wurde der Raum ein paar Grad kälter.

In dem Minibad war nicht viel Platz. Deshalb blieb Samantha sitzen und sah Blake dabei zu, wie er die Dusche anstellte. Dann drehte er sich zu ihr, lehnte den Rücken an die Tür und versuchte ein Lächeln, das seine Augen aber nicht erreichte.

»Das ist verrückt, oder?« Sie wollte unbedingt wissen, was ihm durch den Kopf ging.

Er fuhr sich durchs Haar. Inzwischen wusste sie, dass das bei ihm ein Zeichen großer innerer Anspannung war. »Verrückt ist, wie sehr ich dich will und wie sehr wir uns abmühen, alle glauben zu lassen, dass wir miteinander schlafen, obwohl wir es gar nicht tun.«

Sie versuchte zu lächeln, die Stimmung ein bisschen aufzulockern. »Wenn das jemand mitbekommt, erklärt man uns für unzurechnungsfähig.«

Der Dampf aus der Dusche füllte den Raum. Zum ersten Mal, seit sie sich kennengelernt hatten, breitete sich ein Schweigen von den Ausmaßen des Grand Canyons zwischen ihnen aus.

»Wie lange sollen wir hier drin bleiben?«

Blake betrachtete die Duschkabine, als wüsste sie die Antwort. »Na ja, wenn wir uns wirklich hier lieben würden, würde ich eine Ewigkeit damit verbringen, jeden Quadratzentimeter deines Körpers zu erforschen.«

Samantha saugte an ihrer Unterlippe und stellte sich vor, wie seine Lippen sich über ihre Haut tasteten. »So etwas zu sagen, ist gefährlich. Das kann böse enden.«

»Erinnere mich doch bitte daran, weshalb wir hier draußen herumhängen und das warme Wasser ungenutzt durch den Abfluss laufen lassen.«

Woher sollte sie denn das wissen? Ach ja. Sie waren verheiratet und intim zu werden, war nicht Teil des Plans.

»Weil wir beide Söldner sind und miteinander zu schlafen nicht zu unserer Strategie gehört. Unbedachte Aktionen könnten alles ruinieren.« Ihre Worte klangen sinnvoll, aber ihr Herz stellte sich taub. Der Wasserdampf klebte Sams Kleider an ihren Körper.

»Wir könnten die Strategie ändern«, schlug er vor.

Ihre Haut fing an zu kribbeln. »Schlägst du etwa eine einjährige Affäre vor?« War sie dazu in der Lage?

Jetzt erreichte das Lächeln tatsächlich seine Augen. »Wir sind beide erwachsen und finden einander offenbar ziemlich anziehend.«

Genau das wollte ihr nicht in den Kopf: Was fand Blake bloß an ihr? Im Vergleich zu Vanessa und Jackie – *entschuldigung, Jacqueline* – kam Samantha sich vor wie eine schwarze Ente auf einem Teich voller weißer Schwäne. Vielleicht war ihm einfach nur klar geworden, dass sein Liebesleben in ihrem gemeinsamen Ehejahr brachliegen würde.

»An eine Affäre mit einem festgelegten Verfallsdatum habe ich noch nie gedacht.«

»Ich auch nicht.« Er kam näher, stützte die Hand neben sie auf die Platte.

»Ach ja? Warum halten deine Beziehungen dann nie länger als sechs bis neun Monate?«

»Zufall.«

»Lügner.«

Er riss mit gespieltem Entsetzen die Augen auf. »Du hast mich verletzt.«

»So leicht schafft das keine.«

Blake strich mit dem Finger über ihr Kinn und ihre Unterlippe. »Du kennst mich schon ziemlich gut. Und wir haben einiges gemeinsam. Was wäre denn so schlimm an einer befriedigenden körperlichen Beziehung mit einem klaren Anfang und einem klaren Ende?«

Sein Blick fiel auf ihre Lippen und er rückte noch näher. Die ungeheure Anziehungskraft dieses Mannes erschwerte ihr das Denken. Und das war das Problem. Lust benebelte ihr Gehirn wie der Wasserdampf das Badezimmer. Ja, vielleicht hatte sie ihn wegen des Geldes geheiratet, aber konnte sie ihr Herz aus der Sache heraushalten, wenn sie miteinander ins Bett gingen? »Bist du bei deinen Verhandlungen immer so überzeugend?«

»Heißt das, ich überzeuge dich?« Seine Hand fand den Weg zu ihrer Taille. Seine Finger massierten sie sanft.

»Mich das in diesem Zustand zu fragen, ist nicht fair. Das weißt du.«

Seine andere Hand lag plötzlich auf ihrem Oberschenkel und bewegte sich langsam nach oben. »Ich spiele selten fair und ich spiele auch nur, wenn ich die Chance habe zu gewinnen.«

Das war eine Warnung, die sie nicht in den Wind schlagen wollte.

Widerstrebend hielt Samantha die Hand davon ab, an ihrem Bein noch weiter nach oben zu wandern. »Ich werde darüber nachdenken«, sagte sie, weil Nein zu sagen unmöglich war und Ja zu sagen grob fahrlässig gewesen wäre.

Blake lächelte zufrieden. »Im Moment reicht mir das als Antwort.«

Sam schob ihn von sich weg, sprang von der Platte und zog sich das Shirt über den Kopf.

»Schon fertig mit Nachdenken?«

Samantha verdrehte die Augen und warf ihr Shirt auf den Boden. Darunter trug sie einen pinkfarbenen Spitzen-BH. »Gib mir dein Hemd«, befahl sie.

»Wie bitte?« Blakes Augen klebten an ihren Brüsten. *Männer sind so einfach gestrickt*. Zwei Möpse und sie waren sprachlos.

»Dein Hemd.«

Er blinzelte zwei, drei Mal, dann knöpfte er sein weißes Hemd auf. Zum Vorschein kam eine muskulöse breite Männerbrust.

Mühsam riss Samantha den Blick von ihm los, ging um ihn herum und schob den Duschvorhang beiseite. Das warme Wasser war inzwischen ausgegangen, aber das war ihr gerade recht. Sie hielt nur den Kopf unter den kalten Strahl und wartete zitternd, bis ihr Haar klitschnass war.

Der arme Blake wusste nun gar nicht mehr, was er denken sollte. Dass es ihr gelang, ihn derart zu verwirren, erfüllte Samantha mit weiblicher Genugtuung. »Überleg doch mal: Wir haben uns gerade unter der Dusche geliebt. Wenn ich nun mit trockenen Haaren hier rausgehe, ist doch sofort klar, dass wir nur so getan haben als ob.« Ihre Augen wanderten an ihm hinunter bis zu der deutlich sichtbaren Beule in seiner Hose. »Es gibt allerdings noch andere Hinweise, die uns verraten könnten.«

Blake folgte ihrem Blick und stöhnte.

Samantha steckte die Arme in sein Hemd und knöpfte es zu. Als Nächstes zog sie sich den BH aus und dann die Jeans. Als sie sich wieder aufrichtete, war das Verlangen in Blakes Augen so übermächtig, dass er ihr leidtat. Das kalte Wasser, das ihr von den Haaren über den Rücken tropfte, kühlte ihre eigene Leidenschaft merklich ab.

»Du bist ja eine ganz Schlimme.« Blakes hungrige Worte brachten sie zum Lachen.

Er griff nach ihr, doch sie wich ihm mit einem spitzen Aufschrei aus. Blake ließ die Hände sinken.

»Stell dich unter die kalte Dusche, Blake. Ich sagte doch, ich denke darüber nach.«

»Ich ziehe mich aus und wir überlegen gemeinsam.«

Sam lachte. »Selbst wenn ich mich auf diese Schnapsidee einlassen würde, dann sicher nicht hier, in einem Haus voller Kameras.«

Blake fuhr sich mit beiden Händen übers Gesicht. »Aber wir versuchen doch, den Leuten, die uns beobachten, weiszumachen, dass wir es miteinander treiben. Warum sollten wir dann nicht …«

»Vergiss es.« Sam schüttelte den Kopf. »Nimm eine kalte Dusche.« In ihrem Slip und Blakes Hemd schlüpfte Samantha aus dem Badezimmer und machte sich lächelnd wieder ans Packen.

Sie packten nur das Nötigste zusammen, hauptsächlich Kleidung und persönliche Dinge, die Samantha sofort brauchte. Blake schlug vor, den Rest einer Umzugsfirma zu überlassen. Das erklärte er demonstrativ direkt vor der Kamera in Sams Wohnzimmer. Mit ein bisschen Glück würden die Spione die Überwachungskameras hektisch wieder einsammeln, damit die Packer sie nicht entdeckten.

Neil hatte ein paar Freunde damit beauftragt, das Haus im Auge zu behalten und jeden, der kam oder ging, zu beschatten. Vielleicht würden sie den Übeltätern so auf die Spur kommen und konnten der unseligen Schnüffelei ein Ende bereiten.

Zurück in seinem Haus in Malibu erklärte Blake seinen Angestellten, dass Samanthas Wünschen immer sofort Folge zu leisten sei. Sie hatte nun das Sagen im Haus und er erwartete, dass sie behandelt wurde wie eine Herzogin. Schließlich war sie jetzt eine. Auf diese Art konnte sie sich auf die Rolle vorbereiten, die sie bald in der Öffentlichkeit spielen musste.

»Dass ich Hausangestellte hatte, ist lange her«, sagte Sam, als sie wieder alleine waren.

»Ich kann meine Frau unmöglich den Haushalt selbst machen lassen.« Blake war auf eine längere Diskussion gefasst gewesen und freute sich, dass sie ausblieb.

»Putzen habe ich schon immer gehasst. Rechne also, was das betrifft, nicht mit Widerspruch.«

Ihre unverblümte Direktheit gefiel ihm.

»Dafür hättest du jetzt sowieso keine Zeit mehr«, sagte er. Sie saßen auf der Veranda und sahen zu, wie die Sonne im Pazifik versank.

»Warum denn das?«

»Du musst dich mit dem Partyservice und den Designern über die Hochzeitsfeier in Albany Hall unterhalten.«

»Ich soll ein Fest an einem Ort planen, an dem ich noch nie war, für Leute, die ich gar nicht kenne?«

Blake zuckte mit den Schultern. »Du musst eigentlich nur die Vorschläge absegnen, die man dir machen wird. Was die Festvorbereitungen betrifft, habe ich vollstes Vertrauen zu meinen Angestellten. Aber du bist nun hier wie dort die Chefin und fängst am besten gleich damit an, dich auch so zu verhalten.«

Sam streckte auf dem Liegestuhl die Beine aus und zog sich eine Decke darüber. »Ist das die erste Party, die du auf dem Familienanwesen gibst?«

»Nein.«

»Wer hat die Feste denn bis jetzt geplant? Doch sicher nicht du selbst.«

Sie war ein helles Köpfchen. »Meistens meine Mutter.« Sicher würde seine Mutter gerne auch weiterhin bei allen Feierlichkeiten die Regie führen. Aber von nun an sollte Samantha mitreden können.

Sams Neugier war geweckt. »Wo wohnt denn deine Mutter?«

»In Albany Hall.«

»In deinem Haus?« Samantha war einigermaßen überrascht.

»Meine Mutter war bis zum Tod meines Vaters die Herzogin von Albany. Den Titel trug sie bis zu dem Tag, an dem ich dich geheiratet habe.«

»Autsch. Wenn das nicht reicht, um einen Keil zwischen Schwiegermutter und Schwiegertochter zu treiben – was dann? Für eine entspannte Stimmung sorgt das sicherlich nicht.«

Blake sah seine Frau an. »Das ist so üblich. Sie wusste, dass dieser Tag einmal kommen würde. Schon bei der Verlesung des Testaments dürfte ihr klar geworden sein, dass ich alles tun würde, um mir mein Erbe zu sichern.«

»Wie nahe stehst du denn deiner Mutter?«

»Wir kommen ganz gut miteinander aus.«

»Klingt nicht nach einem innigen Mutter-Sohn-Verhältnis.«

Die Luft um ihn fühlte sich plötzlich viel kühler an. Früher hatten er und seine Mutter eine sehr enge Beziehung gehabt. Der gemeinsame Groll auf seinen Vater hatte sie zusammengeschweißt. »Du musst dir wegen ihr keine Gedanken machen.«

Samantha schien unentwegt Informationen zu sammeln, sie auszuwerten und dann ziemlich präzise Urteile zu fällen. »Aber es gibt jemanden, mit dem ich vielleicht Probleme bekommen werde.«

Er hätte gerne so getan, als wäre alles in bester Ordnung. Aber bei Sam wollte er sich nicht in Beschönigungen flüchten, die später vielleicht zwischen ihnen stehen konnten. »Meinen Cousin. Er steht ganz oben auf der Liste der Verdächtigen, die für die Kameras in deinem Haus verantwortlich sein könnten.«

»Du machst Witze.«

»Ich wünschte, es wäre so. Falls unsere Scheinehe auffliegt, erbt Howard eine ansehnliche Summe.«

»Ich nehme mal an, ihr beide seid nicht gerade Busenfreunde.«

»Wir ertragen einander mit Mühe und Not. Er verbringt viel Zeit auf Albany und meine Mutter ist zu gutmütig, um ihn rauszuschmeißen.«

»Und warum erledigst du das nicht für sie?«

»Ich bin nicht so häufig dort, dass er mich stören würde. Aber das wird sich ändern.«

»Wie das denn?«, fragte Samantha.

»Meine Mutter hat ein Wohnrecht im großen Haus, bis es im nächsten Jahr an mich übergeht. Wenn ich eine Frau habe, übernimmt sie die Pflichten und Privilegien einer Herzogin, und meine Mutter zieht in ein kleineres Gebäude auf dem Anwesen um.« Er erwartete nicht, dass Sam sich sämtliche Zusammenhänge sofort merkte und das komplizierte Geflecht auf Anhieb verstand. Aber er wollte, dass sie eine grobe Vorstellung hatte, bevor sie nach Europa aufbrachen.

»Ich glaube, meine Recherchen über euren Adelssitz waren ein bisschen zu oberflächlich. Ich dachte, Albany Hall wäre einfach der Name eines Herrenhauses und ihr Briten würdet die Dinge gerne ein bisschen pompöser klingen lassen, als sie es tatsächlich sind.«

»Wenn du Albany Hall einmal gesehen hast, wirst du verstehen, warum ich so lange keine Lust hatte, mir eine Braut zu suchen.«

»Hmm. Weißt du, was ich mich schon frage, seit wir uns kennengelernt haben?«

»Was denn?«

»Warum hast du keinen britischen Akzent? Du bist doch in England aufgewachsen, oder?«

Sofort hatte Blake die Erinnerung an seinen Vater im Kopf, der ihn wegen seiner Aussprache tadelte. Blake hatte getan, was er konnte, um seinen alten Herrn auf die Palme zu bringen.

Dazu hatte auch gehört, amerikanisches Englisch zu sprechen, und nicht die Sprache der Queen.

»Als ich noch auf dem Internat war, habe ich die Sommerferien meist auf Albany verbracht. Aber meine Mutter holte meine Schwester und mich so oft wie möglich in die Staaten und ich tauchte ab in die amerikanische Kultur.« Blake schaute zu, wie eine Nebelbank näher kam. Seine Gedanken wanderten mit ihr. »Ich habe auf alle möglichen Arten gegen meinen Vater rebelliert.«

»Glaubst du, die Spannungen zwischen euch beiden waren der Grund dafür, dass er dir das Erben so schwer gemacht hat?«

Blake schüttelte den Kopf. »Nein. Mein Vater musste einfach immer das letzte Wort haben. Sogar noch nach seinem Tod.«

»War er im Leben wirklich so unausstehlich?«

»Mein Vater war ein typischer britischer Aristokrat. Weil er aus einer vermögenden Familie stammte, konnte er sich aufführen wie ein aufgeblasener Schnösel. Und als er meine Mutter heiratete, hatte er nie die Absicht, ihr treu zu sein.« Blake erinnerte sich noch an das erste Mal, als er seine Mutter wegen einer der Affären seines Vaters hatte weinen sehen. Ein britisches Boulevardblatt hatte ein Bild seines alten Herrn auf die Titelseite gesetzt. Darauf hing eine zehn Jahre jüngere Frau an seinem Arm. Damals hatten Blakes Ferienaufenthalte in den USA ihren Anfang genommen. »Er glaubte, es stünde ihm zu, auf anderen Menschen herumzutrampeln.«

»Warum hat deine Mutter ihn nicht verlassen?« Die Sanftheit in Samanthas Stimme lenkte Blakes Aufmerksamkeit vom Meer zu ihr zurück. Ihre strahlend grünen Augen lugten zwischen ihren Wimpern hervor, als wäre sie ein Eindringling, der nicht ertappt werden wollte.

»Keine Ahnung. Wahrscheinlich wegen des Geldes. Von Scheidung haben sie jedenfalls nie gesprochen. Meist lebten sie beide ihr eigenes Leben und ab der Geburt meiner Schwester schliefen sie nicht mehr im selben Zimmer.«

»Hat der Hass wegen dem, was er deiner Mutter angetan hat, dich und deinen Vater so entzweit?«

Konnte man wirklich von Hass sprechen? Ein so starkes Wort hatte Blake mit seinen Gefühlen nie verbunden. Kein Zweifel, er hatte seinen Vater nicht gemocht. Aber Hass? »Mein Vater wollte, dass ich so werde wie er. ›Geh zur Schule, kümmere dich um deine Bildung, aber arbeite um Himmels willen nicht mehr als einen Tag die Woche.‹« Blake hatte spöttisch den Akzent seines Vaters nachgeahmt.

Über Samanthas Gesicht huschte ein Lächeln. »Dann bestand deine Rebellion also auch darin, dein eigenes Vermögen zu machen.«

Blake setzte sich ein wenig aufrechter hin. »Alles Geld, das mein Vater mir gab, habe ich in Anteile an dem Transportunternehmen investiert, das mir heute gehört. Meine erste Million habe ich noch auf dem College gemacht. Mein Vater war stinksauer.«

»Er wollte die Kontrolle über dich haben«, sagte Samantha. »Aber das konnte er nicht, wenn du auf eigenen Beinen standest.«

Blake starrte seine Frau an und war plötzlich ungeheuer stolz auf sie. Er wusste nicht, ob sich je jemand so eingehend mit seiner Vergangenheit auseinandergesetzt hatte und dabei zu so klaren Schlussfolgerungen gelangt war. Samantha hörte ihm zu und verstand, was er sagte. »Genau.«

»Erklär mir doch, warum du unbedingt sein Geld erben willst. Eigentlich brauchst du es doch gar nicht.«

»Manchmal hatte ich tatsächlich gute Lust, darauf zu verzichten. Aber meine Schwester ist mit einem gewissen Lebensstil aufgewachsen und meine Mutter kennt auch nichts anderes. Die beiden haben es nicht verdient, von einem Tag auf den anderen ganz kleine Brötchen backen zu müssen. Und abgesehen davon reden wir von einer verdammt hohen Summe.« Mit einem Lachen versuchte er, die düsteren Gedanken abzuschütteln.

Während die letzten Sonnenstrahlen über dem Ozean verglühten, dachte Samantha über das Gesagte nach. »Weißt du was, Blake?« Ihre Augen folgten der versinkenden Sonne.

»Was?«

»Langsam glaube ich, du bist gar kein Söldner, sondern ein Märtyrer.«

Er lachte auf und griff nach ihrer Hand. »Und das sagt mir ausgerechnet die Frau, die mich geheiratet hat, um den Unterhalt für ihre Schwester zu finanzieren.«

Samantha fuhr hoch und drückte seine Hand. »O nein, Jordan!« Sie rappelte sich hoch.

»Was ist denn los?«

»Es ist Samstag. Ich habe den wöchentlichen Besuch bei meiner Schwester vergessen.« Samantha zog die Hand aus seiner. »Ich muss los.«

»Ist es nicht schon zu spät dafür?«

Samantha wedelte mit der Hand. »I wo, kein bisschen.« Sie schaute ihn fragend an. »Willst du mitkommen? Willst du sehen, was mit deinem Geld passiert?«

In der Zeit, in der er mit seiner Frau über seine Vergangenheit gesprochen hatte, hätte Blake unzählige Dinge erledigen sollen. Auf nichts davon verspürte er die geringste Lust. »Ich würde deine Schwester gerne kennenlernen.«

Sieben

»Dieses Haus ist der Wahnsinn.« Eliza drehte sich in Blakes repräsentativem Wohnzimmer im Kreis. »Ich kann nicht fassen, dass du nicht sofort nach eurer Rückkehr aus Las Vegas hier einziehen wolltest.«

»Irgendwie schien es nicht passend.«

»Und jetzt passt es plötzlich doch? Was ist denn passiert?« Eliza ließ sich auf ein dick gepolstertes Sofa fallen und schlug die Beine übereinander.

Samantha senkte die Stimme, obwohl die Köchin mit den Vorbereitungen für den Lunch beschäftigt war und das Hausmädchen im oberen Stockwerk herumfuhrwerkte. Blake hatte ins Büro gemusst und Samantha hatte nicht viel zu tun. »Inzwischen verstehen wir uns ganz gut. Und hier bin ich viel sicherer als in Tarzana.«

»Da hast du recht. Dieser Neil kann einem wirklich Angst machen.« Neil hatte Eliza am Tor empfangen und sie hätte am liebsten einen großen Bogen um ihn gemacht.

»Er redet nicht viel.«

»Zu mir hat er kein Wort gesagt. Er hat mich nur angestarrt.«

»Blake meint, solange man sich nicht mit Neil anlegt, hat man von ihm auch nichts zu befürchten.« Samantha setzte sich ihrer Freundin gegenüber in einen Queen-Anne-Sessel. Der weiche seidene Hosenanzug floss über ihre Haut und gab ihr das Gefühl, so gut wie nichts anzuhaben. Jetzt, wo sie plötzlich viel Zeit hatte, zog Sam sich morgens mit Bedacht an und machte sich sorgfältig für den Tag zurecht.

Als Blake mit ihr zu Moonlight gefahren war, hatte Samantha erst richtig verstanden, was es bedeutete, mit einem so wohlhabenden und gut aussehenden Mann wie ihm verheiratet zu sein. Er hatte die Angestellten mit seinem Charme bezaubert und sogar ihre Schwester ein paarmal zum Lächeln gebracht. Jordan hatte seit ihrem Schlaganfall große Schwierigkeiten, sich auszudrücken. Expressive Aphasie nannten die Ärzte das. Um ihrer Schwester Anspannung und Frustration zu ersparen, sprach Sam oft Jordans Sätze zu Ende. Blake hatte das Problem offenbar sofort erfasst und sich bemüht, nur Ja-oder-Nein-Fragen zu stellen und Themen zu vermeiden, die Jordan zusätzlich unter Druck setzen konnten.

Auf dem Weg nach draußen hatte Blake nach jemandem von der Heimleitung gesucht. Sein Charme war wie ausgeknipst gewesen; er hatte vollständig in den Geschäftsmann-Modus umgeschaltet. Blake hatte wissen wollen, wie sicher das Heim sei, wie verhindert wurde, dass Fremde einfach in Jordans Zimmer spazieren konnten, und wer sie außerhalb der Mahlzeiten betreute. Bevor es Sam gelang, ihn zu unterbrechen, hatte er eine ganze Salve von Fragen abgefeuert, die er auch ihr hätte stellen können. Aber weil er sich so aufrichtig für die Versorgung und die Sicherheit ihrer Schwester interessierte, war sie zunächst nicht sauer auf ihn gewesen. Erst als er in Zweifel zog, dass man sich im Heim intensiv genug um Jordan kümmerte, war Samantha doch der Kragen geplatzt.

»Dieses Heim ist für Patienten wie Jordan ideal. Die meisten anderen Pflegeeinrichtungen sind eher auf ältere Alzheimerpatienten zugeschnitten. Aber Moonlight ist auf jüngere Leute mit verschiedenen Beeinträchtigungen spezialisiert.«

»Warum betreust du deine Schwester nicht zu Hause?«

Das wäre natürlich am besten gewesen, aber eine private Betreuung rund um die Uhr konnte Samantha nicht leisten. »Das hat nicht geklappt.«

Anfangs hatte sie es allein versucht, aber das war über ihre Kräfte gegangen. Als Blake gemerkt hatte, wie sehr sie das Gespräch bedrückte, hatte er zum Glück ein anderes Thema angeschnitten.

»Ich bin froh, dass Neil auf dich aufpasst. Einen Typen wie ihn möchte ich nicht zum Feind haben.« Eliza riss Samantha aus ihren Gedanken. »Wie geht es jetzt eigentlich mit Alliance weiter?«

Samantha hatte bereits eingehend über die Zukunft der Agentur nachgedacht. Die Rolle von Blake Harrisons Ehefrau zu spielen, würde einen Großteil ihrer Zeit beanspruchen. Sie würde ständig durch die Gegend jetten. Seit dem frühen Montagmorgen besaß sie einen Reisepass und sie und Blake wollten am Mittwoch nach Europa aufbrechen.

»Ich habe einen Vorschlag für dich.« Sie wartete, bis Eliza sie ansah. »Nach all der Arbeit, die ich in Alliance gesteckt habe, will ich die Agentur nun nicht einfach aufgeben. Aber in den nächsten Monaten bin ich sicher ziemlich beschäftigt.«

»Ich dachte, ihr wolltet eure eigenen Leben weiterführen.«

Sam schüttelte den Kopf. »Unser ursprünglicher Plan funktioniert nicht. Wenn man uns mit Wanzen und versteckten Kameras hinterherspioniert, ist es wohl am besten, wenn wir häufig zusammen sind.« Samantha dachte an Blakes Vorschlag. Seit dem Nachmittag im Badezimmer hatte er sie nicht mehr gedrängt, mit ihr zu schlafen. Aber mit heißen Blicken und kleinen, eindeutigen Bemerkungen ließ er sie wissen, dass er sie immer noch in seinem Bett haben wollte. Im Augenblick schlief Samantha im Zimmer neben seinem. Den Angestellten hatte sie gesagt, sie würde sich nicht wohlfühlen. Das war eine ziemlich müde Ausrede, aber selbstverständlich sagte niemand etwas dazu.

»Und was wird nun aus Alliance?«

»Was hältst du davon, als Partnerin einzusteigen?«

Elizas Augen weiteten sich, dann lächelte sie. »Wie stellst du dir das vor?«

»Du müsstest die Arbeit draußen vor Ort übernehmen.« Das bedeutete, Eliza musste zu Veranstaltungen gehen, bei denen Frauen nach reichen Ehemännern suchten, zu schicken Events, bei denen Leute mit viel Geld zum Schaulaufen antraten. Sich unter die Gäste zu mischen, war die beste Möglichkeit, an potenzielle Kunden zu kommen. Mundpropaganda war nun mal effektiver als jede Zeitungsanzeige. »Karen hat mir bereits zugesichert, dass sie dich einigen ihrer Freundinnen vorstellen wird.«

»Karen leitet doch Moonlight, oder?«

Sie war die umwerfende Blondine, für die Blake kaum einen Blick übrig gehabt hatte. Sam nickte. »Wenn du einen neuen Kontakt hast, schickst du mir die Informationen, und ich übernehme die Hintergrundchecks. Das kann ich von jedem Ort der Welt aus tun. Aber unters Partyvolk kann ich mich erst wieder mischen, wenn ich wieder allein über meine Zeit verfügen kann.«

»Und ab wann rechnest du damit?«

»Bis in ein paar Monaten. Vielleicht auch früher.«

Eliza machte ein nachdenkliches Gesicht. »Sicher kannst du dich nach deiner Blitzhochzeit in Vegas schlecht mit Leuten über eine Ehe auf Zeit unterhalten. Das würde nicht sehr gut aussehen und vielleicht zu unangenehmen Fragen führen.«

»Du hast recht, das wäre wirklich unpassend. Ich lasse alles auf deinen Namen laufen, damit es aussieht, als wärest du die Chefin und ich deine freie Mitarbeiterin.« Ansonsten konnte ihnen jeder mittelmäßig begabte Anwalt auf die Schliche kommen.

»Das würdest du tun?«

»Ich vertraue dir. Das Angebot mit der Partnerschaft ist ernst gemeint. Falls dir die Arbeit über den Kopf wächst, stellen wir vorübergehend eine Sekretärin ein. Und sobald der Laden richtig läuft, wird eine Festanstellung daraus. Den Gewinn teilen wir uns fifty-fifty und solange ich die Herzogin spiele, kümmere ich mich um die Spesen.«

Elizas Augen leuchteten auf. »Gilt das auch für teure Klamotten und exquisite Geschäftsessen?«

Samantha lachte. »Für so etwas müssen wir wohl ein Budget bereitstellen.«

»Ich weiß gar nicht, was ich sagen soll.«

»Sag einfach Ja.«

»Aber die Agentur ist dein Baby. Du hast hart dafür gearbeitet und ich bin noch ganz neu in der Szene.«

Samantha setzte sich auf und legte die Hand auf die ihrer Freundin. »Du hast in einer schwierigen Zeit zu mir gehalten und dich nie beschwert, wenn das Geld knapp war.«

»Und du hast mich in deinem Haus wohnen lassen. Wer keine Miete zahlt, kann sich ja schlecht beklagen.«

Sam machte eine wegwerfende Handbewegung. »Ich habe zwar mit der Agentur angefangen, aber zu dem, was sie jetzt ist, haben wir sie beide gemeinsam gemacht. Ich traue wirklich nur dir, Eliza.«

Eliza zögerte noch einen Moment, dann nickte sie lächelnd. »Wie könnte ich einen solchen Vorschlag ablehnen?«

»Wunderbar.«

»Mrs Harrison?«, rief die Köchin von der Wohnzimmertür aus.

»Ja, Mary?«

»Der Lunch ist fertig. Wollen Sie lieber hier essen oder im Esszimmer?«

Elizas verblüfftes Lächeln zeigte, wie beeindruckt sie war. »Wir gehen ins Esszimmer. Sie essen doch mit uns?«

Mary riss erschrocken die Augen auf. »O nein, das könnte ich nie.«

Samantha und Eliza standen auf und gingen zu ihr. »Aber natürlich können Sie das«, sagte Sam lachend. »Ich möchte doch nicht, dass Sie für uns kochen und dann alleine in der Küche essen.«

»Aber …«

»Außerdem hat Blake in ein paar Tagen Geburtstag und ich habe ehrlich gesagt keine Ahnung, was ich ihm schenken könnte. Vielleicht können Sie mir da weiterhelfen.«

Marys Mund bildete ein perfektes O. Sie verzichtete auf weiteren Widerspruch und folgte Sam und ihrer neuen Geschäftspartnerin ins Esszimmer.

Beim Essen wurde Samantha bewusst, wie mühelos sie in die Rolle einer begüterten Frau zurückgefallen war. Beim Gedanken daran, wie schnell sich das wieder ändern konnte, ließ sie die Gabel sinken. Für sie war dieser Moment absehbar. Ihr Arrangement mit Blake war zeitlich begrenzt, es hatte einen fest datierten Anfang und ein fest datiertes Ende. Aber diese Gedanken musste sie nun ein Jahr lang beiseiteschieben. Niemand durfte ihr etwas ansehen. Sonst war ihre Kurzzeitehe gefährdet.

Um sich nicht verdächtig zu machen, musste sie anfangen, sich zu benehmen wie eine Ehefrau.

Wie eine glücklich verheiratete.

Blake fuhr volle zwei Stunden später als erwartet durch das Tor seines Anwesens in Malibu. Wegen der Situation im Nahen Osten mussten einige Schiffe umgeleitet werden, damit es nicht zu internationalen Turbulenzen kam. Von Europa aus hätte er leichter agieren können. Aber Blake hatte gelernt, die Geschäfte unabhängig von seinem jeweiligen Aufenthaltsort zu führen. Und jetzt, wo er Samantha in seinem Leben hatte, hatte er einen guten Grund, einen Großteil der Arbeit in den Staaten zu erledigen.

Als er sie um halb sechs abends angerufen hatte, um ihr zu sagen, dass er sich verspäten würde, hatte sie enttäuscht geklungen. Für ihn war das ein Ansporn gewesen, sich zu beeilen. Er wollte vor dem Zubettgehen unbedingt noch etwas Zeit mit ihr verbringen. Blake hatte das tiefe Bedürfnis, Samantha besser kennenzulernen.

Mit seiner Frau gab es keine Spielchen. Ihre frappierende Ehrlichkeit war erfrischend.

Jedes Mal, wenn er daran dachte, wie sie ihr Shirt und ihre Jeans ausgezogen hatte, wurde er hart. Der Wunsch, seine Frau in seinem Bett zu haben, der Wunsch, dass sie ihn bat, sie anzufassen, war inzwischen übermächtig. Zwar hatte er ihr zugesichert, er würde ihr Zeit lassen, über sein Angebot nachzudenken. Aber das bedeutete nicht, dass er nicht versuchen würde, sie zu verführen. Verdammt, sie wollte ihn doch auch. Das sagten ihm die verstohlenen Blicke, mit denen sie ihn musterte, wenn sie glaubte, er würde es nicht merken, und die Art, wie sie mit der Zunge über ihre Lippen leckte, während sie seine anstarrte.

Seit sie bei ihm eingezogen war, hatte Blake Sam absichtlich nicht mehr geküsst. Aber jede Berührung, wenn er ihr aus dem Wagen half oder ihr die Hand ins Kreuz legte, um sie durch eine Tür zu geleiten, war eine Tortur.

Zwischen ihnen stoben die Funken und er konnte es nicht erwarten herauszufinden, wie stark die Explosion war, die diese Funken auslösen würden.

Als Blake durch die Haustür trat, wollte er am liebsten rufen: *Hallo Liebling, ich bin da!* Lächelnd ging er durch den stillen Flur und bemerkte schließlich das gedämpfte Kerzenlicht im Esszimmer.

Samantha saß in einem rubinfarbenen Seidenkleid am Tisch. Das Haar floss ihr wie ein schimmernder Vorhang über die Schultern. Ihre Augen blitzten, als er ins Zimmer kam.

Dann stieg ihm der Duft von saftigem Rindfleisch in die Nase und erinnerte ihn daran, dass er seit Mittag nichts gegessen hatte.

Samantha hob ihr Rotweinglas, stand auf und ging auf ihn zu.

»Was hat das alles zu bedeuten?«, fragte er, während sein Blick über ihre schlanke Silhouette glitt. Der Ausschnitt ihres Kleides zeigte ihm die cremefarbene Haut ihres Dekolletés. Die wohlgeformten Beine, von denen sie immer behauptete, sie seien zu kurz, blitzten aus dem Schlitz an der Seite. Samantha stand sicher auf den zehn Zentimeter hohen Absätzen, die mit ihren Waden wundersame Dinge anstellten. Blake kam zu dem Schluss, dass ihm Frauenschuhe gefielen. Für einen derart sexy Anblick war ein zweiter Kleiderschrank kein zu hoher Preis.

»Ich dachte, es wäre schön, nur zu zweit zu essen, solange wir noch die Gelegenheit dazu haben. Dein Haus in Europa klingt ziemlich … voll.«

Blake nahm das Glas, das sie ihm anbot, und lauschte, ob er Mary in der Küche oder Louisa irgendwo im Flur hören konnte. Er hörte nur das leise Rauschen des Ozeans durch ein offenes Fenster. »Wir sind allein?«

»Ich habe Mary und Louisa für heute Abend freigegeben.«

Blake fand, dass sich das gut anhörte. Angesichts des sinnlichen Blicks, den ihm Samantha unter den halb geschlossenen Lidern hervor zuwarf, lagen ihm gleich mehrere Fragen auf der Zunge. Er schluckte sie hinunter und beschloss, sich überraschen zu lassen. Falls sie sich tatsächlich für eine Affäre mit ihm entschieden hatte, würde er es bald herausfinden.

»Sicher hatten sie nichts dagegen.«

Samantha zog seinen Stuhl vom Tisch weg und forderte ihn mit einer Geste auf, sich zu setzen.

»Sie wollten nur wissen, wann sie morgen früh wieder hier sein sollen.«

»Morgen früh? Sie wohnen hier!«

Samantha nahm den Deckel von einer der Platten. Dampf stieg auf. Sie legte Blake Filetstücke, Bratkartoffeln und Spargel auf den Teller. »Louisas Freund hatte absolut nichts dagegen, dass sie heute bei ihm übernachtet.«

»Ich wusste gar nicht, dass sie einen Freund hat.«

»Und Mary nutzt die Gelegenheit, um ihre Tochter und ihren Enkel zu besuchen.«

Samantha nahm sich ebenfalls von den Speisen, setzte sich neben Blake und griff zur Gabel. Solange ihr Lavendelduft ihm aus nächster Nähe in die Nase stieg, konnte Blake sich unmöglich aufs Essen konzentrieren. »Und Neil?«

»Ist in seinem Haus. Ich habe ihn gebeten, uns allein zu lassen.«

Blake hörte seinen Magen knurren und spürte, wie ihm heiß wurde. »Wozu müssen wir denn alleine sein, Samantha?« Mit einem verschmitzten Blick aus dem Augenwinkel griff auch er zur Gabel.

»Ich dachte, das wäre mal eine schöne Abwechslung.« Sie spießte ein Stück Gemüse auf und testete es mit der Zungenspitze. Als sie den Spargel in den Mund steckte und ihre Blicke sich dabei trafen, war die Frage, wo diese Nacht enden würde, eindeutig beantwortet.

Offen war nur noch, ob sie vorher essen würden … oder danach.

Blake beobachtete, wie Sam die Spitze der Spargelstange fast zärtlich abbiss und dann langsam und genüsslich kaute. Er stöhnte leise auf. Sein Mund wurde trocken. Den Blick an seine Frau geheftet, griff er nach seinem Weinglas.

Immer wieder zwang er sich, die Gabel zum Mund zu führen und den Mund zu öffnen. Dann kaute er hastig.

»Wie war dein Tag?«, fragte sie unschuldig. Vor dem Trinken berührte sie den Rand des Weinglases mit der Zungenspitze.

»Okay.« War das seine Stimme?

Sie lächelte. Sie wusste sehr gut, welche Wirkung sie auf ihn hatte. Sie nahm noch einen Schluck Wein und einen Happen von ihrem Essen. Ihre Lippen bewegten sich langsam und schredderten dabei doch gnadenlos Blakes Gehirn. Noch nie zuvor war eine Mahlzeit so sinnlich gewesen.

Er aß viel zu hastig.

Als Blake sicher war, dass er keinen einzigen Bissen mehr hinunterbringen würde, stürzte er den Rest des Rotweins in sich hinein und stellte das Glas unsanft ab.

Samanthas unschuldiges Lächeln und ihr gespieltes Erstaunen sorgten für ein noch heftigeres Knistern zwischen ihnen. »Ist alles in Ordnung?«

Er stand auf und schob den Stuhl zurück. »Alles bestens.«

Sam wollte nach ihrem Weinglas greifen, aber er nahm ihre Hand und zog sie von ihrem Stuhl hoch. Ohne ein weiteres

Wort presste er die Lippen auf ihre. Gierig begrüßte sie seine Zunge mit ihrer.

Sie schmeckte nach Wein und duftete wie der Frühling. Blake küsste sie tiefer. Erst krallte sie die Hände in sein Hemd, dann legten sie sich auf seine Brust und umschlangen schließlich seinen Rücken. Seufzend schmiegte sie sich in Blakes Arme. Jede Berührung von dieser Frau war echt und voller Leidenschaft. Sie passten perfekt zueinander. Wie sehr Samantha selbst jetzt noch darum kämpfte zu bestimmen, was weiter geschah, war aufregend und neu. Noch nie hatte Blake in einer Beziehung einer Frau das Ruder überlassen. Bei Samantha wagte er es, denn er konnte darauf vertrauen, dass sie sie beide in sichere Gewässer steuern würde.

Als Samantha ihm das Jackett von den Schultern streifte, nahm er die Lippen von ihren, damit er Luft holen konnte. Dabei warf er einen Blick in die leidenschaftlichen grünen Augen der Frau in seinen Armen. »Du bist wunderschön.«

Anders als sonst, wenn er ihr ein Kompliment machte, hatte er diesmal das Gefühl, dass sie ihm glaubte.

Während geschickte Finger an seiner Krawatte nestelten, schob Blake Samantha zum anderen Ende des Esstischs, weg von den Tellern und dem Essen. Die Krawatte fiel zu Boden, Samantha küsste und knabberte sich über sein Kinn und seine Wange. Zwischen den kleinen zärtlichen Bissen sagte ihre sexy Schlafzimmerstimme: »Ich habe über deinen Vorschlag nachgedacht.«

Mehr als das.

Er strich über ihre Schulter, schob ihr Kleid beiseite und drückte die Lippen auf die zarte Haut an ihrem Halsansatz. So süß. »Und zu welchem Schluss bist du gelangt?« Er spielte ihr Spiel mit, obwohl er die Antwort längst kannte.

Seine Zähne kitzelten ihre Ohrläppchen und er spürte, wie sie erschauerte. Blake merkte sich die Stelle, denn nun wusste er, dass er von dort aus Wonnepfeile durch ihren ganzen Körper schicken konnte. Er nahm sich fest vor, im Lauf der Nacht noch viele solche Stellen zu finden.

»Ich … ich habe mich entschlossen, eine Söldnerin zu sein, keine Masochistin.«

Er leckte die Rückseite ihres Ohrs.

»O Gott. Mach das noch mal.«

Lächelnd tat er ihr den Gefallen. Als sie ihr Bein an seinem rieb und die Hüften an ihn drängte, spannte sich jeder Muskel in seinem Körper vor Sehnsucht nach ihren Berührungen. Hatte er je zuvor eine Frau so sehr gebraucht? Trotz seines lustgefluteten Gehirns wollte er absolut sicher sein, dass Samantha dasselbe wollte wie er.

Blake vergrub die Hände in ihrem Haar und zwang sie, ihn anzusehen. »Bist du dir ganz sicher, Samantha?«

Ihr Blick bohrte sich in seinen. »Ja«, flüsterte sie.

Das Herz donnerte in seiner Brust. »Aber ich will mehr als eine Nacht.«

Sie lehnte sich zurück und legte ihm die Hand auf die Wange. »Gut. Eine Nacht reicht mir nämlich auch nicht. Ich will das ganze Jahr.«

Blake versank in den grünen Tiefen ihrer Augen. Dann besiegelte er ihren neuesten irrwitzigen Handel mit einem langsamen, glühend heißen Kuss.

Anschließend hob er Samantha an den Hüften hoch, setzte sie auf den Tisch und schob sich zwischen ihre Schenkel. Er berührte die nackte Haut an ihrem Knie und ließ die Hand an ihrem seidigen Bein nach oben wandern. Jeden Zentimeter, den er berührte, wollte er auch schmecken und ihre Reaktion spüren. Samantha saugte an seiner Unterlippe und er stellte sich vor, wie ihr Mund sich noch mit ganz anderen Teilen seines Körpers beschäftigte.

Sie zerrte an seinem Hemd, bis sie alle Knöpfe offen hatte. Dann strich sie ihm über die Brust. Ihre Finger reizten seine Brustwarzen. Schließlich beugte sie sich vor und leckte ihn an diesen Stellen. Sie spielte mit seinem Körper, bis ihm schwindelig wurde. Ihre Beine schlangen sich um seine Hüften, die Hitze ihrer Körpermitte rieb sich an seiner Erektion. Mit einem langen Atemzug sog Blake ihren Duft tief in sich ein.

Als er den Reißverschluss ihres Kleides öffnete, öffnete er auch die Augen. Sein Blick fiel auf die harte Tischplatte. Beim ersten Mal konnten sie sich unmöglich zwischen schmutzigem Geschirr lieben.

Während Samantha ihn weiter leckte und küsste, hob er sie mühelos hoch.

Kichernd schlang sie die Beine noch fester um ihn und hielt sich an seinen Schultern fest. Sie zur nächsten Couch zu tragen, war erotischer, als er es für möglich gehalten hatte. Bei jedem Schritt rieb sich ihr heißer Körper an seinem und löste damit Schockwellen von Verlangen in ihm aus.

Das verdammte Haus war einfach zu groß. Es dauerte viel zu lange, bis er sie auf eine weiche Couch legen und ihren Körper mit seinem zudecken konnte. Sein Hemd flog in eine Ecke, ihr Kleid in die andere. Blake starrte auf die Rundungen ihrer üppigen Brüste in dem schwarzen Spitzen-BH. »Wunderschön.« Durch den Stoff hindurch spielte er mit ihr, bis ihre Brustwarzen zu kleinen, harten Kieseln wurden. Erst danach legte er die zarte Haut frei und kostete ihre Brüste zum ersten Mal.

Samantha wölbte den Rücken, drängte sich tiefer in seinen Mund. »Bitte, Blake.« Ihre Hüften reckten sich ihm entgegen, suchten nach ihm.

Er wollte ihren Körper erforschen, jede einzelne empfindliche Stelle aufspüren und sie verwöhnen. Aber Samantha zerrte an seiner Hose. Sie fand den Reißverschluss, griff hinein. Als sie die Hand um seine pochende Erektion schloss, blieb ihm die Luft weg. Er vergaß ihre Brüste und dass sie noch ihren Slip anhatte, und hatte nur noch den Drang, sich tief in sie hinein zu versenken.

Doch ihre zarte Hand hielt ihn fest. Ihre Lippen küssten seinen Hals. »Ich brauche dich«, flüsterte sie mit ihrer tiefen, sexy Stimme.

»Und du wirst mich gleich kriegen.« Er ließ gerade lange genug von ihr ab, um seine Hose abzuschütteln, die Schuhe und Boxershorts auszuziehen. Während er sich auszog, schwang Samantha die schlanken Hüften und schälte sich aus ihrem spitzenbesetzten Slip.

Blake nahm ein Kondom aus seinem Geldbeutel und zog es sich schnell über. Als er sich wieder zu Samantha umdrehte, hatte sie ein Knie angewinkelt und gegen die Rückenlehne der Couch gestützt. Sie zog ihn zurück in ihre Umarmung.

Er schob sich zwischen ihre Hüften und suchte mit seinen Lippen nach ihren. Sie drängte ihm die Zunge in den Mund, nahm ihm den Atem. Blake hatte geahnt, dass sie eine leidenschaftliche Frau war. Schon seit er sie kennengelernt hatte, versuchte er, sich auszumalen, wie sie wohl im Bett sein würde. Aber die Realität übertraf alle seine Tagträume.

Seine Spitze suchte hungrig ihre feuchte Mitte. Als Samantha ein Bein um seine Hüfte schlang und ihm damit eine Position anbot, in der er ihnen beiden Befriedigung verschaffen konnte, glitt er in sie.

Der maunzende Ton, den sie von sich gab, während er sich tief in sie vergrub, streichelte sein Ego.

»Hmmm, gut!«, seufzte sie. Ihr Atem war heiß und schnell, sie bewegte die Hüften.

Besser als gut. In ihren Armen zu liegen, war einfach perfekt. Blakes Wunsch, dafür zu sorgen, dass Samantha sich vor Lust unter ihm wand, vor Wonne, die er ihr verschaffte, sorgte dafür, dass er jeden Gedanken an seinen eigenen Höhepunkt erst einmal verbannte.

»Du bist so eng«, flüsterte er.

Ihre Blicke trafen sich. Sams Lippen öffneten sich vor Verlangen. An ihrem Hals pulsierte eine Ader. »Klein sein kann ein Vorteil sein.«

Aber das war nicht alles. Hinterher, wenn sie beide satt waren, würde er ihr Fragen über ihre Vergangenheit stellen, über die Männer in ihrem Leben. Aber im Augenblick wollte er sie nur berühren, sie befriedigen.

Als ihre Finger sich in seine Schultern gruben und dann seinen Hintern umfassten, als ihr Atem immer schneller wurde, wusste er, dass er den Rhythmus gefunden hatte, den sie brauchte.

»Ja«, stöhnte sie. »Ja, so.«

Blake hielt sich eisern zurück, wartete auf den Moment, in dem Samantha zum Höhenflug ansetzte. Dann hob sie ab, schrie seinen Namen und drängte sich an ihn. Er spürte, wie ihr Körper um ihn pulsierte wie ein enger Kokon. In diesem Moment ließ auch Blake sich gehen und folgte ihr in den Himmel.

Blakes Gewicht drückte sie aufs Sofa, sein Atem ging genauso heftig wie ihrer. Samantha strich mit dem Bein über seines. Sie konnte nicht aufhören zu lächeln. Selbst als das wonnevolle Beben ihres Körpers zu einem gelegentlichen Zucken verebbte, hielt sie ihn noch fest.

Als hätte sie sich solchen Wonnen noch länger verweigern können. Unfassbar, dass sie diesen wunderbaren Körper, diesen großartigen Liebhaber nun ein ganzes Jahr lang genießen durfte. Der Gedanke daran, dass ihre Beziehung ein vorausgeplantes Ende hatte, gab ihr einen Stich. Aber sie schob die Vorstellung vom Abschiednehmen beiseite und konzentrierte sich auf den Duft des Mannes, der immer noch in ihrem Körper vergraben war, und darauf, wie er sich anfühlte.

»Das war …«

»… fantastisch«, sagte Blake.

Auch für ihn? Er hatte doch viel mehr Erfahrung als sie. Sam konnte ihre Liebhaber an einer Hand abzählen und hatte dann noch drei Finger übrig. Dagegen mangelte es Blake sicher nicht an Vergleichsmöglichkeiten. Sie wollte nachfragen, aber ihre innere Unsicherheit hielt sie davon ab.

»Was hat dieser Gesichtsausdruck zu bedeuten?«, fragte Blake.

»Wovon redest du?«

»Von dem unsicheren Blick, den ich immer bei dir sehe, wenn du mir irgendwelchen Quatsch erzählst. Wie zum Beispiel, dass du zu klein bist.«

Ehrlichkeit war das Fundament ihrer Beziehung. Aber wie konnte sie ihn nach seinen früheren Freundinnen fragen, ohne dabei zu klingen wie ein kleines Hascherl mit Minderwertigkeitskomplexen, das verzweifelt Bestätigung suchte? »War es für dich tatsächlich auch fantastisch?«

Er schnaubte. »Samantha.« Dann streichelte er ihr mit der Rückseite seines Fingers übers Kinn. Seine Hüfte lag immer noch fest an ihrer. »Ist dir aufgefallen, wie gut unsere Körper zusammenpassen?«

Ihre Brüste schmiegten sich an seine Brust, ihre Beine umschlangen seine Hüften. Mit den Lippen waren sie einander so nahe, dass sie ihn immer noch schmecken konnte. »Ja.«

»Du bist perfekt und noch viel leidenschaftlicher als in meinen wildesten Träumen. Und obwohl ich im Augenblick noch auf Wolke sieben schwebe, glaube ich nicht, dass ich für heute Nacht schon mit dir fertig bin. Das hier …«, er küsste sie sanft, »… ist der Beginn einer wundervollen Sache.«

Nun, jedenfalls wusste er, wie man eine Frau dazu brachte, auch nach dem Orgasmus noch weiterzulächeln.

Blake löste sich für einen Moment aus ihren Armen, stand auf, hob sie hoch und trug sie aus dem Zimmer.

Samantha warf hektisch einen Blick zurück. »Blake, unsere Kleider!«

Er lachte und scherte sich nicht darum. Dann trug er sie hinauf ins Schlafzimmer und setzte seine Ankündigung in die Tat um.

Sam schaffte es erst am Vormittag wieder nach unten. Ihre Kleider waren weggeräumt, das Geschirr verschwunden. Nur direkt beim Sex ertappt zu werden, wäre noch eindeutiger gewesen als das, was die Angestellten bei ihrer Rückkehr vorgefunden hatten. Sam wurde vor Verlegenheit ganz heiß. Sie schaute jedes Mal beiseite, wenn sie an Mary oder Louisa vorbeiging. Beide Frauen waren schrecklich höflich. Dabei wäre es Samantha tausend Mal lieber gewesen, wenn sie sich verschwörerisch angestoßen und ihr den erhobenen Daumen gezeigt hätten, anstatt so zu tun, als würden sie andauernd hinter Blake und seinen Eroberungen herräumen.

Die Frage nach seinen früheren Geliebten stellte Samantha Blake beim Packen. »Sag mal, Blake«, begann sie unschuldig. »Kann es passieren, dass ich in irgendwelchen Schubladen auf Besitztümer deiner Ex-Freundinnen stoße?«

Er richtete sich auf und starrte sie an. Aber sie packte seelenruhig weiter. Sie musste schließlich alles mitnehmen, was sie brauchte, während Blake auf beiden Kontinenten ein komplett ausgestattetes Zuhause hatte.

»Ich weiß nicht, ob ich dich richtig verstanden habe.«

»Ich meine: Hatte Vanessa hier ihre eigene Schublade? Oder Jacqueline?«

Sein Blick bohrte sich in ihren Rücken, aber sie weigerte sich, ihm in die Augen zu schauen. Eigentlich ging sie das nichts an. Trotzdem wollte sie wissen, ob er seine Geliebten öfter mal zu Hause empfangen hatte.

»Bislang fand ich noch keine Frau schubladenwürdig«, sagte Blake.

Interessant. »Und ich werde noch nicht mal einen vergessenen Slip finden?«

Samantha packte mit abgewandtem Gesicht weiter. *Eigentlich sind diese Fragen jämmerlich.*

»Samantha?« Er trat hinter sie, nahm sie an den Schultern und drehte sie zu sich um. Seine grauen Augen suchten ihre. »Ich habe dieses Haus erst seit vier Jahren und du bist die einzige Frau, die je hier in meinem Bett geschlafen hat.«

Tief in ihrer Brust breitete sich ein inneres Lächeln aus. Aber sie ließ nicht zu, dass es ihre Lippen erreichte. Sie wollte ihn nicht sehen lassen, wie froh sie seine Worte machten.

Samantha nickte.

Er küsste sie sanft auf die Lippen. »Würde es dir etwas ausmachen, wenn es hier eine Schublade mit den Sachen einer anderen Frau gäbe?«

Im Grunde sollte sie das nicht kümmern. Bis vor drei Wochen hatten sie einander noch nicht einmal gekannt. »Eigentlich nicht …« *Aber klar doch, verdammt noch mal!*

»Samantha?« Er zog ihren Namen mit einem wissenden Unterton in die Länge.

»Okay, ja«, lenkte sie ein. »Es ist nur, weil …« Sie suchte nach einer guten Ausrede und wurde fündig. »Als Paar sind wir für deine Angestellten viel glaubwürdiger, wenn ich hier in deinem Haus nicht bloß eine Nummer bin.«

Erbärmlich. Ihr durfte eigentlich nichts daran liegen, mehr als eine Nummer zu sein. Sie sollte Mauern um ihr Herz und um ihre Gefühle errichten und dafür sorgen, dass sie keine emotionale Bindung zu dem Mann entwickelte, der ihr gerade so tief in die Augen sah.

»Du bist keine Nummer, Samantha. Und falls du je das Gefühl hast, dass meine Angestellten hier oder in Europa dich so behandeln, lass es mich bitte wissen.«

Sie schüttelte den Kopf. »Alle sind furchtbar nett zu mir.«

Blakes Augen verengten sich einen Moment lang nachdenklich. Dann wandte er sich ab und packte die paar Kleinigkeiten vollends zusammen, die er brauchte.

Als Samantha sich wieder zu ihrem Koffer gedreht hatte, erlaubte sie sich ein winziges Lächeln. Was zwischen ihnen passierte, in einem romantischen Licht zu sehen, war falsch. Sie hatten einfach nur eine befriedigende erotische Beziehung und waren zufällig auch noch verheiratet. Nicht mehr und nicht weniger.

»Und, du Samantha?« Blake platzte in ihre Gedanken.

»Was ist mit mir?«

»Hattest du schon mal einen schubladenwürdigen Mann in deinem Leben?«

Ihre Hand blieb über dem Koffer hängen. »Nein.« Das war die Kurzzusammenfassung ihres nichtexistenten Liebeslebens.

Sie packte weiter.

»Irgendwelche Verflossenen, die eines Tages an die Tür klopfen könnten?«

Samantha warf einen Blick über die Schulter. Blake drehte ihr den Rücken zu und gab sich ungeheuer beschäftigt. Okay, ihr Mann interessierte sich für ihre amouröse Vergangenheit. Die hatte ja auch nicht wie bei ihm in den Boulevardzeitungen gestanden.

»Der Liebesbrunnen ist schon seit einiger Zeit ausgetrocknet«, sagte sie.

»Wann ist er denn versiegt?«

Sie wandte sich um und wartete darauf, dass er ihren Blick erwiderte.

»Seit mein Vater im Knast sitzt, habe ich niemanden mehr an mich herangelassen.«

»Aber bei seiner Verurteilung warst du erst einundzwanzig.«

»Korrekt.«

»Heißt das, du warst seither mit niemandem …«

»Mit niemandem.«

Sein Blick wanderte nachdenklich zur Zimmerdecke. »Das bedeutet …«

»Ich hatte vor dir exakt zwei Liebhaber.« Sie ahnte, worauf dieses Gespräch hinauslief. Seltsam, dass sie schon vorher gewusst hatte, was er sie fragen wollte. »Einen in der Highschool, weil jedes Mädchen jemanden haben will, der mit ihr zum Abschlussball geht. Und einen in meiner College-Zeit.« An diese zweite Beziehung dachte sie mit Grauen zurück. Ihr College-Freund hatte ihr Vertrauen in die Männer nachhaltig geschädigt.

Irgendetwas musste Blake ihr angesehen haben, denn er stellte keine weiteren Fragen und kam wieder zu ihr.

»Vielleicht ist das typisch männlich. Aber ich stehe eben gerne auf einer sehr exklusiven Liste.«

Die Gedanken ans College, an die Irrungen und Wirrungen, die schmerzhaften Erfahrungen, waren schwer wieder abzuschütteln. Sam rang sich ein Lächeln ab und sagte flapsig: »Aber mit dem eigenen Mann zu schlafen, ist doch in Ordnung, oder?«

Blakes Augen verengten sich. »Touché.«

Er wandte sich ab und Samantha hatte plötzlich das Gefühl, dass sich zwischen ihnen eine Kluft aufgetan hatte. »Blake?«

»Ja?«

»Ich finde es schön zu wissen, dass ich hier im Haus die Einzige bin.«

Das Schweigen zwischen ihnen dehnte sich aus. Sie starrten einander wortlos an. Als Blake sich wieder seinen Reisevorbereitungen zuwandte, beschäftigte Samantha sich mit ihren.

Acht

Die Annehmlichkeiten eines Privatjets ließen sich mit einer Frau zusammen noch besser genießen. Nachdem sie einander hoch über den Wolken geliebt und dann ein paar Stunden geschlafen hatten, hätten sie eigentlich ausgeruht und entspannt an ihrem Ziel ankommen müssen. Doch Samantha war nicht wirklich wohl in ihrer Haut. Blake spürte es und gab sich alle Mühe, sie aufzuheitern.

Er hatte eine Nacht in einem Hotel in Flugplatznähe gebucht und wollte erst am nächsten Tag mit Samantha nach Albany fahren. Aber er hatte die Rechnung ohne seine Familie gemacht.

Bei der Landung am frühen Morgen war es auf Samanthas und Blakes innerer Uhr spätabends. An Samanthas ineinanderverschlungenen Händen erkannte Blake, wie angespannt sie war. Auf dem Weg aus dem Flugzeug legte er ihr den Arm um die Schultern. Samantha trug bequeme alte Jeans und ein langärmeliges Shirt. Das hatte Blake ihr vorgeschlagen. »Für den Fahrer musst du dich nicht extra stylen«, hatte er gesagt und ihr versichert, sie würden Zeit haben zu schlafen, zu duschen und sich zurechtzumachen, bevor sie irgendwelche wichtigen Leute trafen.

Doch kaum hatte der bestellte Wagen neben dem Jet angehalten, öffnete sich die Hecktür. Ein Fuß in einem hochhackigen Schuh kam zum Vorschein und klackte auf den Asphalt. Blakes Mutter. Überraschung!

»Du hast doch gesagt, es würde niemand am Flugplatz sein«, zischte Samantha zwischen den Zähnen hindurch.

»Davon bin ich auch ausgegangen.«

Die Frau, die sich aus dem Rücksitz der Limousine schälte, war auf den ersten Blick als Blakes Mutter zu erkennen. Der Fahrer hielt einen Schirm über sie, damit die Regentropfen nicht das Kunstwerk eines Friseurs ruinierten, in dem sicher viel Arbeit steckte.

Trotz ihrer traurigen Ehe konnte man Linda Harrison leicht für zehn Jahre jünger halten, als sie es war. Blake wusste, dass der lange graue Mantel eine edle Bluse und einen schmal geschnittenen Rock verdeckte. Seine Mutter kleidete sich immer sehr akkurat. Und obwohl kein Sonnenstrahl durch die dicke Wolkendecke drang, verbarg sie ihre Augen und ihre Gefühle hinter einer großen Sonnenbrille.

»Und wer ist das?«

Blake schluckte. Wenn er inzwischen eines über seine Frau wusste, dann wie leicht sie manchmal zu verunsichern war. Samantha konnte recht forsch sein, hatte aber stets auch den Wunsch, akzeptiert zu werden.

Der Vorschlag, sie solle anstatt des seidenen Hosenanzugs, doch lieber bequeme Kleidung tragen, würde ihm zweifellos noch leidtun.

»Meine Mutter.«

Sam blieb stehen, aber Blakes Hand in ihrem Rücken dirigierte sie weiter.

»Aber …«

»Mom?« Blake ließ Samantha kurz los und küsste seine Mutter auf die Wangen. »Eigentlich haben wir nicht mit dir gerechnet.« Er gab sich wenig Mühe, sein Missfallen zu verbergen.

»Ich musste dich und deine Braut doch willkommen heißen.«

Blake schob Samantha vor sich. »Samantha – meine Mutter Linda. Mom, ich möchte dir gerne Samantha vorstellen. Meine Frau.«

Seine Mutter verzog die Lippen zu einem Lächeln. »Sehr erfreut.« Sie streckte Samantha die Hand hin.

»Ich habe schon viel von Ihnen gehört.«

»Ach, tatsächlich? Und ich noch fast gar nichts von Ihnen.«

Blake spürte, wie Samantha immer steifer wurde, und trat schnell zwischen die beiden Frauen. »Das wird sich nun sehr schnell ändern«, sagte er zu seiner Mutter. »Du hättest nicht extra herkommen müssen. Du weißt doch, dass wir einen langen Flug hinter uns haben.«

Linda tätschelte Blakes Schulter. »Ich bin sicher, ihr hattet unterwegs viel Zeit, euch auszuruhen.«

»Wir hatten vor der Abreise sehr viel zu erledigen. Das kannst du dir sicher vorstellen. Und jetzt freuen wir uns auf ein paar Stunden Schlaf.«

Seine Mutter deutete auf den Wagen. »Dann sollten wir euch so schnell wie möglich nach Hause bringen.«

Blakes Geduldsfaden war kurz vor dem Reißen. Aber am schlimmsten war, dass Samantha nur stumm wie ein Fisch neben ihm stand.

»Ich habe ein Zimmer im Plaza gebucht.«

»Das ist doch albern ...«

»Mutter!« Er hatte genug.

»Linda? Es ist Ihnen doch recht, wenn ich Sie so nenne, oder?« Samantha hatte ihre Stimme wiedergefunden.

»Selbstverständlich, meine Liebe.«

»Gut. Wie Sie sicher sehen, brauche ich dringend eine Dusche, und ein bisschen Schlaf würde auch nicht schaden. Ich hoffe, Sie haben Verständnis dafür und können unsere Ankunft auf Albany noch ein wenig abwarten. Blake und ich müssen erst einmal den grauenhaften Jetlag abschütteln.« Einen derart förmlichen Ton hatte Blake bei Samantha noch nie gehört.

»Vermutlich haben Sie recht.«

Samantha stützte sich auf Blakes Arm. »Es ist wirklich sehr freundlich von Ihnen, mich gleich hier zu begrüßen. Sie können sich gar nicht vorstellen, wie viel mir das bedeutet.«

Blake war sprachlos. Er führte seine Frau und seine Mutter zum Wagen.

Sobald die Tür sich geschlossen hatte, schmiegte Samantha sich unauffällig an ihn. »Was für ein eleganter Mantel«, sagte sie zu seiner Mutter.

»D... danke.«

»Ich hoffe, Sie verraten mir, wo Sie den gekauft haben. So etwas fehlt mir noch und so wie der Himmel aussieht, werde ich einen Mantel dringend brauchen.«

»Gerne. Wir werden sicher viel Zeit zum Shoppen haben.«

Blakes Ärger über die unerwartete Anwesenheit seiner Mutter ließ etwas nach. »Meine Frau und meine Mutter zusammen beim Einkaufen. Heißt das, ich muss mir Sorgen machen?«

»Das kommt ganz darauf an«, sagte Samantha.

»Worauf denn?«

»Darauf, ob deine Schwester auch mitkommt. Drei Frauen mit einer Kreditkarte ohne Begrenzung – das kann gefährlich werden.«

Sie lachten. Trotz aller Unterschiede zwischen seiner Mutter und seiner Frau machte Blake sich in diesem Augenblick keine Sorgen mehr, ob sie miteinander auskommen würden. Als er Samantha erzählt hatte, wie verschwenderisch seine Mutter mit Geld umging und wie gerne sie einkaufte, hatte seine Frau genau zugehört, und nutzte diese Informationen jetzt, um mit Linda ins Gespräch zu kommen. Bei der Ankunft vor dem Plaza war Blake beinahe sicher, dass seiner Frau Mama Samanthas Kaufhausjeans und die Schuhe ohne Designerlabel schon gar nicht mehr auffielen. Eines aber wusste er bereits jetzt ganz genau: dass Samantha die Kleider, die sie anhatte, bei der erstbesten Gelegenheit verbrennen würde.

Zum Glück verabschiedete seine Mutter sich an der Tür und folgte ihnen nicht auch noch ins Hotel. Ein Page brachte sie direkt in ihre Suite. Blake gab dem jungen Mann ein Trinkgeld und schloss die Tür hinter ihm.

Samantha streifte die Schuhe ab und warf sich aufs Sofa. »Wenn ich deiner Mutter den Überfall am Flughafen verziehen habe, fange ich vielleicht sogar an, sie zu mögen.«

»Ich hatte sie gebeten, auf Albany auf uns zu warten.«

»Sie ist eine Mutter. Sie ist neugierig.«

»Trotzdem hätte sie sich zurückhalten sollen.« Er würde sie beiseitenehmen und es ihr sagen.

»Sie wollte mit eigenen Augen sehen, ob ich nicht schon im fünften Monat bin.«

Blake brauchte einen Moment, bis ihm die Bedeutung von Samanthas Worten aufging. »Schwanger?«

»Ich bitte dich. Hast du nicht bemerkt, wie ihre Augen über meine Taille gewandert sind?«

Dieser Gedanke war ihm überhaupt noch nicht gekommen. »Du machst Witze.«

»O nein. Das war eine Erkundungsmission. Erstens wollte sie sehen, ob ein Erbe unterwegs ist, und zweitens sicherstellen, dass ich nicht ganz und gar aus dem Rahmen falle, was Schicht und Klasse angeht.«

Blake lehnte sich kopfschüttelnd ans Bett. »Wie kannst du dir da so sicher sein?«

»Frauen sind emotionale Wesen. Man sieht ihnen alles an den Augen an. Als deine Mom ihre Sonnenbrille abnahm, konnte ich jeden einzelnen ihrer Blicke, jedes Augenblinzeln mühelos lesen.«

Er zuckte die Schultern. »Vielleicht solltest du mit zu meiner nächsten Geschäftsbesprechung kommen. Du hast eine ungeheure Beobachtungsgabe.«

»Auf dem College hatte ich als Nebenfach Psychologie.«

»Dann hättest du als Profilerin Karriere machen können.«

»Keine Chance. Du weißt ja: die Sünden der Väter …«

Samantha stemmte sich von der Couch hoch. Das Gespräch war beendet. Blake hatte das Gefühl, dass sie etwas bedrückte. Sie packte ein paar Sachen aus und ging ins Badezimmer. Die Geschichte mit ihrem Vater hatte ihr ordentlich zugesetzt. Blake bedauerte, dass er nicht wusste, wie tief ihre Wunden waren. Aber er würde es herausfinden.

Als Blake sie weckte, hatte Samantha den Eindruck, nur fünf Minuten geschlafen zu haben. Nach einer ausgiebigen warmen Dusche und einem kleinen Happen zu essen – mehr brachte Samantha vor lauter Anspannung nicht hinunter – machten sich die Flitterwöchner auf den Weg nach Albany. Der Gedanke, dass Blakes Familie sie nun genau unter die Lupe nehmen würde, jagte Samantha kalte Schauer über den Rücken. Die erste kurze Inspektion durch Blakes Mutter hatte sie ganz gut überstanden. Aber wenn Linda einen Heimvorteil hatte, würde sie es ihr sicher nicht mehr so leicht machen.

Zu diesem ersten offiziellen Treffen mit der Familie trug Sam einen rostfarbenen Rock mit passendem Blazer. Blake fragte sie nicht, warum die Jeans und das Shirt im Hotelmülleimer lagen. Als er die Sachen dort gesehen hatte, hatte er nur kurz aufgelacht. Schwamm drüber. Sie hätte diese Klamotten gar nicht mitnehmen sollen. Dann hätte sie sie auch nicht angehabt, als Linda überraschend aufgetaucht war. Samantha schwor sich, von nun an nur noch mit Kleidern zu reisen, in denen sie vor der ehemaligen Herzogin von Albany bestehen konnte. Sie wollte nie wieder kalt erwischt werden. Ihr Stil war vielleicht etwas jugendlicher als der ihrer Schwiegermutter, aber für die Rolle der Frau an Blakes Seite war sie nun passend gekleidet.

Während der nachmittäglichen Fahrt aufs Land ließ der Regen nach. Schon kurz, nachdem sie London verlassen hatten, breiteten sich sanfte Hügel vor ihnen aus. Sam versuchte, entspannt neben Blake zu sitzen. Er erzählte ihr von seiner Schwester, die ungefähr in ihrem Alter war.

»Gwen wollte immer, dass ich mein unstetes Leben aufgebe.«

Sams Magen zog sich zusammen. »Macht es dir denn nichts aus …?« Sam sprach den Satz nicht zu Ende. Ihre Augen wanderten zu dem Fahrer vorn im Wagen. Sie wollte fragen, ob Blake nicht befürchtete, dass seine Schwester sich während dieser kurzen Ehe mit ihrer Schwägerin anfreunden könnte.

Blake zuckte zusammen. Einen Moment lang wirkte er verunsichert. »Du und Gwen, ihr werdet bestimmt gut miteinander auskommen. Sie ist sehr nett. Ein bisschen verwöhnt vielleicht, aber alles andere als eine Zicke.«

Samantha verschob die Diskussion über das Verhältnis zu ihrer Schwägerin auf einen späteren Zeitpunkt. Solche Gespräche mussten sie unter vier Augen führen. Aber der Gedanke, dass sie alle Leute, denen sie nun begegnen würde, hinters Licht führten, machte ihr zunehmend zu schaffen. Die Erinnerungen an ihren Vater in seinen letzten Monaten in Freiheit standen ihr noch deutlich vor Augen.

Als Studentin der Wirtschaftswissenschaften hatte Samantha auch außerhalb der Seminarräume oft mit ihren Professoren über den geschäftlichen Erfolg ihres Vaters diskutiert. Selbst Dan, ihr damaliger Freund, hatte alles über Harris Elliots kleines Imperium, seinen Wohlstand und sein Geschäftsmodell wissen wollen.

Dan war charmant gewesen, charismatisch und listiger als ein Fuchs, der vor einem Bau darauf lauert, dass ein Kaninchen den flauschigen Kopf ins Freie steckt.

Sam war das arglose Kaninchen gewesen, mit dem der Fuchs gespielt hatte.

Sie wollte noch immer nicht fassen, dass sie mit dem Mann geschlafen hatte, der ihren Vater letztlich hinter Gitter gebracht hatte. Wie naiv sie doch gewesen war. Sie hatten sich getroffen, gemeinsam gelernt und gemeinsam in den Laken gewühlt. Dan hatte ihre Gespräche aufgezeichnet, scheinbar unschuldige Fragen gestellt und den Behörden geholfen, Beweise gegen ihren Vater zu sammeln.

Noch jetzt, viele Jahre später und während dieser Autofahrt mit ihrem Ehemann auf Zeit wurde Sam übel, wenn sie daran dachte. Die Beweise gegen ihren Vater hatte sie unwissentlich geliefert. Aber letztlich hatte sie durch ihre Naivität wesentlich zum tragischen Ausgang der Geschichte beigetragen. Ihre Mutter war tot, Jordans Leben in Trümmern.

Samantha erinnerte sich noch gut an den Tag, an dem Dan ihr gesagt hatte, wer er wirklich war. Er hatte neben dem FBI-Agenten gestanden, der Samantha unter Druck gesetzt hatte: Wenn sie ihre Kooperation bei den Ermittlungen verweigerte, würde auch ihre Mutter in den Knast wandern. Der Agent und Dan hatten ihr von den unsauberen Praktiken ihres Vaters erzählt und ihr verraten, wo sie überall Wanzen angebracht hatten.

»Wir haben Grund zu der Annahme, dass Ihre Mutter einiges über die Machenschaften Ihres Vaters weiß. Wir brauchen Sie, um weitere Beweise zu finden. Sonst müssen wir auch Ihre Mutter verhaften.«

Samantha wusste, dass ihre Mutter völlig ahnungslos war, war aber in dem Augenblick zu schockiert gewesen, um zu hinterfragen, warum ein FBI-Agent mithilfe der Tochter die Unschuld der Mutter beweisen wollte. Letztendlich hatten Dan und seine Freunde Samantha nur dazu benutzt, ihren Vater dingfest zu machen. Dass Martha, ihre Mutter, nichts mit Harris' Betrügereien zu tun hatte, war ihnen bereits bekannt gewesen.

Samantha hatte sich durchaus hin und wieder Gedanken über das Geschäftsgebaren ihres Vaters gemacht. Ab und zu hatte er von stillen Teilhabern gesprochen, aber Sam war nie einem begegnet. Verdächtig war ihr das Ganze erst im Lauf des ersten Semesters am College vorgekommen. Damals hatte ihr BWL-Professor sie nach dem Beruf ihres Vaters gefragt. Womit ihr Vater genau sein Geld verdiente, hatte sie ihm nicht sagen können. Sie wusste nur, dass es sich um große Summen handelte.

Und ihre Mutter war ganz einfach die Ehefrau eines wohlhabenden Mannes gewesen. Sie traf sich mit den vornehmen Nachbarn zum Lunch, spülte niemals selbst das schmutzige Geschirr und stellte sich blind, wenn ihr Vater eine Affäre hatte. Sie war stets perfekt gekleidet und achtete penibel darauf, dass Samantha und Jordan niemals in abgetragenen oder billig aussehenden Klamotten aus dem Haus gingen.

Das erste Jahr am College hatte Samantha die Augen geöffnet. Von ihren Mitstudentinnen hatte sie das Sparen gelernt. Leider waren diese Kommilitoninnen nach der Verhaftung ihres Vaters allesamt verschwunden wie Kakerlaken, wenn man das Licht anknipst. Zwei der Mädchen waren Scheidungskinder gewesen und wussten, wie man Daddy das Geld aus der Tasche zog, damit man in den Semesterferien auf den Spring-Break-Partys feiern konnte. Durch diese Mädchen hatte Samantha die großen Discounter kennengelernt, bei denen die Dinge des täglichen Bedarfs kein Vermögen kosteten. Sam hatte ihrer Mutter stolz berichtet, wie sparsam sie geworden war. Sie würde nur die Hälfte des Geldes brauchen, das ihr Vater für ihr Studium veranschlagt hatte.

Martha hatte das Gespräch nach einem einzigen Blick auf die Jeans ihrer Tochter beendet: »Meine Tochter wird nicht in solchen Lappen herumlaufen.«

Verletzt, aber entschlossen, sich von der Engstirnigkeit ihrer Mutter nicht davon abhalten zu lassen, etwas über die harten Fakten des Lebens zu lernen, hatte Samantha allmonatlich die Hälfte des Geldes, das ihr Vater ihr gab, auf ein eigenes Konto eingezahlt. Als das FBI das Vermögen der Elliots eingezogen hatte, hatte dieses Geld sie gerettet.

Und jetzt führte sie plötzlich wieder ein Leben im selben Stil wie in ihrer Jugend und fragte sich, wie Linda, Gwen und alle anderen Leute, denen Blake sie noch vorstellen würde, reagieren würden, wenn sie bei der Scheidung nach einem Jahr merkten, dass sie getäuscht worden waren.

Erst als Blake die Hand auf Samanthas Hände legte, merkte sie, wie krampfhaft sie sie ineinander verschlungen hatte. In seinen schönen grauen Augen sah sie Wärme und Verständnis. *Wahrscheinlich glaubt er, ich bin nervös, weil ich nun seiner Familie vorgestellt werde.*

Er konnte ja nicht ahnen, worüber sie tatsächlich nachgrübelte.

Zum ersten Mal, seit sie seinen Ring trug, hinterfragte sie ihre Entscheidung.

Was, wenn sie die Sache irgendwie vermasselte, wenn Blakes Schwester und seine Mutter am Ende ohne einen Cent dastanden? Würde Linda damit klarkommen?

Sam erschauerte.

Was, wenn Linda auch keinen Ausweg mehr sah und dasselbe tat wie ihre Mutter?

Mit einem Kopfschütteln versuchte Samantha, die Erinnerung an die Beerdigung ihrer Mutter loszuwerden.

»Alles wird gut.«

Plötzlich war Samantha sich da nicht mehr so sicher. Doch in diesem Augenblick tauchte Albany Hall vor ihr auf. Der Wagen bog von der Landstraße in eine kreisförmige Einfahrt ein.

»Ich glaube, ich träume«, hauchte sie. Blakes Elternhaus sah aus wie ein kleines Schloss. Es gab ein Hauptgebäude mit zwei Seitenflügeln. Samantha zählte drei Stockwerke und nahm an, dass diese auf einem mächtigen Kellergewölbe standen. Blake hatte ihr gesagt, das Haus hätte fünfunddreißig Zimmer. Dazu kam noch der Wohnbereich der Angestellten. Er hatte von einem Ballsaal und einem Wintergarten erzählt, einer Bibliothek mit mehr Büchern, als ein Mensch jemals lesen konnte, und von Salons, die nach der Farbe des Dekors benannt waren. »Der blaue Salon liegt gleich neben der Eingangshalle und neben dem roten.«

Als sie aus der Limousine in Blakes Welt stieg, fühlte Samantha sich ein klein wenig wie Aschenputtel vor dem Ball. Nur dass hier die Uhr nicht eine Nacht, sondern ein Jahr lang ticken würde. Eigentlich hätte Samantha sich nicht so viele Gedanken machen müssen. Aber sie hatte Angst, am Ende mit einem gläsernen Schuh in der Hand und jeder Menge Reue im Herzen dazustehen.

»Bist du bereit?«, fragte Blake. Dann führte er sie ins Haus.

Falls Gwen sich irgendwie an Samanthas Gegenwart an Blakes Seite störte, verbarg sie es perfekt. Sobald Blake Sam in das imposante Herrenhaus gebracht hatte, hängte seine Schwester sich an Sams Arm und ließ sie nicht mehr los. Sie war jung, schön und lebhaft – und ohne Zweifel sehr verwöhnt. Linda begrüßte Sam mit einem freundlichen Lächeln und stellte sie einer Tante, einem Onkel und zwei Cousins vor. Die beiden musterten sie kritisch.

Auch die Angestellten standen bereit. Sie nahmen das Gepäck entgegen, servierten den Tee und zogen sich dann diskret zurück.

»Du weißt gar nicht, wie ich mich freue, eine Frau in meinem Alter hierzuhaben«, sagte Gwen zu Samantha. Während Blake seinen englischen Akzent versteckte, schwelgte Gwen geradezu darin.

»Du willst doch wohl nicht behaupten, du wärest bislang einsam gewesen«, sagte Linda zu ihrer Tochter.

»Nein. Aber Samantha gehört zur Familie. Das ist doch etwas anderes. Nicht wahr, Samantha? Ich hatte nie eine Schwester, der ich mich anvertrauen konnte.« Gwen schenkte ihr ein bezauberndes Lächeln, bei dem ihre weißen Zähne nur so blitzten, und Samantha bekam prompt Gewissensbisse. Sie selbst hatte eine Schwester, aber Jordan war nicht gesund genug für die Art Schwesternbeziehung, die Gwen vorschwebte.

Sam war, als bekäme sie durch Blake eine zweite Chance, so etwas zu erleben. Aber die Zeitbombe tickte, der Zünder war auf ein Jahr eingestellt. »Ja, wahrscheinlich hast du recht«, sagte Samantha.

»Der Tee steht im roten Salon bereit, Blake. Komm, wir machen es uns dort gemütlich und du erzählst uns von deiner Zeitrafferromanze und eurer Hochgeschwindigkeitshochzeit.«

Blake schob sich neben Samantha und nahm sie am Arm. Seine Wärme neben sich zu spüren, hatte eine beruhigende Wirkung auf sie. Er beugte sich zu ihr und flüsterte ihr ins Ohr: »Kommst du klar?«

Samantha bemerkte, dass Blakes Cousin Howard sie mit zusammengekniffenen Augen und heruntergezogenen Mundwinkeln beobachtete. Sie hob Blakes Hand und küsste seine Fingerknöchel. Das Strahlen im Gesicht ihres Ehemannes vertrieb einige ihrer düsteren Gedanken an die Zukunft. »Ja, alles in Ordnung«, flüsterte sie und Blake drückte ihre Hand.

Linda geleitete sie in den roten Salon, einen Raum mit einer gewölbten Decke und einer Tapete in Rot, Grau und Weiß. Das Tapetenmuster wirkte trotz der kräftigen Farben nicht aufdringlich. Blumengemälde und Seidenvorhänge gaben dem Raum etwas Feminines und auf dem steinernen Kaminsims stand ein wunderhübscher Blumenstrauß.

Die Männer machten sich noch vor der ersten Tasse Tee über die süßen Küchlein und die Sandwiches auf dem Beistelltischchen her.

»Warst du schon einmal in Europa?«, fragte Linda, während sie dunklen Tee in kleine Tassen goss. Sie war zwanglos zum Du übergegangen.

»Ja. Aber damals war ich noch auf der Highschool.«

»Dann kennst du sicher die Tradition des Nachmittagstees«, sagte Gwen.

»Eine prima Ausrede, um sich mitten am Tag einen Snack zu genehmigen«, sagte Blake.

Gwen machte eine wegwerfende Handbewegung. »Hör nicht auf meinen Bruder. Er ist gegen alles allergisch, was ihm auch nur ansatzweise englisch vorkommt. Deshalb war hier sicher niemand überrascht, als wir hörten, dass er eine amerikanische Frau geheiratet hat.«

»Gwen!«, sagte Linda tadelnd.

»Stimmt doch!«

Samantha lachte.

»Es ist doch nicht meine Schuld, dass die europäischen Frauen mich immer so schnell gelangweilt haben«, verteidigte sich Blake.

Howard hörte auf zu essen und fragte: »Dann kennt ihr euch also schon länger?«

Samantha und Blake hatten abgesprochen, dass Blake für die Fragen nach ihrer Beziehung zuständig war. Sie hofften, damit widersprüchliche Antworten vermeiden zu können.

»Das würde ich nicht sagen.«

»Und was würdest du sagen?«, hakte Blakes Tante Mary nach.

»Wir haben uns letzten Monat kennengelernt.«

»Letzten Monat?« Gwen klang schockiert. »Wie kann man denn jemanden heiraten, den man kaum kennt?«

Blake stellte seine Tasse ab und griff nach Samanthas Hand. »Wenn Samantha Ja gesagt hätte, hätte ich sie gleich am ersten Tag zum Standesamt geschleppt. Es gibt im Leben Momente, in denen einfach alles passt.«

Blakes Onkel Paul rutschte auf seinem Stuhl nach vorn. »Ach ja? Gibt es etwas, das wir wissen sollten?«

Um Blakes Mund legte sich ein harter Zug. »Wie soll ich deine Frage verstehen?«

Die Frauen hörten auf zu reden. Sie sahen Samantha an.

»Ist sie schwanger?«

Blake erstarrte. »Sie hat einen Namen und ich bestehe darauf, dass ihr sie damit ansprecht, anstatt so zu tun, als wäre Samantha gar nicht im Raum.« Blakes eisiger Ton ging Sam durch und durch. Diese Seite hatte sie an ihm noch nicht oft gesehen und sie konnte nur hoffen, dass sie niemals diejenige war, gegen die sein Groll sich richtete.

Paul setzte ein hochnäsiges Lächeln auf, aber bevor er etwas entgegnen konnte, sagte Samantha: »Ich bin nicht schwanger.«

Den anwesenden Frauen entfuhr ein kollektiver Seufzer.

»Dann hast du also wegen des Testaments geheiratet.« Die Bemerkung kam von Adam, Blakes jüngerem Cousin. Howard starrte das frischgebackene Paar nur schweigend an.

Blake sprang mit geballten Fäusten auf.

Samantha stellte hektisch ihre Tasse ab und griff nach Blakes Hand. »Liebling, wir wussten doch, dass man unsere Beweggründe infrage stellen würde.« Und wie eine geborene Lügnerin fügte sie hinzu: »Wie soll ein Außenstehender nachvollziehen können, welche unglaubliche Chemie es zwischen uns vom ersten Augenblick an gab. Wie soll jemand verstehen, dass wir uns sofort entschlossen haben, zusammenzubleiben und ohne langes Hin und Her zu heiraten?«

Endlich meldete sich Linda zu Wort und glättete die Wogen ein wenig. »Aus deinem Mund klingt das sehr romantisch, Samantha.«

Sam zog Blake auf seinen Stuhl zurück und hielt vorsichtshalber seine Hand fest, damit er keinem der Anwesenden an die Gurgel ging. »Sicher willst du keine Details hören. Aber dein Sohn ist ein sehr romantischer Mensch.«

»Aber mich interessieren vor allem die Details.« Gwen biss sich gleich nach dieser Bemerkung auf die Lippen.

Blake musterte seine Schwester mit zusammengekniffenen Augen.

Samanthas Blick flog zu Howard, der immer noch den wortlosen Beobachter mimte. Sein Schweigen sagte ihr, dass ihm einiges gewaltig gegen den Strich ging. Er musterte Blake mit einem so eisigen Blick, dass Samantha sich fragte, wie weit er wohl gehen würde, um an Blakes Erbe zu kommen.

Der ältere Parker der Kanzlei Parker und Parker saß in Blakes Büro, um noch einige Einzelheiten zu klären. Vor Jahren, bei der Testamentseröffnung, hatte Blake das Gefühl gehabt, sein Vater spräche direkt aus dem Grab: Wenn Blake den Großteil des Vermögens erben wollte, musste er heiraten. Aber Blake kannte noch nicht alle Klauseln der Verfügung. Damals hatte er den Anwalt nicht ausreden lassen. Beim Tod seines Vaters war er gerade dreißig geworden und sein fünfunddreißigster Geburtstag hatte noch in weiter Ferne gelegen.

In Anzug und Krawatte und mit stoischer Miene öffnete Mark Parker seine Aktenmappe und zog einen fünf Zentimeter dicken Papierstapel heraus. »Wie ich sehe, haben Sie die Richtige gerade noch rechtzeitig gefunden«, sagte der Anwalt. Ihre letzte Besprechung lag erst zwei Monate zurück. Mark hatte Blake an den Stichtag erinnert, den Edmund ihm gesetzt hatte – aber nur, weil es seine Pflicht war. Hätte Blake die Frist verstreichen lassen, dann wären fünfundzwanzig Prozent des Erbes an Parker und Parker gefallen. Blakes Schwester und seine Mutter hätten einen bescheidenen Unterhalt bekommen, der nie und nimmer ausgereicht hätte, um ihren derzeitigen Lebensstandard weiter zu pflegen. Der Rest wäre an Howard und einige wohltätige Einrichtungen gegangen.

»Samantha und ich sind sehr glücklich.« Blake würde sich auf keinen Fall bei Parker entschuldigen.

»Ach tatsächlich?«

»Am kommenden Wochenende können Sie sich gerne selbst davon überzeugen. Zum ersten Mal seit langer Zeit freue ich mich darauf, abends nach Hause zu kommen.« Seltsam, aber die Worte gingen ihm ganz leicht von den Lippen und fühlten sich kein bisschen wie eine Lüge an. Er freute sich tatsächlich jeden Abend darauf, Samantha zu sehen. Und seit sie sich das Bett teilten, hielt seine Freude immer bis zum Morgen an.

Mark kniff die Lippen zusammen. Die Krähenfüße um seine Augen vertieften sich. »Es liegt an Ihnen und Ihrer Frau, die Kanzlei davon zu überzeugen, dass Sie nicht in einer Scheinehe leben.«

»Ich weiß, dass es in Edmunds Testament entsprechende Klauseln gibt. Heute würde ich gerne erfahren, was genau die Kanzlei in den nächsten zwölf Monaten von mir erwartet.«

Mark kratzte sich am Kinn. »Ihrem Vater war es wichtig, dass Sie sich nicht durch die diversen Bestimmungen und Regelungen lavieren können.«

Blakes Vater war ein Kotzbrocken gewesen. Aber Blake sah im Augenblick keine Notwendigkeit, seine Meinung über den toten Mann mit dessen Anwalt zu teilen. »Ja, das ist mir nicht neu.«

»Er hat viel Zeit investiert, um zusammen mit unserer Kanzlei alle rechtlichen Eventualitäten abzudecken.«

Irgendetwas an der Art, wie Mark sich aufrichtete, ein gewisses Flackern in seinen Augen, sorgte dafür, dass die Härchen auf

Blakes Armen sich aufstellten. »Diese Eventualitäten haben wir doch bereits besprochen.«

Marks Mund öffnete sich zu einem stummen O. Dann sagte er mit schiefgelegtem Kopf: »Die meisten schon. Die allermeisten.«

Blake war, als täte sich vor ihm ein Abgrund auf. Aber anstatt sich sein Unbehagen von dem listigen Advokaten anmerken zu lassen, lehnte er sich lässig zurück und wartete.

»Sicher waren Sie bei der Testamentseröffnung noch so von Trauer überwältigt, dass Sie kein Ohr für sämtliche Details hatten. Es gibt beispielsweise einen Testamentsanhang, der erst nach Ihrer Eheschließung verlesen werden durfte und dem Folge zu leisten ist.« Mark lächelte wie ein Fuchs, der sich darauf freut, eine Maus zu verspeisen.

»Sie machen mich neugierig«, sagte Blake. »Welche Forderungen hat mein Vater denn noch gestellt?«

»Das steht in dem versiegelten Addendum, das nach Ihrer Heirat geöffnet werden muss.« Mark zog ein paar Unterlagen aus dem Papierstapel und las vor. *»Nett gemacht, Blake, mein Junge. Anscheinend habe ich doch keinen kompletten Idioten großgezogen. Sicher stehe ich inzwischen ganz oben auf deiner Liste der übelsten Gestalten, die je die Erde bevölkerten. Aber meine Absicht ist lediglich, dir ein für alle Mal zu beweisen, wie wichtig deine Familie immer für dich sein sollte. Während großer Teile deines Erwachsenenlebens hattest du nur Hohn und Spott für mich übrig und hast getan, was du konntest, um mir das meine schwer zu machen. Ein besserer Mensch wäre vielleicht lieber in der beruhigenden Gewissheit gestorben, dass er gut für seine Kinder und seine Frau gesorgt hat. Er würde nicht versuchen, seinem Erben seinen Willen aufzuzwingen. Aber wir wissen beide, dass ich kein solcher Mensch war. Deshalb, mein Sohn, gibt es noch eine letzte Forderung, die du zu erfüllen hast, um an dein Erbe zu kommen. Ich gehe fest davon aus, dass du gerade noch rechtzeitig vor deinem fünfunddreißigsten Geburtstag geheiratet hast. Somit bleibt dir genau ein Jahr, um deine nächste Aufgabe zu erfüllen.«*

In Blakes Venen fing das Blut an zu kochen. Er ahnte, worauf sein Vater hinauswollte, konnte Mark Parker aber schlecht den Mund verbieten.

»Der Beweis dafür, dass du tatsächlich ein solides Leben führen willst und den Ehestand ernst nimmst, wird erst durch einen Nachkommen erbracht.«

Mark legte eine Pause ein und forschte in Blakes Gesicht nach einer Reaktion.

Blake zwang sich, die Kiefermuskeln locker zu lassen und behielt die Hände im Schoß. Vor seinem inneren Auge erschien ein Bild von Samantha.

Was sollte er jetzt tun?

»So etwas braucht Zeit, aber im Lauf des Jahres wird es dir sicher gelingen, den Vaterfreuden einen guten Schritt näherzukommen.«

Blake hörte kaum noch, wie Mark vorlas, dass das Geschlecht des Kindes unerheblich sei und dass es auch nicht unbedingt vor Blakes sechsunddreißigstem Geburtstag zur Welt kommen müsse. Als er zum Ende der Ausführungen gekommen war, räusperte sich Mark. »Ihr Vater hat offenbar an alles gedacht.«

»Und wenn meine Frau und ich uns mit dem Kinderkriegen noch etwas Zeit lassen wollten?«

Mark schnaubte. »Ihr Vater gibt Ihnen etliche Millionen Gründe, die diese Entscheidung beschleunigen müssten. Falls Sie aber gar nicht vorhatten, eine Familie zu gründen, oder gar nach einem Jahr Ehe wieder …«

Blake schnitt ihm mit einer Geste das Wort ab. »Wir sind gerade frisch verheiratet, Mark. Das dürfte Ihnen nicht entgangen sein.«

»Nichts, was Sie tun, wird mir je entgehen. Es gab schon ganz andere als Sie, die nur geheiratet haben, um an eine größere Geldsumme zu kommen. Keiner von ihnen hatte die Absicht, die Ehe aufrechtzuerhalten, nachdem sie das Geld erst einmal auf dem Konto hatten.« Trotz seines näselnden britischen Akzents war Mark anzuhören, wie gereizt er war.

»Dieser Zusatz war versiegelt, aber Sie wussten von Anfang an genau, was darin steht. Habe ich recht?«

Mark lehnte sich zurück und verschränkte die Arme. Seine kaum merklich angehobenen Mundwinkel gaben Blake die Antwort.

Blake verspürte einen unbändigen Drang, Mark sein selbstgerechtes Grinsen auszutreiben. »Vater zu werden, kann ich mir sehr gut vorstellen.« Blake ließ ein wenig von dem Akzent aus seiner Kindheit in seinen Worten mitschwingen und Marks Lächeln fiel tatsächlich in sich zusammen.

»Samantha wird eine wunderbare Mutter sein.« Das glaubte Blake tatsächlich. Sein Pokerface verrutschte ihm keine Sekunde lang.

»Um die Kanzlei zu überzeugen, wird es ein bisschen mehr brauchen als Worte.«

»Daran habe ich keinen Zweifel.«

Mark sammelte seine Unterlagen ein und erhob sich. »Ich werde mich bald wieder bei Ihnen melden.«

Blake stand auf und streckte ihm die Hand hin. »Sicher dürften wir Sie am Wochenende zu unserer kleinen Feier begrüßen.«

»Selbstverständlich.«

An der Tür hielt Blake den Anwalt noch einmal auf. »Ach Mark, sorgen Sie doch bitte dafür, dass Ihre Sekretärin mir eine Kopie des Testaments zuschickt.«

Mark nickte und verließ Blakes Büro.

Blake trat ans Fenster und starrte hinunter auf die regennassen Straßen.

Ein Baby.

Verflucht sollte sein Vater sein und alles, was dem Mann heilig gewesen war. Ein Teil von Blake wollte die ganze Aktion am liebsten abblasen und Samantha sagen, ihre Scharade sei völlig umsonst. Er wusste ganz genau, dass sie niemals gegen Geld ein Kind zur Welt bringen würde. Auch nicht für Millionen. Sie litt noch immer unter dem Trauma, das Lug und Trug ihrer Familie zugefügt hatten. Niemals würde sie ein Kind so verraten. Blake hatte den Stich in Samanthas Magen fast selbst gespürt, als Gwen nach ihren Zukunftsplänen gefragt hatte.

Er hatte damit gerechnet, dass die Anwälte von Parker und Parker ihn und Sam zwingen würden, das kommende Jahr weitgehend gemeinsam zu verbringen. Er hatte geglaubt, Mark würde in sein Büro kommen und sagen: *Blake, alter Junge, Sie und Ihre Frau dürfen nicht mehr als zwei Wochen voneinander getrennt sein. Sonst nimmt die Kanzlei Ihnen nicht ab, dass Sie glücklich verheiratet sind.*

Aber nein. Die Messlatte lag um so vieles höher.

Was, wenn Samantha tatsächlich schwanger werden würde? Wäre das so schlimm? Ein warmes Gefühl stieg ihm vom Bauch in die Brust. Der Gedanke, dass ihre Rundungen noch kurviger wurden, dass ihre üppigen Brüste seine Hände noch besser füllten, als sie es jetzt schon taten, dass Sam ihren gemeinsamen Sohn in den Armen hielt …

Blake schüttelte die Bilder ab. Sie waren wie von selbst gekommen.

Vielleicht konnten seine eigenen Anwälte das Testament für sittenwidrig erklären lassen. Er würde die besten Leute darauf ansetzen und sehen, was sich machen ließ.

Bis dahin würde er die neue Faktenlage für sich behalten.

Neun

Obwohl sie schon seit über einer Woche in Europa waren, litt Samantha noch immer fürchterlich unter dem Jetlag. Aber auch eine Lüge zu leben, konnte ziemlich anstrengend sein. Selbst Blake machte manchmal einen leicht gestressten Eindruck.

Morgen würde die Hochzeitsfeier stattfinden. Die Vorbereitungen waren abgeschlossen und im Augenblick sehnte Samantha sich nach ein wenig Ruhe vor Blakes anstrengender Familie. Fest entschlossen, auf andere Gedanken zu kommen, war sie in die Bibliothek geflüchtet. Dort stöberte Blake sie auf.

»Hier bist du also.«

In seiner legeren Hose und dem Pullover, der seine breiten Schultern betonte, sah Blake zum Anbeißen aus.

»Ich dachte, du wärst im Büro.«

Er schüttelte den Kopf. »Ich konnte dich doch heute nicht alleinlassen.«

Verwirrt fragte sie: »Ist denn heute was Besonderes?«

Wie von einem tödlichen Schwert durchbohrt griff er sich an die Brust. »Du hast es vergessen? Ich kann es nicht fassen.«

Samantha lachte. »Gib bloß deinen Beruf nicht auf, um Schauspieler zu werden.«

»Du weißt wirklich nicht, was für ein Tag heute ist?«

Weder in England noch in den USA stand ein Feiertag im Kalender, Blakes Geburtstag war vorbei, Samanthas lag noch in weiter Ferne. »Nein. Ich habe wirklich keine Ahnung.«

Blake nahm ihre Hände zwischen seine und zog sie an seine Brust. »Wir sind heute genau einen Monat verheiratet.«

Grundgütiger, er hatte recht. Dass er daran gedacht hatte und so viel Aufhebens darum machte, zeigte einmal mehr, was für ein sentimentaler Zausel der hinreißende Herzog sein konnte. »Wow. Schon ein ganzer Monat!« Es fühlte sich viel länger an.

»Und ich weiß auch, wie wir das feiern.«

»Du möchtest unser einmonatiges Bestehen feiern?« Samantha spähte über Blakes Schulter. Hörte ihnen jemand zu? Bis hinaus in den Flur konnte sie nicht sehen. Deshalb behielt sie die Frage, was an dem einen Monat denn so Besonderes sei, für sich.

Blake zwinkerte ihr zu und flocht die Finger in ihre. »Komm.« Er zog sie aus der Bibliothek, durch die langen Gänge und aus der Haustür. »Wohin gehen wir denn?« So unbeschwert sah sie Blake am liebsten.

»Fort.«

»Geht es noch ein bisschen geheimnisvoller?«, fragte sie. »Los, raus damit: wohin?«

»Das wirst du schon sehen.«

Er führte sie nicht zu seinem Wagen, sondern hinunter zu den Ställen. »Du sagtest doch, du könntest reiten.«

Nach ihrer Ankunft in Albany hatten sie sich einmal über Pferde unterhalten. »Ja, kann ich. Aber ich habe ewig nicht mehr im Sattel gesessen.«

»Wir drehen nur eine kleine Runde.«

Die Sonne lugte endlich einmal wieder durch die Wolken. Die warme Luft und das Vogelgezwitscher ließen Samantha etwas leichter ums Herz werden. Im Stall standen bereits zwei gesattelte Pferde für sie bereit. Blake dankte dem Stalljungen, der sie für sie fertig gemacht hatte, und flüsterte ihm etwas ins Ohr.

Der Junge errötete, streifte Samantha mit einem scheuen Blick und wandte sich dann ab. »Ja, Sir«, sagte er zu Blake.

»Brauchst du Hilfe beim Aufsitzen?«, fragte Blake Samantha.

Die Fuchsstute beäugte sie misstrauisch. Aber als Samantha ihr den Hals tätschelte, schnaubte sie, als wollte sie sagen: *Okay, wenn du meinst*.

»Vielleicht kannst du mir ja eine Räuberleiter machen.«

Blake verschränkte die Hände ineinander und gab Sam etwas Schwung. Nach ein paar Versuchen saß sie im Sattel und nahm die Zügel in die Hand.

Als erfahrener Reiter war Blake mit einer einzigen geschmeidigen Bewegung auf dem Pferderücken und ritt kerzengerade voran in den frischen Tag.

»Wie heißt denn mein Pferd?«, fragte Samantha, als sie auf die freie Fläche hinter dem Herrenhaus hinausritten.

»Maggie, glaube ich.«

»Und deins?«

»Blaze.«

Samantha warf lachend den Kopf in den Nacken. »Maggie klingt langsam, Blaze klingt schnell.«

Blake zwinkerte ihr zu. »Ertappt.«

»Ich habe dir doch gesagt, dass ich reiten kann. Du musstest mich also nicht unbedingt auf die Uroma des Stalls setzen.« Maggie schlug mit dem Kopf und brachte Sam und Blake damit zum Lachen.

»Ich glaube, das hat ihr nicht gefallen«, sagte Blake. »Du hast gesagt, du wärst schon länger nicht mehr geritten, und ich wollte nicht schuld sein, wenn du abgeworfen wirst und dir die Knochen brichst.«

Sam beugte sich nach vorn und tätschelte Maggie gleich hinter den Ohren. »Du wirfst mich doch sicher nicht in den Dreck, oder?«

»Das wird sie nicht wagen.«

Samantha überlegte, ob sie das Pferd zu einer schnelleren Gangart antreiben sollte, wusste aber nicht, wohin sie unterwegs waren.

»Wann hast du denn zuletzt auf einem Pferd gesessen?«, fragte Blake.

»Bevor …« Sie ließ das Wort in der Luft hängen, als wüsste Blake, was es bedeutete. Ihr Leben war seit vielen Jahren zweigeteilt: in die Zeit vor dem tragischen Niedergang ihrer Familie und in die Zeit danach.

Samantha spürte, dass Blake geduldig auf eine weitere Erklärung wartete. »Bevor mein Vater ins Gefängnis kam. Vor dem Tod meiner Mutter. Vor Dan. Vor Jordans Selbstmordversuch. Jordan und ich saßen früher ständig im Sattel.« Die Erinnerung an ihre Schwester auf einem Pferd ließ ein Lächeln über ihr Gesicht huschen.

»Wer ist Dan?«

Hatte sie den Namen tatsächlich ausgesprochen? »Dan ist die Schlange, mit der ich auf dem College zusammen war.«

»Hört sich nach einer üblen Geschichte an.«

Blake bedrängte sie nicht. Vielleicht fiel es ihr deshalb so leicht, sich ihm zu öffnen. »Dan war nur mit mir zusammen, um an Informationen über meinen Vater zu kommen. Im Auftrag des FBI.«

Blakes Züge versteinerten. »Er hat mit dir geschlafen, um etwas über deinen Vater zu erfahren?«

Samantha lächelte über die Empörung in seiner Stimme. Dass Blake die Sache aus ihrer Perspektive sah, tat ihr gut. »Ja. Er hat mit mir geschlafen und mir gesagt, dass er mich liebt. Nicht nur Frauen lügen, um zu kriegen, was sie haben wollen.«

»Das muss furchtbar wehgetan haben.«

Sam dachte an den Schmerz von damals, an das Gefühl, verraten worden zu sein. »Vielleicht kannst du dir jetzt vorstellen, warum es mir so schwerfällt, anderen Menschen zu trauen.«

»Ich muss mich umso geehrter fühlen, dass du mir vertraust.«

»Ja, genau.« Sie zwinkerte ihm lachend zu. Aber sie waren nicht an diesem schönen Tag hier draußen, um einen Ausflug in ihre Vergangenheit zu unternehmen.

Blake lenkte sein Pferd noch näher an ihres, griff nach ihrer Hand und führte sie an die Lippen.

Samanthas Herz machte einen Sprung und öffnete sich weit. Sosehr sie sich auch dagegen wehrte, sie ertappte sich immer wieder dabei, wie sie ihre Gefühle für Blake mit den Gefühlen für den Mann verglich, von dem sie einmal behauptet hatte, sie würde ihn lieben. Die beiden konnten unmöglich vom selben Planeten stammen.

»Wohin reiten wir denn?« Es war Zeit, das Thema zu wechseln.

Blake grinste. »Du stehst wirklich nicht auf Überraschungen, oder?«

»Doch, sicher. Es ist nur … Okay. Nein. Ich mag keine Überraschungen. Wohin reiten wir?«

Blake deutete auf eine Baumgruppe, die etwa eine Meile weit entfernt war. »Da hinten gibt es einen Bach und eine kleine Hütte. Ich dachte, wir könnten dort ganz für uns eine Kleinigkeit zu Mittag essen.«

Samantha merkte, wie der letzte Rest Spannung aus ihren Schultern wich und wie sich ein Grinsen auf ihre Lippen stahl. »Das ist süß.«

»Süß ist mein zweiter Vorname. Wusstest du das nicht?«

Das mochte ironisch gemeint gewesen sein, aber Samantha fand, dass der Name zu ihm passte. »Gleich da vorn bei den Bäumen, richtig?«

»Ja.« Er hielt sein Pferd weiter im Schritt. Seine Beine lagen ruhig an den Seiten des Tieres und Samantha musterte ihn verstohlen. Blakes markantes Profil, die breiten Schultern und sein perfekter Hintern ließen ihr das Wasser im Mund zusammenlaufen. Der Gedanke, dass sie in der Hütte ganz allein sein würden, gefiel ihr immer besser.

»Wie lange brauchen wir denn bis dorthin?«

»Eine Viertelstunde – allerhöchstens.«

»Hmmm.« Ohne Vorwarnung trieb Samantha Maggie kräftig an. Das Pferd machte einen Sprung nach vorn und galoppierte los.

»Sam?«, rief Blake hinter ihr.

Samantha stellte sich in die Steigbügel und wartete darauf, dass Maggie in einen angenehmen Rhythmus fand.

Schon nach ein paar Sekunden schoss Blake auf Blaze an ihr vorbei. Sein grimmiger Blick wich einem Lächeln, als er im Vorbeipreschen sah, wie sie strahlte. Anstatt das Tempo zu drosseln, ließ er Blaze vorangaloppieren, und Maggie folgte.

Die kühle Luft zerzauste Samanthas Haar und zerrte es aus dem Clip, mit dem sie es im Nacken zusammengesteckt hatte.

Die Landschaft flog vorbei, aber nicht so schnell, dass sie nicht den Duft der blühenden Lavendelbüsche und des Grases unter den Hufen der Pferde wahrgenommen hätte. An solche Überraschungen konnte sie sich gewöhnen. Wenn man den Sorgen einfach davongaloppierte, fühlte man sich so frei. Sich in die freie Natur flüchten zu können, war wunderbar.

In kaum fünf Minuten hatten sie die weite Fläche hinter sich gelassen und zügelten die Pferde. Zwischen den Bäumen ging es nur noch langsam voran. Maggie und Samantha mussten beide erst einmal wieder zu Atem kommen. »Das war herrlich!«

Blakes graue Augen fingen ihren Blick auf und hielten ihn fest. Zum zweiten Mal an diesem Tag wirkte er entspannt und unbeschwert. Einen Moment lang hatte Samantha das Gefühl, er wolle etwas sagen. Doch dann nahm er die Zügel auf und lenkte Blaze tiefer in das Wäldchen hinein.

»Es ist so schön hier. Und so still.«

»Als Kind bin ich oft hierher geritten, um vor meinem Vater zu flüchten.«

»War er so schlimm?« Das Verhältnis zwischen ihrem Mann und seinem Vater war offenbar grässlich gewesen, aber bislang hatte er sich nicht ausführlich darüber ausgelassen.

»Ich war einfach nicht wie er.«

»Aber genau das solltest du sein? Eine Miniaturversion von ihm?«

Blake nickte.

Samantha wollte noch weitere Fragen stellen, doch der Pfad wurde schmaler, und Blake lenkte sein Pferd vor ihres. Bald hörten sie Wasser plätschern.

Als die Bäume den Blick auf den Bach freigaben, wusste Samantha, warum Blake diesen Ort so gerne mochte. Kristallklares Wasser gurgelte über Felsen, abgebrochene Äste und umgestürzte Baumstämme. An den Ufern des Baches wuchsen Moos und Gras. Sie konnte sich gut vorstellen, wie Blake als Junge hier gesessen und Steine ins Wasser geworfen hatte.

»Liegt diese Stelle noch auf eurem Land?«

»Ja. Das Anwesen hat über zweihundert Hektar. Und das hier ist das schönste Plätzchen auf dem ganzen Besitz.«

»Es ist traumhaft, Blake.«

Der Pfad führte zu einer kleinen Wiese, an deren Rand eine Hütte stand. Blake sprang vom Pferd. »Bevor wir die Pferde anbinden, lassen wir sie noch trinken.«

Samantha glitt aus dem Sattel und stand mit wackeligen Beinen im Gras. Aber sie fühlte sich beschwingt und erfrischt. Während die Pferde die Mäuler in den Bach tauchten, fragte sie: »Wie oft wird die Hütte denn benutzt?«

»Eher selten. Eine Zeit lang kam nur ich hierher. Und ich glaube, nachdem ich weggezogen bin, ist Gwen gelegentlich in die Hütte geflüchtet.«

»Ich muss sie mal danach fragen.«

Blake führte die Pferde zu einem Pflock und band sie so daran fest, dass sie grasen konnten.

Samantha griff nach seiner Hand, genoss die Wärme seiner Finger, die ihre umfassten, und stieg mit ihm die wenigen Stufen zur Veranda der Hütte hinauf.

Die Tür ließ sich mit einem kleinen Schubs öffnen. »Ihr schließt die Hütte nicht ab?«

»Nicht nötig.«

Samantha trat über die Schwelle und blieb staunend stehen.

In der Mitte des Raumes war ein Tisch für zwei gedeckt. Leinenservietten, feinstes Porzellan und Kristallgläser warteten auf sie. In einem Kühler stand eine Flasche Wein für sie bereit. Das Essen war auf großen Silbertabletts angerichtet. »Oh, Blake! Wie schön!«

»Es gefällt dir?«

Sie schlang ihm den Arm um die Taille, sah ihm lächelnd in die Augen und bot ihm ihre Lippen an. »Es ist großartig!«

Sie gab Blake einen Kuss, aber als sie sich losmachen wollte, zog er sie an sich. Ihr Dankeschön-Küsschen wurde schnell zu etwas ganz anderem.

Blakes Hände wanderten über ihren Rücken und Samantha seufzte. Wo immer er sie berührte, stand ihre Haut in Flammen. Wenn sie sich liebten, schien es jedes Mal, als hätten sie nicht genügend Hände, um einander anzufassen. Blake knabberte an ihren Lippen und griff nach ihrer Brust. »Ich bin ein schrecklicher Mensch«, raunte er zwischen zwei Küssen.

Sie ließ ein wenig benommen den Kopf zurückfallen. »Warum sagst du das?«

Er schob sie rückwärts noch ein Stück weiter in den Raum und schloss mit einem Tritt die Tür. »Wir haben noch keinen Bissen gegessen und schon mache ich mich über dich her.«

Lachend streifte Samantha die Schuhe ab und zog an seinem Pullover. »Willst du damit sagen, dass wir wirklich nur zum Essen hergekommen sind?«

Blake half ihr mit seinem Hemd und warf es in eine Ecke. »Erst essen, dann Sex. So war es geplant.«

Sie knabberte sich an seinem Schlüsselbein entlang bis zu einer aufgerichteten Brustwarze. Dann lachte sie. »Erst Sex, dann essen.« Sie knabberte sich zur anderen Seite. »Und dann noch mal Sex.«

Blake fing an, sie auszuziehen, und schob sie dabei rückwärts zum einzigen Schlafzimmer der Hütte. Samantha blieb kaum Zeit für einen Blick auf die Spitzenvorhänge und die gemusterte Steppdecke, schon lag sie unter Blake auf dem Bett.

»Du fühlst dich so gut an«, sagte sie. Sie liebte sein Gewicht auf ihr.

»Du auch.« In Sekundenschnelle öffneten seine Finger ihren BH und warfen ihn beiseite. Seine Lippen umschlossen eine Brustwarze, hielten sie fest und zupften daran. »Schmeckt nach Frühling«, flüsterte er, bevor er sich auch mit der anderen Seite beschäftigte. Er ließ sich Zeit, streichelte sie mit langsamen, gleichmäßigen Zungenbewegungen. Samantha wand sich vor Wonne. Seine Lippen wanderten tiefer, verwöhnten ihren festen Bauch. Er zog ihr die Hose aus, küsste sich über ihre Hüfte und an ihrem Oberschenkel entlang.

Wenn sie sich liebten, gaben sie stets dem drängenden Verlangen nach, sich ineinander zu versenken. Aber Samantha spürte, dass es diesmal anders sein würde. Nicht so schnell und wild, aber genauso erfüllend. Als ihre Hose auf dem Boden lag, schob Blakes weicher Daumenballen sich über ihren Schenkel nach oben. Er hakte einen Finger unter ihren Slip und streichelte die zarte Haut an ihrer Hüfte.

»Ich glaube«, sagte er, »dass ich meinen Hunger heute schon vor dem Essen stillen werde. Und vielleicht gibt es hinterher noch ein Dessert.« Sein warmer Atem kitzelte ihre Haut.

Samantha war plötzlich ein wenig verlegen. So unbefangen sie sonst mit Blake im Bett war – noch nie hatte ein Mann die empfindliche Stelle zwischen ihren Beinen geküsst.

»Was hast du denn?« Blakes Kinn hing gefährlich nahe über ihrem feuchten Slip. Seine Augen verengten sich besorgt.

»Ich … Noch nie …« Verdammt, sie war keine Jungfrau, aber was diese Sache betraf, war sie unerfahren. »Keiner hat je …« Ihr Blick huschte zu ihrem Hügel, dann sah sie ihn wieder an.

An seinen Augen konnte sie erkennen, dass er sie verstanden hatte. Er lächelte sie zärtlich an. »Noch nie?«

Sie schüttelte einmal kurz den Kopf.

Blake legte die Lippen auf die Stelle unter ihrem Bauchnabel, ihren Blick hielt er dabei fest. »Mir gefällt das.«

Diese drei schlichten Worte vertrieben die Verlegenheit. Samantha ließ sich fallen und vertraute sich Blakes erfahrenen Armen an. Gleich als er sie von dem kleinen Stückchen Stoff zwischen ihren Beinen befreit hatte, suchte seine Zunge ihr Fleisch. Er umkreiste ihre pochende Mitte mit heißen, weichen Küssen, bis sie die Beine spreizte und ihm Raum für mehr gab. Blake küsste, leckte und stöhnte, bis Sam vor Verlangen fast den Verstand verlor. Als seine Lippen die empfindlichste Stelle ihres Körpers berührten, sprang sie beinahe vom Bett. Aber Blake hielt sie eisern fest. Seine Zunge kitzelte sie, jagte sie, spielte mit ihr, bis sich tief in ihrem Inneren kleine wilde Wellen auftürmten. Die Heftigkeit, mit der sich der Höhepunkt ankündigte, war eine ganz neue Erfahrung für sie. Noch nie zuvor hatte sie etwas Ähnliches empfunden. Blake brachte sie bis kurz vor den kritischen Punkt, dann zog er sich ein wenig zurück. Sam krallte sich an seine Schultern.

Er zögerte den befreienden Moment hinaus, bis sie sich nur noch wünschte, er würde sie bis zum Äußersten treiben. Sie konnte nicht anders, sie musste ihn anflehen. »Bitte.«

Mit einer letzten Berührung seiner Zunge und einem zarten Saugen setzte er den leidenschaftlichen Schlusspunkt. Samantha schrie auf und spürte, wie die Welle sie in die Höhe riss. Bebend ließ sie sich von ihr tragen, bis sie verebbte.

Als sie sich traute, die Augen wieder zu öffnen, hing Blakes lächelndes Gesicht über ihr. Seine kräftigen Hände strichen in langen Bewegungen über ihren Körper, während er darauf wartete, dass sie sich ein bisschen erholte.

»Du bist die Sünde in Person«, sagte sie mit tiefer, heiserer Stimme.

Er küsste sie sanft auf die Lippen. »Und du bist so unheimlich sexy. Du schmeckst so gut. Das macht mir Appetit auf mehr.«

Ihre Hand strich über seine Hüfte. Überrascht stellte sie fest, dass er inzwischen ebenfalls ganz nackt war. Samantha fand, es sei Zeit, sich zu revanchieren. Sie konnte nicht nur nehmen, sie wollte auch geben. Grinsend drückte sie Blake auf den Rücken. Dann folgte sie seinem Beispiel und liebkoste seine Hüfte. Erst mit den Fingern, dann mit der Zunge. Der salzige, würzige Geschmack seiner Haut ließ ihr das Wasser im Mund zusammenlaufen.

»Muss ich mir Sorgen machen?«, atmete er, als sie mit der Wange an seiner Härte entlangstrich.

»Sorgen?«, fragte sie mit gespielter Unschuld. »Ich habe so was schon in Filmen gesehen.« Hatte sie nicht. Aber das musste er ja nicht wissen. Komplett unerfahren war sie in dieser Sache nicht. Und es gab schließlich Bücher mit Anleitungen.

»Aber …«

Samantha saugte ihn in die tiefe, warme Höhle ihres Mundes.

»O mein Gott«, stöhnte Blake. Er reckte ihr die Hüfte entgegen, wollte mehr.

Samantha lächelte, leckte, schmeckte und wollte sein Vergnügen fast so sehr wie ihres. Der moschusartige Duft seiner Haut und seines Geschlechts erfüllte sie. Sie brachte ihn bis kurz vor den Höhepunkt, dann zog sie sich ein wenig zurück. Sie hätte weitergemacht, aber Blake schob sie sanft von sich weg. »Zu viel.«

»Gefällt es dir nicht?« Sie wusste genau, dass ihm das, was sie tat, mehr als nur gefiel. Sie wollte bis zum Äußersten gehen, so wie er bei ihr.

»Ein andermal.« Er fischte ein Kondom aus seinem Geldbeutel.

Samantha half ihm mit der dünnen Latexhülle, dann schob sie sich über seinen Körper. Sie küsste ihn auf den Mund und ihre Geschmäcker vermischten sich, während er in sie glitt. Sie war schlüpfrig vor Verlangen. Er füllte sie aus, dehnte sie, wölbte sich ihr entgegen und zog sich wieder zurück. Seine Finger wühlten sich in ihr Haar, hielten sie fest, während ihr Körper mit neuer Leidenschaft und neuem Verlangen auf seinen reagierte.

Samantha konnte gar nicht genug von ihm bekommen. Ihre Brüste rieben an den weichen Haaren auf seiner Brust. Ihre Herzen trommelten im selben Takt. Und sosehr sie sich auch einredete, dies sei nur eine erotische, körperliche Beziehung, ein befriedigendes sexuelles Arrangement – Splitter ihres Herzens verschmolzen doch mit seinem.

Gemeinsam fanden sie ihren Rhythmus, bewegten sich im Einklang wie ein gut gestimmtes Instrument bis zu einem furiosen Finale, bei dem Samantha das Gefühl hatte, zerspringen zu müssen. Sie klammerte sich an Blakes angespannte Armmuskeln, während sein Aufstöhnen an ihrem Ohr ihr zeigte, dass er ebenfalls den Gipfel der Ekstase erreicht hatte.

Als die Welt wieder stillstand und Blake ihr leise Zärtlichkeiten ins Ohr raunte, wusste Samantha, dass sie ein Problem hatte. Sich in ihren Ehemann zu verlieben, gehörte nicht zu ihrem Plan. Und obwohl ihre Beziehung auf Ehrlichkeit basierte, erschien es ihr nicht klug, ihm gerade jetzt von diesem Problem zu erzählen.

Nachdem ihr Atem sich beruhigt und die Hitze ihrer Körper sich verflüchtigt hatte, machte Samantha sich widerstrebend von ihm los. Dass genau in diesem Augenblick ihr Magen knurrte, lieferte ihr die perfekte Ausrede. »Ich bin am Verhungern.«

Albany Hall war inzwischen voller Menschen, die alle unbedingt einen Blick auf die frischgebackene Herzogin erhaschen wollten – die Frau, die Blake geheiratet hatte. Lange genug Zeit gelassen hatte er sich ja. Die Leute tuschelten. Damit hatte Blake gerechnet. Aber selbstverständlich wussten alle, was sich gehörte, und begegneten ihm und seiner Frau mit dem größtmöglichen Respekt.

Blake entdeckte Samantha am anderen Ende des Raumes, vertieft in ein Gespräch mit Gwen und zwei anderen Leuten. Samantha trug ein atemberaubendes elfenbeinfarbenes Seidenkleid, dessen tiefes Rückendekolleté viel von ihrer anmutigen Figur zeigte. Er hatte ihr eine Kette mit einem Smaragdanhänger umgelegt. Die dazu passenden Ohrringe blitzten auf, wenn sie den Kopf bewegte. Hin und wieder gab der lange Schlitz an der Seite des Kleides den Blick auf ihre zehn Zentimeter hohen Absätze frei. Samantha war umwerfend. Sie hielt sich mit einer Grazie, die man nicht lernen konnte, und ihre Schönheit war alles andere als oberflächlich. Blake war voller Stolz, sie seine Frau nennen zu können.

Carter war für die Feier nach England gereist und stand jetzt an Blakes Seite. »Unfassbar, wie deine Frau sich verändert hat«, flüsterte er so leise, dass nur Blake ihn hörte.

»Sie ist wunderschön.« Seltsamerweise überraschten die Veränderungen Blake kein bisschen. Samantha war sichtbar aufgeblüht. Ihre Augen leuchteten jeden Tag ein wenig heller, ihre Ausstrahlung wurde täglich selbstbewusster.

»Ja, aber es ist mehr als das.« Carters Blick wanderte zu einem der Anwälte der Kanzlei Parker. »Wie läuft es denn eigentlich insgesamt?«

Blake wollte das nicht in einem Raum voller neugierig gespitzter Ohren besprechen. »Perfekt. In ein paar Tagen fliegen wir zurück in die Staaten. Gwen wollte mitkommen, aber ich habe ihr gesagt, dass Samantha und ich erst eine Zeit lang allein sein wollen, bevor wir Besucher einladen.«

Carter lachte. »Und? Hat sie es eingesehen?«

»Aber klar doch!« Was sollte denn die Frage? Die halbe Familie hatte sie am Vortag von der Hütte zurückkommen sehen. Sie hatten sich dort geliebt, gegessen und sich dann an einem sonnigen Plätzchen auf der Waldlichtung noch einmal geliebt. Ihre Kleider waren zerknittert gewesen, ihr Haar zerzaust. Jeder, der Augen im Kopf hatte, konnte sich denken, was sie getrieben hatten.

»Nimm dich in Acht, Blake.«

Blake hob sein Glas und sah seinen Freund über den Rand hinweg an. »In Acht nehmen? Wovor denn?«

»Ich weiß nicht. Irgendetwas an dir ist anders. Sei einfach vorsichtig.«

Blake straffte die Schultern. »Ich bin immer vorsichtig.«

Samantha stieß lächelnd zu den beiden.

Blake stellte sein Glas ab und legte den Arm um ihre Taille. »Du erinnerst dich an Carter?«

»Wie könnte man jemanden wie ihn je vergessen?« Samantha beugte sich vor und ließ sich von Carter auf die Wange küssen. Obwohl sein bester Freund keinerlei Gefahr für ihn darstellte, gefiel Blake das Strahlen in Samanthas Augen nicht, wenn sie Carter ansah. »Hat Hollywood noch nicht bei dir angerufen?«

Carter lachte. Samantha hatte schon öfter Scherze darüber gemacht, dass ihm mit seinem guten Aussehen eine Filmrolle sicher war, falls ihm die Lust auf seine Politikerkarriere einmal verging.

»Noch nicht. Aber ich rechne fest damit.«

Blake zog sie näher zu sich.

»Deine Mutter meint, wir sollten in den Ballsaal gehen und den Tanzabend eröffnen. Anscheinend müssen wir als Erste ein paar Runden aufs Parkett legen. Dann trauen die anderen sich auch.«

Der Gedanke daran, wie Samantha sich beim Tanzen an ihn schmiegen würde, war eine erfreuliche Vorstellung und sorgte dafür, dass Blake sich sofort in Bewegung setzte. »Entschuldige uns bitte«, sagte er hastig zu Carter.

Carter nickte.

»Habe ich dir schon gesagt, wie bezaubernd du heute Abend aussiehst?«, flüsterte Blake Samantha zu.

»Hast du. Du machst aber auch eine ziemlich gute Figur.«

Blake freute sich über das Kompliment und lächelte. Er trug einen Smoking, und warum auch nicht? Bei ihrer Hochzeit in Vegas hatten sie sich nicht wirklich in Schale werfen können, aber dieses Fest bot die ideale Gelegenheit dazu.

Sie betraten den Ballsaal. In einer Ecke spielte ein Streichquartett. Als die Musiker das Paar entdeckten, stimmten sie ein anderes Lied an.

Blake führte Samantha in die Mitte der Tanzfläche und zog sie in seine Arme. Sie legte die Hände auf seine Schultern und wiegte sich mit ihm im Takt. Ihre Wangen röteten sich. »Die Leute starren uns an.«

Blake legte die Hand auf ihren nackten Rücken und zog sie noch enger an sich. »Das ist immer so beim ersten Tanz von Braut und Bräutigam.« Weil er spürte, wie sie sich versteifte, scherzte er schnell: »Die wollen mich stolpern sehen.« Blake wirbelte sie herum.

»Da können sie lange warten. Anscheinend hast du gewisse Grundkenntnisse.«

Blake löste einen ihrer Arme von seiner Schulter und ließ Samantha eine Drehung vollführen. »Mein erstes Mal ist es jedenfalls nicht.«

»Und auch nicht das zweite oder dritte.«

Sie ließ sich von ihm führen, schmiegte sich in seine Arme. Am Ende des Tanzes sah er ihr tief in die Augen. Dann küsste er sie sanft auf die Lippen.

Blitzlichter flammten auf, Kameras klickten, einige Gäste klatschten und das Quartett spielte ein neues Lied. Diesmal füllte die Tanzfläche sich schnell.

Samantha drückte die Lippen an Blakes Ohr. »War das ein Kuss für die Kameras?«

Seine Mundwinkel kräuselten sich. »Der Kuss war für dich. Aber der hier …«, er bog ihren Rücken weit zurück und beugte sich über sie, küsste sie und richtete sie dann wieder auf, »… der war für die Kameras.«

Samantha kaute lächelnd an ihrer Unterlippe. »Huch, und ich dachte, ihr Engländer würdet euch in der Öffentlichkeit immer vornehm zurückhalten.«

Blake warf lachend den Kopf zurück. »Und wir wissen ja beide, wie sehr ich mir wünsche, jederzeit ein vollendeter Engländer zu sein.«

Lachend tanzten sie weiter, bis jemand Blake auf die Schulter tippte. Er drehte sich um und sah in Carters grinsendes Gesicht. »Darf ich um einen Tanz mit der Braut bitten?«

Blake wollte seinem Freund am liebsten sagen, er solle sich verziehen. Stattdessen nickte er seiner Braut zu und überließ Carter den Tanz.

Blakes Blick folgte den beiden über die Tanzfläche und er hätte zu gerne gewusst, womit Carter Samantha so zum Lachen brachte.

»Locker bleiben, großer Bruder«, schnurrte Gwen plötzlich neben ihm. »Die beiden tanzen nur.«

»Wie bitte?« Blake blinzelte seine Schwester an.

»Sie tanzen. Und ich hoffe, du tanzt jetzt mit mir.« Sie zog an seiner Hand. »Ich mag sie richtig gerne.«

Blake drehte Gwen so, dass er seine Frau im Auge behalten konnte. »Sie mag dich auch.«

»Sam ist viel netter als die Frauen, mit denen du bisher zusammen warst. Ich verstehe, warum du sie geheiratet hast. Ganz zu schweigen davon, dass sie Amerikanerin ist. Das hätte Dad zur Weißglut gebracht.«

Blake versuchte, sich auf seine Schwester zu konzentrieren und auf das, was sie sagte. »Ich habe sie nicht geheiratet, um unserem verstorbenen Vater eins auszuwischen.« Nein, er hatte sie *wegen* seines verstorbenen Vaters geheiratet.

»Aber es stört dich nicht im Geringsten, dass ihm das nicht gepasst hätte.«

War er so leicht zu durchschauen, dass sogar seine kleine Schwester seine Dämonen kannte? Was, wenn er sich all die Mühe nur machte, die vielen Lügen nur verbreitete, damit sich sein Vater im Grab umdrehte? Was würde passieren, wenn er seinen Groll auf das Gewesene, seinen alten Schmerz losließ und vergaß?

»Mach kein so finsteres Gesicht. Sonst denken die Leute noch, wir hätten Streit.«

Blake drehte seine Schwester im Kreis und rang sich ein Lächeln ab. »Und was ist mit dir, Gwendolyn? Hast du je daran gedacht, dich gegen ihn aufzulehnen?«

»Nein.« Sie schüttelte den Kopf. »Unsere Mutter hat mich zu sehr gebraucht. Kannst du dir vorstellen, wie es gewesen wäre, hier mit ihm allein zu sein?«

Blake staunte nicht schlecht über die Worte seiner Schwester. »Kann ich nicht. Aber ich glaube kaum, dass Mom von dir erwartet, dass du dein eigenes Leben für sie aufgibst.«

Gwen tätschelte seinen Arm. »Das weiß ich doch. Wir haben darüber gesprochen, dass ich endlich einmal ohne sie reisen und die Welt entdecken sollte. Und jetzt, wo du unter der Haube bist, wird Mom sich sicher viel mehr mit dir und deiner Familie beschäftigen.«

»Bis jetzt sind wir nur zu zweit.«

»Ich bitte dich. Ich habe Augen im Kopf. Es dauert bestimmt nicht lange, bis ihr einen Stall voll Kinder habt.«

Das Lied und zum Glück auch der Tanz waren fast zu Ende. »Wir haben noch nicht mal die Hochzeitstorte angeschnitten und du redest schon vom Geburtstagskuchen. Eins nach dem anderen.«

Dabei dachte Blake, seit Mark ihm den Testamentszusatz vorgelesen hatte, selbst ständig daran.

Er und Gwen gingen auseinander und er sah sich nach Samantha um. Zu seinem Leidwesen entdeckte ihn seine Tante und nötigte ihm einen Tanz ab. Samantha drehte sich bereits in den Armen eines seiner hinterhältigen Cousins.

Das Fest endete erst in den frühen Morgenstunden. Die Gäste, die eine weite Anreise gehabt hatten, schliefen in verschiedenen Gästezimmern auf Albany Hall, die anderen fuhren nach Hause.

Später streifte Samantha im Schlafzimmer die Heels ab und grub die Zehen in den Teppich. »Oh, was für eine Wohltat.«

»Ich dachte schon, die wollen gar nicht mehr gehen.«

»Ein paar Leute sind noch da: Sie sitzen im blauen Salon, spielen Karten und rauchen Zigarren. Wenn man ihnen zuhört, könnte man meinen, diese Gentlemen seien noch aus dem achtzehnten Jahrhundert übrig geblieben.«

Blake lockerte seine Krawatte und schlüpfte aus den Schuhen. »Ach ja?«

»Einer von ihnen, ich glaube, er heißt Gilbert …«

»Gilabert.« Blake sah den Mann sofort vor sich. »Alter Geldadel, kommt ganz nach seinem Vater. Exzentrischer Sturkopf.«

»Alberner Name für einen erwachsenen Mann. Aber egal. Als die Frau seines Pokerkumpans fragte, ob sie mitspielen könnte, hat Gilabert sie abgewimmelt. ›Oh nein. Frauen sind bei diesem Spiel nicht zugelassen.‹« Samantha hatte mit tiefer Stimme Gilaberts gestelzten Akzent nachgeahmt.

»Das sieht ihm ähnlich.«

»Wenn er das zu mir gesagt hätte, hätte ich mich direkt neben ihn gesetzt, nur um ihn zu ärgern.«

Das hätte Blake sich gerne angesehen. »Mein Vater war noch zehnmal schlimmer.«

Samantha starrte ihn entsetzt an. »Das ist ja furchtbar. Das tut mir wirklich leid.«

»Mir auch.«

»Wir sind schon ein ganz schön lädiertes Duo, du und ich«, sagte Samantha aus dem Badezimmer.

»Wie denn lädiert?«

»Unsere Väter haben uns ordentlich zugesetzt. Deiner bestimmt dein Leben sogar noch vom Jenseits aus und meiner hat dafür gesorgt, dass ich keinem Mann mehr traue.«

Blake hängte sein Hemd über eine Stuhllehne, dann öffnete er seine Hose. »Bei mir scheinst du eine Ausnahme zu machen.«

»Anfangs war ich mir bei dir auch nicht so sicher. Aber du bist mir ans Herz gewachsen.«

Er lächelte. »Wirklich?«

»Du warst von der ersten Minute an ehrlich. Das gefällt mir.«

Er zögerte. Eigentlich war der Zeitpunkt günstig, ihr von dem kleinen Problem zu erzählen, das sein Vater ihm noch zusätzlich beschert hatte. Aber Blakes Mund wurde trocken wie die Sahara.

»Ich war schockiert, als mir ein paar von deinen Mitarbeitern erzählten, was für ein knallharter Geschäftsmann du sein kannst. Diese Seite habe ich an dir noch nicht kennengelernt.«

Geschäftlich machte er keine Kompromisse. Blake war keiner, der verlor. Wenn er ein Ziel ins Auge gefasst hatte, verfolgte er es unerbittlich. »Hat jemand über mich hergezogen?«

»Ich bitte dich. Als würde ich so etwas je zulassen. Nein, gelästert hat keiner. Man hat mich nur informiert. Es war seltsam. Sogar der Anwalt … Wie heißt er doch gleich?«

Blakes Herz setzte einen Moment lang aus. »Mark Parker?«

»Ja, richtig.«

Er musste sich setzen. Gut, dass er das Bett im Rücken hatte.

»Er sagte, du würdest deine Pläne genauso gnadenlos verfolgen wie dein Vater. Ich habe gelacht, weil ich die ganze Zeit dran denken musste, wie du mir in dem Restaurant in Malibu gesagt hast, jeder hätte seinen Preis. Mark schien mir noch etwas sagen zu wollen, aber ich konnte nicht aufhören zu kichern. Irgendwann ist er ziemlich genervt abgezogen.«

Blake entwich ein Stoßseufzer. Mark hatte den Mund gehalten. Gott sei Dank.

Natürlich hatte Blake nicht vor, den Testamentszusatz für alle Zeiten für sich zu behalten. Aber er brauchte mehr Zeit, um ein Schlupfloch zu finden. Er wollte sein Erbe gerne behalten. Und Samantha auch.

Zumindest für ein Jahr.

Nicht einmal mehr ganz zwölf Monate.

Samantha stand im Türrahmen und räusperte sich.

Sie war in einen weißen Spitzenteddy geschlüpft und trug einen Hauch von einem Slip, der fast nichts der Fantasie überließ. Ihr Haar, das sie vorher in einer Hochsteckfrisur getragen hatte, umspielte nun wie eine rote Wolke ihre Schultern.

Sie hielt eine leere Kondomschachtel in der Hand. »Bitte sag mir, dass du noch welche davon hast.« Sie schüttelte die Schachtel.

»Und ich dachte, du wärst heute Nacht zu müde.« Und nicht nur sie. Aber als sie mit wiegenden Hüften auf ihn zuging, erwachte sein Körper zum Leben und sein Herzschlag beschleunigte sich.

Samanthas Blick glitt hinab zu seinen Boxershorts. »Du bist anscheinend noch recht wach.«

Sie strich ihm über die Brust und er sog ihren Duft ein. Dreihundertfünfundsechzig Tage waren einfach nicht genug.

»Ja, und außerdem«, flüsterte sie mit ihrer tiefen, sexy Schlafzimmerstimme, »haben wir unsere eigentliche Hochzeitsnacht nicht so gefeiert, wie es sich gehört. Wir haben also etwas nachzuholen.« Sie klopfte mit der Schachtel an seine Brust. »Aber wir brauchen mehr hiervon. Sobald wir wieder in den Staaten sind, gehe ich zum Arzt. Bis dahin müssen wir vorsichtig sein.«

»In meinem Koffer sind noch welche«, sagte er. »Ich hole sie.« Er wollte nicht in Versuchung geraten, sich etwas zu nehmen, was sie ihm nicht freiheraus gab. Deshalb stand er auf und suchte nach der angebrochenen Schachtel Kondome, die er noch hatte.

Als er zum Bett zurückkehrte, lag Samantha bereits wie hingegossen auf der Decke. Ein Bein hatte sie einladend angewinkelt. Blake verscheuchte alle Gedanken an Anwaltskanzleien, an das Morgen und an die Zeit in einem Jahr und überließ sich ganz diesem wunderbaren Moment.

Zehn

Nach der Rückkehr in die Staaten fuhr Sam sofort zu Moonlight und besuchte Jordan. Sam hatte ein Kribbeln im Magen. Teilweise waren die Gewissensbisse wegen der schönen Zeit mit Gwen in Europa dafür verantwortlich, zum Teil aber auch ihr aufregendes neues Leben mit Blake. Das dunkle Haar ihrer Schwester war zu einem Pferdeschwanz zusammengebunden, ihr pinkfarbenes Baumwollshirt hatte einen Fleck. Offenbar ein kleiner Unfall beim Mittagessen.

»Hey Süße.« Samantha setzte sich neben ihre Schwester. Jordan starrte aus dem Fenster.

Jordans eine Gesichtshälfte lächelte. Die andere konnte das seit dem Schlaganfall nicht mehr. Ihre Augen strahlten auf und sie hob ihren intakten Arm. Samantha drückte sie an sich.

»Di… dich vermisst.« Jordan nuschelte beim Reden.

»Ich dich auch.« Samantha hatte nur einen einzigen wöchentlichen Besuch verpasst. Aber sie wusste, wie sehr Jordan sich immer auf ihre gemeinsame Zeit freute. Allzu viele andere Highlights gab es nicht mehr im Leben ihrer Schwester. »Hast du immer ordentlich gegessen?«

»Ja«, sagte Jordans Mund. Gleichzeitig schüttelte sie verneinend den Kopf. Samantha hatte inzwischen gelernt, mehr auf Jordans Körpersprache zu achten als auf ihre Worte. Mit dem Sprechen tat sie sich schwer und oft spiegelte das Gesagte nicht ihre wahren Gedanken wider. Ihr Gesichtsausdruck und ihre Gesten sagten normalerweise viel mehr.

»Hast du Lust auf ein bisschen Mongolisches Rindfleisch? Ich habe es vom Golden Wok mitgebracht, wo du so gerne isst.«

Jordan lächelte. »Ich mag dort.«

»Ja, ich auch.« Samantha öffnete die Box mit dem Essen. Sofort durchströmte ein würziger Duft den Raum. Nachdem sie ein Rolltischchen vor ihre Schwester geschoben hatte, stellte sie ihr eine kleine Portion Essen hin und drückte ihr eine Gabel in die Hand. Füttern ließ Jordan sich nur ungern. Lieber mühte sie sich selbst mit dem Essen ab.

»Ich … Ich gesehen … ähm … Ich sehe …« Jordan suchte nach Worten.

»Wen hast du denn gesehen?« Samantha nahm selbst einen Bissen von dem späten Lunch. Erst jetzt fiel ihr auf, dass sie den ganzen Tag noch nichts gegessen hatte. Sie und Blake waren spätnachts zurückgekommen und hatten erst einmal ausgeschlafen. Dann war Blake ins Büro gefahren und Samantha zu Jordan. Ans Essen hatte sie noch gar nicht gedacht. Jetzt kitzelten die Gewürze ihre Geschmacksknospen und ihr Magen knurrte begeistert.

»Mom.«

Samanthas Gabel blieb in der Luft hängen.

Jordan nickte.

Samantha legte die Gabel weg. »Liebes, Mom ist schon lange nicht mehr bei uns.«

Jordans Augenbrauen zogen sich zusammen, als suchte sie nach einer Erinnerung. »Nachts. In der Nacht gesehen.«

»Vielleicht in einem Traum?«

»Ja.« Jordan schüttelte den Kopf. »Nachts.«

Samantha war etwas ratlos. Hatte Jordan jemanden gesehen, der ihrer Mutter ähnelte? Vielleicht eine neue Pflegerin im Heim? Oder träumte sie von ihrer Mutter und konnte Traum und Wirklichkeit nicht auseinanderhalten?

»Ich denke auch oft an sie.«

»Mom fehlt mir.«

Sam legte eine Hand auf Jordans Knie. »Mir fehlt sie auch.«

»Ich muss nach New York«, sagte Blake knapp eine Woche später.

»Ich habe mich schon gefragt, wann deine nächste Reise ansteht.«

Samantha wusste, dass Blake mehr Zeit in seinem Jet verbrachte als in seinen Häusern. Sie hatte ihn nun fast einen ganzen Monat lang Nacht für Nacht in ihrem Bett gehabt, konnte aber nicht erwarten, dass dieser Luxus von Dauer war. Das war ihr klar.

»Hast du Lust mitzukommen?«

Sie tranken auf der Veranda Kaffee und genossen dabei den Blick aufs Meer. Seit ihrer Rückkehr von Europa war das beinahe zum Ritual geworden. Ein Teil von ihr wollte die Einladung gerne annehmen. Der rationale Teil von ihr hielt sie davon ab. Die Uhr in Sams Kopf, die anzeigte, wie lange sie noch mit Blake zusammensein konnte, tickte jeden Tag lauter. Je mehr sie sich bemühte, das Geräusch zu überhören, desto tiefer grub es sich in ihre Seele. Wenn er sie anlächelte wie jetzt in diesem Augenblick und ihr vorschlug, mit ihm zu reisen, hatte Samantha manchmal das Gefühl, dass ihre Ehe mehr war als ein Stück Papier, mehr als ein Vertrag zwischen zwei Söldnern. Die Art, wie Blake mit ihr schlief oder sie auch nur in den Armen hielt, wenn sie beide zu müde für etwas anderes waren, war wie ein steter Tropfen, der ihr Herz erweichte.

»Ich sollte hierbleiben«, seufzte sie.

»Warum denn?«

»Ich habe Jordan vernachlässigt. Während ich weg war, hat sie viel zu wenig gegessen, und sie schläft auch nicht gut.«

Blake griff nach ihrer Hand. »Du musst kein schlechtes Gewissen haben, weil du ein eigenes Leben hast, Samantha.«

»Ich weiß. Aber das ist nicht so einfach. Sie hat ja nur mich.«

»Du kannst sie jederzeit herbringen. Wir können eine Betreuungskraft für sie einstellen.«

Das war schon das zweite Mal, dass Blake ihr das anbot. Und wenn ihre Ehe nicht zeitlich begrenzt gewesen wäre, hätte Samantha das Angebot ohne Zögern angenommen. »Das haben wir doch schon besprochen. Es wäre nicht fair, Jordan aus ihrer gewohnten Umgebung zu reißen und sie dann nach einem Jahr wieder … Sie würde das nicht verstehen. Für sie wäre das purer Stress, der sie vielleicht sogar krank machen und wieder zu Rückschritten führen könnte.«

»Aber …«

»Bitte Blake. Ich weiß, du meinst es gut. Aber ich bin für Jordans Wohl verantwortlich und muss langfristig denken.«

Blake trank seinen Kaffee aus und ließ das Thema erst einmal ruhen. »Ich werde nur übers Wochenende in New York sein. Senator Longhill gibt ein Dinner zum Wahlkampfauftakt und ich sollte mich dort blicken lassen.«

»Ist er nicht derjenige, der für Steuererleichterungen für Exporte eintritt?«

»Du hast gut zugehört.«

Samantha warf ihre wilde Mähne zurück und hob eine Augenbraue. »Dass jemand so schön sein kann und trotzdem kein Dummchen ist! Unfassbar, nicht wahr?«

»Es ist angenehm, wenn man sich mit einer Frau auch außerhalb des Schlafzimmers unterhalten kann.«

»Autsch!«

»Okay, das war vielleicht ein bisschen gemein.«

»Gut, dass du das einsiehst. Sonst könnte ich auf die Idee kommen, dass da gerade dein Vater aus dir gesprochen hat.«

Blake drückte sich die Hand auf die Brust. »Aua! Das tut weh!«

»Ehrlichkeit ist dir doch immer so wichtig, mein lieber Herr Herzog. Und sicher waren nicht alle deine Frauen hübsche Hohlköpfe.«

»*Alle meine Frauen*. Das klingt, als hätte ich mir einen Harem geleistet.«

»Du hast deutlich mehr Erfahrung als ich.«

Er lachte. »Dazu gehört auch nicht viel, meine liebe Frau Herzogin.«

»Trotzdem …«

»Schön, es mag durchaus Frauen gegeben haben, mit denen ich reden konnte. Aber keiner von ihnen konnte ich mich so anvertrauen wie dir.« Blakes Augen zogen sich zusammen, als hätte er sich mit diesem Geständnis selbst überrascht. Das bewies doch wohl etwas, oder? Anscheinend empfand er tatsächlich mehr für sie als für die anderen Frauen, die jeweils für ein paar Monate in seinem Leben eine Rolle gespielt hatten.

»Du willst also den Senator umgarnen, damit er dem Transportwesen gewogen bleibt?«

»Korrekt.«

»Und wann musst du los?«

»Am Freitagmorgen.«

Sie schob ihren kalten Kaffee beiseite und drückte Blakes Hand. »Ich werde dich vermissen.«

Er sah ihr in die Augen, dann zog er ihre Hand an seine Lippen und küsste sie zärtlich.

Aber ihre Worte wiederholte er nicht.

Früher hatte Blake sich auf Cocktailpartys gefreut. Sie waren oft der Auftakt für einen One-Night-Stand oder auch eine längere Affäre gewesen. Doch als er nun durch den Raum schlenderte, in dem sich die Schönheiten gegenseitig auf die Füße traten, konnte er nur an seine Ehefrau denken. Er wollte Samantha an seiner Seite haben, mit ihr zusammen Leute kennenlernen, ihr zuprosten und mit ihr über die verschiedenen Persönlichkeiten auf der Party tuscheln.

Dass sie wegen ihrer Schwester Schuldgefühle hatte, war nicht zu übersehen. Nach dem ersten Moonlight-Besuch nach ihrer Rückkehr aus Europa war sie den Tränen nahe gewesen. Jordan war Sams ein und alles und Blake konnte ihr die Last der Sorge um ihre Schwester nicht von den Schultern nehmen.

Sicher, Jordan würde nicht verstehen, warum sie und Samantha eines Tages wieder ausziehen mussten. Aber für ein schönes Jahr an einem angenehmen Ort war dieser Preis doch wohl nicht zu hoch. Mit einiger Mühe war es ihm und Sam gelungen, Jordan für einen Ausflug in den Zoo aus dem Heim zu holen. Die zwei Schwestern hatten dabei so freudig gestrahlt, dass Blake gerne den Helden spielen und ihnen ermöglichen wollte, öfter zusammen zu sein.

Die häufigen Fahrten zu Moonlight schienen Samantha zu belasten. In letzter Zeit ließ sie sogar manchmal ihren Frühsport sausen. Blake hatte nichts dagegen, denn dann hatten sie noch ein wenig Zeit füreinander, bevor er zur Arbeit musste.

»Gedankenlesen müsste man können!« Eine vertraute, aber wenig willkommene Stimme riss ihn aus seinem Tagtraum. Er straffte die Schultern und wappnete sich für die Begegnung mit einer Frau, die ihm zuwider war. »Vanessa.«

Vanessa war viel größer als Samantha und deshalb in ihren hohen Absätzen beinahe auf Augenhöhe mit Blake. Wie immer war sie perfekt gestylt – vom blonden Scheitel bis zu den Zehenspitzen, die aus den strassbesetzten Stilettos lugten.

Das süße Lächeln, das sie zur Schau trug, hatte früher seine Wirkung nie verfehlt. Aber jetzt? Blake schoss sofort Samanthas Bezeichnung für seine Ex durch den Kopf: *Viper*.

»Wie schön, dass du dich noch an meinen Namen erinnerst.«

Vermutlich hatte er es nicht anders verdient. Jedenfalls hatte er verpasst, einen klaren Schlussstrich zu ziehen, bevor er sich in Samanthas Agentur eine Braut ausgesucht hatte.

»Bitte sei nicht albern.« Er sprach leise und lächelte dabei eisern.

»Dass du keine Skrupel kennst, wusste ich ja. Aber dass du dazu noch ein Feigling bist, das hat mich überrascht. Du hättest mich in deine Pläne einweihen können. Vielleicht wäre mir etwas eingefallen, um dir zu helfen. Aber stattdessen musstest du ja diese graue Maus …«

Blake schnitt ihr mit einer Handbewegung das Wort ab. »Ich bitte um etwas mehr Respekt, Vanessa. Samantha ist meine Frau.«

»Und für wie lange, Blake?«, raunte sie verschwörerisch.

Seine Augen verengten sich, aber sein Lächeln blieb. »Gelb steht dir nicht, meine Liebe.«

Vanessas Lippen wurden schmal. »Eifersüchtig? Ich? Auf sie?« Ihr schrilles Auflachen sorgte für neugierige Blicke. »Du hast dich an eine Frau gebunden, die von Ganoven aufgezogen wurde. Ihr deinen Nachnamen zu geben, wird dein Ruin sein.«

»Danke, dass du dich um mich sorgst.« Je ruhiger er blieb, desto wütender wurde Vanessa. Wieso war ihm das während der Zeit mit ihr nie aufgefallen?

»Frauen wie sie sind erst glücklich, wenn sie deine Seele besitzen. Du wirst dir noch wünschen, du hättest mich gebeten, deine Frau zu werden.« Die Viper trat einen Schritt zurück.

Er beugte sich zu ihr, damit nur sie seine Antwort hören konnte. »Ich wünsche mir nur eines, Vanessa: nämlich dass ich Samantha schon vor dir kennengelernt hätte.« Das war gemein, aber er hatte genug von dem Gift, das seine Ex gegen seine Frau versprühte.

Anstatt ihm ihren Drink ins Gesicht zu schütten, tat Vanessa etwas völlig Unerwartetes. Sie verzog die Lippen zu einem süßen, ahnungsvollen Lächeln. »Herrje! Das Mädchen liegt dir tatsächlich am Herzen. Na wunderbar. Genieß den Schmerz, Blake!« Damit ließ sie ihn stehen.

Blake verlängerte seinen Aufenthalt in New York bis zum Mittwoch. Das hätte Samantha noch viel weniger gefallen, wenn sie sich fitter gefühlt hätte. Aber sie nutzte die Zeit für einen Besuch bei ihrer langjährigen Ärztin und Vertrauten. Sie wollte sich ein praktischeres Verhütungsmittel besorgen.

Samantha saß auf der Behandlungsliege und rieb sich die Arme. Ihr war kalt. Der Stress wegen ihrer Ehe und die Sorge um ihre Schwester raubten ihr den Schlaf und den Appetit.

Ein kurzes Klopfen signalisierte die Ankunft von Dr. Luna. Sie war Mitte vierzig und Samantha ging schon seit ihrem Umzug an die Westküste zu ihr. Sämtliche Antibiotika, die sie je im Leben genommen hatte, hatte Dr. Luna ihr verschrieben, und sie hatte ihr auch beim Tod ihrer Mutter beigestanden.

»Da bist du ja. Wir haben uns schon gefragt, wann du endlich auftauchst.«

»Hi Debbie.« Auf Förmlichkeiten verzichteten sie schon lange und Samantha fiel es deshalb umso leichter, in Dr. Lunas Praxis zu kommen.

Debbie umarmte sie kurz, dann setzte sie sich auf einen Rollhocker. »Schön, dich zu sehen.«

»Im Augenblick steht mein Leben ziemlich kopf.«

»Kann ich mir vorstellen. Es kommt nicht oft vor, dass mich das Gesicht einer Patientin aus einer Boulevardzeitung anlacht. Ich kann gar nicht fassen, dass du jetzt verheiratet bist. Ich wusste ja noch nicht mal, dass du mit jemandem zusammen bist.«

»Blake und ich haben nicht lange gefackelt.« Das war zwar nicht gelogen, entsprach aber auch nicht völlig der Wahrheit. Doch bislang hatte der Satz als Antwort immer ausgereicht. »Ich bin hier, weil ich mir die Pille verschreiben lassen möchte. Unter anderem.«

Debbie lächelte. »Kein Problem. Wenn du mal damit angefangen hast, wirst du dich sicher bald fragen, warum du nicht viel früher darauf gekommen bist.«

Sie unterhielten sich eine Weile über die Vor- und Nachteile der Pille, dann fragte Debbie: »Und was hast du sonst noch auf dem Herzen?«

»Ich weiß nicht, ich fühle mich in letzter Zeit so schlapp. Erst dachte ich, ich wäre vielleicht nur faul und die Flitterwochen wären einfach zu schön. Aber ich habe kaum noch Appetit und bin viel müder als sonst.«

Debbie machte sich ein paar Notizen. »Hattest du Fieber?«

»Nein.«

»Husten?«

»Auch nicht.«

»Übelkeit, Erbrechen, Verdauungsprobleme?«

»Manchmal ist mir ein bisschen flau im Magen. Aber ich glaube, das kommt davon, dass ich so wenig esse.«

»Hmmm.« Debbie nahm das Stethoskop vom Hals, hörte Samanthas Lunge ab und sagte dann: »Leg dich hin.«

Samantha streckte sich auf der Liege aus und Debbie betastete ihren Bauch. »Tut das weh?«

»Nein.«

»Wann war deine letzte Periode?«

Samantha schaute zur Decke. »Die nächste müsste bald kommen.«

»Ich habe nach deiner *letzten* gefragt.«

»Keine Ahnung. Wirklich regelmäßig hatte ich sie ja nie.« Plötzlich hatte Samantha einen Klumpen im Magen.

Debbie legte den Kopf schief. »Wie habt ihr denn verhütet?«

»Ich bin nicht schwanger.«

»Das behaupte ich auch nicht.«

Samantha setzte sich auf. Sie konnte unmöglich noch länger still liegen. »Mit Kondomen. Und zwar jedes einzelne Mal. Wir haben etliche Schachteln geleert.« Sie lachte nervös auf.

»Bei Kondomen liegt die Schwangerschaftsrate bei zwei Prozent.«

»Debbie, ich bin nicht schwanger.«

Die Ärztin tätschelte Sam den Arm und reichte ihr einen Becher. »Wo die Toilette ist, weißt du ja. Lass uns erst mal eine Schwangerschaft ausschließen, damit wir nach anderen Gründen für dein Unwohlsein suchen können.«

Samantha sprang von der Liege. Sie versuchte, nicht auf das leise Zittern ihrer Hand zu achten. »In Ordnung.«

Die nächsten zehn Minuten waren die längsten ihres Lebens. Sam suchte auf dem Kalender ihres Smartphones nach dem Zeitpunkt ihrer letzten Periode. Verzweifelt wünschte sie sich, sie könnte damit Debbies Vermutung widerlegen. Aber seit sie Blake kannte, hatte sie noch keine Periode gehabt.

Als Debbie sie wieder ins Behandlungszimmer bat, sackte Samantha das Herz zwischen die Knie.

»Herzlichen Glückwunsch.«

Sam erstarrte. »Nein!«

»Wir können noch einen Serumtest machen, aber normalerweise bestätigen die nur das Ergebnis. Du bist schwanger, nicht krank.«

Die Welt blieb stehen. Die Uhr über der Behandlungsliege zählte die Sekunden, die Wände rückten zusammen. Sams Brust fing an, sich krampfhaft zu heben und zu senken. Sie rang nach Luft, Tränen stiegen ihr in die Augen. »Aber wir haben doch aufgepasst.«

Debbie tätschelte ihr die Hand und schob sie zur Liege zurück. »Anscheinend hast du wirklich nicht damit gerechnet. Das sehe ich. Vielleicht wolltet ihr euch mit dem Kinderkriegen noch ein bisschen Zeit lassen. Aber die Fakten sprechen für sich.«

Was sollte sie nur tun? Blake vertraute ihr. Wie hatte das passieren können? Sie waren doch immer so vorsichtig gewesen.

»Setz dich.« Debbie half ihr auf die Liege. »Tief atmen. Alles wird gut.«

»Du weißt ja nicht, was du da sagst.« Woher auch? Debbie sah eine frisch verheiratete Frau vor sich. Jede andere an ihrer Stelle hätte sich über ein Baby gefreut.

»Hilf mir, dich zu verstehen. Wovor hast du denn solche Angst?«

Davor, dass das liebevolle Lächeln auf Blakes Gesicht sich in Hass verwandelt, wenn ich ihm von der Schwangerschaft erzähle. Davor, dass das Vertrauen und der Respekt zwischen ihnen von einer Minute zur anderen hinüber waren.

»So haben wir uns das nicht vorgestellt«, flüsterte Samantha benommen.

»Ihr seid nicht die ersten Frischvermählten, die schwanger werden. Ich bin sicher, dein Mann liebt dich und wird Verständnis haben.«

Aber er liebte sie nicht.

Eine Träne rollte über ihre Wange.

»Samantha?«

Sie sah ihre Freundin an, der die Besorgnis ins Gesicht geschrieben stand. »Was ist denn los? Du hast mir erzählt, dass du das letzte Mal als Kind geweint hast, und nicht mal, als deine Mutter gestorben ist und auch nicht, als deine Schwester in der Notaufnahme lag.« Debbie setzte sich neben sie und nahm ihre Hände.

Samantha saugte an ihrer Unterlippe. Entschlossen drückte sie die Tränen weg, dann schüttelte sie den Kopf. »Frauen sind emotionale Wesen. Und schwangere Frauen erst recht.« *O Gott, ich bin schwanger.*

»Bist du sicher, dass das alles ist?«

Unfähig, mit der Wahrheit herauszurücken, nickte Samantha. »Ich stehe gerade ein bisschen unter Schock. Ich muss mich erst an den Gedanken gewöhnen.«

»Du bist immer irgendwie klargekommen. Egal, was passiert ist.«

»Ja, ich weiß.«

»Also schön. Ich erkläre dir jetzt ein paar grundsätzliche Dinge. Und ich schicke dich zu Dr. Marzikian …« Debbie gab ihr einen Überblick über die ersten Schwangerschaftswochen, aber Samantha hörte nur mit einem Ohr zu.

Als sie anstelle des Pillenrezepts mit einem Vitaminpräparat für das erste Schwangerschaftsdrittel die Praxis verließ, fühlte Sam sich so allein wie noch nie zuvor in ihrem Leben.

Draußen im Wagen war es um ihre Selbstbeherrschung endgültig geschehen. Sie weinte hemmungslos.

Jeff Melina, Blakes persönlicher Anwalt, saß ihm gegenüber und fuchtelte mit einem Schriftstück. »Dein Vater war ein Drecksack.«

»Sag mir etwas, was ich noch nicht weiß.«

»So etwas wie dieses Testament habe ich noch nie gesehen. Es ist absolut hieb- und stichfest. Dabei sollte man meinen, es müsste irgendwo ein Schlupfloch geben.«

Für Blake hörte sich das gar nicht gut an. »Irgendwas muss doch zu machen sein.«

Jeff warf die Unterlagen auf den Tisch. »Ich habe mir alle Mühe gegeben. Aber anscheinend wusste dein Dad, dass du nur so lange verheiratet bleiben würdest, wie es unbedingt sein muss, damit du dein Erbe kassieren kannst.«

Seinem Anwalt hatte Blake von Anfang an reinen Wein einschenken müssen. »Sieht so aus, als wäre mein schöner Plan beim Teufel.«

»Vielleicht findest du einen skrupellosen Arzt, der Samantha für unfruchtbar erklärt … Ach verdammt, vergiss, dass ich das gesagt habe.«

Blake schüttelte den Kopf. »Samantha hat diese Woche einen Termin bei ihrer Ärztin, um sich die Pille verschreiben zu lassen.«

Jeff trommelte auf seinen Schreibtisch. »Du schläfst also mit ihr. Dachte ich mir doch, dass du die Finger nicht von der Frau lassen kannst.«

»Es war leichter, der Versuchung nachzugeben, als nur so zu tun, als ob wir das Bett teilen.« Blake konnte den Rückflug später am Abend kaum erwarten. Er wollte nach Hause und wieder mit ihr schlafen. Er vermisste sie. Bei ihrem letzten Telefongespräch hatte sie sich nicht gut angehört. Irgendetwas bedrückte sie. Er hatte sie gefragt, was los sei, aber sie hatte behauptet, es wäre alles in Ordnung.

»Es gibt natürlich eine Möglichkeit, an die du vielleicht noch nicht gedacht hast.«

Blake hielt sich eigentlich für einen sehr gründlichen Menschen. »Und die wäre?«

Jeff warf ihm einen langen Blick zu. »Du könntest sie schwängern.«

»Sag mal, welchen Teil von ›lässt sich die Pille verschreiben‹ hast du nicht verstanden?«

»Im ersten Einnahmemonat müsstest du zusätzlich noch auf andere Weise verhüten.«

Blake sprang auf und ging auf und ab. »Grundgütiger, Jeff. Das soll hoffentlich ein Witz sein, oder?«

»Frauen legen Männer schon seit Jahrtausenden mit ungewollten Schwangerschaften rein. Und sie pochen doch immer auf Gleichberechtigung.«

Blake machte eine unwirsche Geste. »Hör auf. Ich weiß, du hältst mich für ein Charakterschwein. Aber so tief bin ich noch nicht gesunken.« Sein Anwalt schreckte offenbar vor nichts zurück. Im Gerichtssaal konnte das von Vorteil sein, aber nicht in dieser Situation.

»Es ist mein Job, dir Möglichkeiten aufzuzeigen, wie du auf legalem Weg kriegen kannst, was du willst. Das ist nur ein Vorschlag. Oder du redest einfach mal mit ihr darüber.«

»Ich soll sie bitten, schwanger zu werden?«

»Warum nicht? Immerhin hat sie dich gegen Geld geheiratet.«

Blakes Kiefer begann zu schmerzen. Jeff bewegte sich auf dünnem Eis, auch wenn ein wahrer Kern in seiner Aussage steckte. »Sie ist keine Nutte, Jeff.«

»Du gibst ihr zehn Millionen Dollar dafür, dass sie ein Jahr lang deine Frau ist. Und du schläfst mit ihr.«

Blake hechtete beinahe über den Schreibtisch. Er stützte sich auf der Tischplatte ab und berührte mit der Nase fast Jeffs Gesicht. »Pass bloß auf, was du sagst.«

»Cool bleiben, Junge. Immer mit der Ruhe. Mir war nicht klar, dass dir tatsächlich etwas an ihr liegt. Tut mir leid.« Jeffs Gesicht war aschfahl geworden.

Blake machte einen Schritt vom Schreibtisch weg und überlegte sich, ob er vielleicht einen neuen Anwalt brauchte. Wenn Jeff über Samantha sprach, als wäre sie ein Möbelstück, sah er rot.

»Ich glaube, wir sind hier fertig.« Blake musste dringend raus aus dem Büro, sonst konnte er für nichts garantieren.

Jeff rückte seine Krawatte zurecht und stand auf. »Wenn du ihr nur halb so wichtig bist, wie sie es dir offenbar ist, kann sie sich vielleicht sogar vorstellen, ein Kind von dir zu kriegen. Frauen können da sehr emotional sein.«

Wo hatte Blake das schon einmal gehört?

Vielleicht …

Elf

Blake würde noch am selben Abend mit Samantha reden. Er konnte nicht länger für sich behalten, was in dem verdammten Testamentszusatz stand. Schließlich war Ehrlichkeit die Grundlage ihrer Beziehung. Samanthas absolutes Vertrauen zu ihm würde ihn zu einem besseren Menschen machen. Dass Jeff ihn für fähig hielt, Samantha eine ungewollte Schwangerschaft anzuhängen, dass Jeff glaubte, er würde sie derart benutzen und hintergehen, machte ihm Angst. Hatte er tatsächlich einen so schlechten Ruf? Ja, vielleicht. Nur wenige Menschen sahen etwas Gutes in ihm. Einer von ihnen war Samantha.

Er wollte sich ihr Vertrauen um jeden Preis erhalten.

Kurz nach sechs spazierte er in sein Haus in Malibu. Er hörte Mary in der Küche hantieren und ging als Erstes dorthin.

»Ich hoffe, Sie haben genug für zwei gekocht.«

»Ach, Sie sind zu Hause. Dem Himmel sei Dank. Ich wollte Sie schon anrufen.«

»Mich anrufen? Aber warum denn? Ist alles in Ordnung?« In der Erwartung, dass Samantha gleich hereinkommen würde, sah Blake sich in der Küche um. Sie hatte sich noch immer nicht ganz daran gewöhnt, dass sie nun eine Köchin hatte, und ging Mary hin und wieder ein bisschen zur Hand.

»Es ist wegen Samantha. Sie ist heute kaum aus Ihrem Zimmer gekommen.«

In Blakes Kopf schrillten die Alarmglocken. »Ist sie krank?« Er war bereits auf dem Weg zur Treppe.

Mary folgte ihm mit dem Geschirrtuch in der Hand. »Keine Ahnung. Sie sagt, es ginge ihr gut. Aber sie wollte nichts essen und ich habe sie weinen gehört.«

Immer zwei Stufen auf einmal nehmend flog Blake fast hinauf zum Schlafzimmer. Er riss die Tür auf und hörte, dass Samantha im Badezimmer war. Ihr Schluchzen bohrte sich in seine Brust wie eine Klinge. Als sie dann auch noch fluchte, war er sicher, dass sie kein Publikum haben wollte.

»Ich mache das«, sagte er zu Mary.

Damit schloss er die Tür und ging ins Bad. Samantha saß an die Wanne gelehnt auf dem Boden. Das Gesicht hatte sie auf die Knie gelegt.

»Samantha?«

Als sie den Kopf hob und ihn mit verweinten Augen ansah, riss irgendetwas in ihm entzwei. Was konnte denn bloß so schlimm sein? Es hieß zwar immer, Frauen seien emotionale Wesen, aber diese Frau hatte er so noch nie gesehen. Ihre Unterlippe zitterte und erneut kullerten Tränen.

»Liebling, was ist denn passiert?« Er wollte sie in seine Arme ziehen, aber sie stemmte sich dagegen.

»Die ha-haben versagt«, stammelte sie.

»Wer hat versagt?« Er ging vor ihr auf die Knie und legte ihr die Hände auf die Schultern, damit sie sich nicht abwenden konnte.

Samantha hob eine Schachtel vom Boden auf und wedelte damit in der Luft. »Die.«

Blake erkannte nicht sofort, was sie in der Hand hielt. Dann fiel ihm auf, dass überall im Badezimmer Kondomschachteln herumlagen. Es sah aus, als hätte Samantha eine Schlacht gegen das Latex geführt. Schachteln auf der Spiegelkonsole, Schachteln in der Badewanne.

»Ich verstehe kein Wort.«

Samantha schnappte sich eine Schachtel und warf sie quer durch den Raum in Richtung Mülleimer. »Die haben nicht funktioniert!«, weinte sie. Auch ihr nächstes Wurfgeschoss verfehlte sein Ziel.

Nicht funktioniert? Wovon redet sie?

Sie vergrub das Gesicht wieder zwischen den Knien. »Ich bin schwanger.«

Verdammt. Jeder Nerv in Blakes Körper stand plötzlich unter Strom. Er wappnete sich innerlich, ohne zu wissen wofür oder wogegen. Angst und Schrecken stellten sich nicht ein. Bestürzung auch nicht. Stand er unter Schock? Ja – definitiv. Er kam gerade von einer Besprechung mit seinem Anwalt, der ihm gesagt hatte, er bräuchte dringend einen Erben, und seine Ehefrau auf Zeit eröffnete ihm, sie sei schwanger. Damit hatte er nicht mal im Traum gerechnet. Im Augenblick konnte er gar nichts empfinden – nicht einmal Ungläubigkeit, dass die zitternde Frau auf dem Badezimmerboden ein Kind von ihm erwartete. Sein Gefühlsleben hing in einer Warteschleife fest.

Wie durcheinander musste da erst Samantha sein?

Blake zog sie in seine Arme.

Diesmal kroch sie regelrecht in seinen Schoß.

»Alles wird gut«, raunte er ihr beruhigend ins Ohr.

Sie schluchzte so laut, so herzzerreißend, dass er plötzlich das schwere Schuldgefühl spürte, das nur der Mann empfinden konnte, der sie in diese Lage gebracht hatte. »Alles kommt wieder in Ordnung.«

Genau.

Irgendwie.

Irgendwann.

»Schschsch.«

»I… Ich ha… habe das nicht gewollt.« Samantha bekam einen Schluckauf.

»Ich weiß.« Das konnte er natürlich nicht wissen. Aber er hatte keinen Zweifel daran, dass Samantha ihren Zustand nicht geplant oder irgendwie absichtlich herbeigeführt hatte.

Vanessa? Aber sicher doch! Und wenn nur, um endlich Herzogin werden zu können.

Jacqueline? Eher nicht. Sie war nicht wirklich der mütterliche Typ.

Samantha? Verdammt, niemals. Seine Frau war kein Mensch, der Spielchen spielte. Sie war viel zu aufrichtig für die älteste List der Frauen. Außerdem war *Ehrlichkeit* das Fundament ihrer Beziehung.

Blake hob Samantha hoch. Er musste ihren Krieg mit den Kondomen beenden. Himmel, warum hatte er überhaupt so viele Schachteln von dem Zeug? Ach ja – Vanessa hatte behauptet, sie wäre allergisch gegen alle anderen Sorten und käme nur mit der zurecht, die jetzt überall im Badezimmer verteilt war.

Im Schlafzimmer legte er sich mit Samantha aufs Bett. Ihr lautes Schluchzen war zu einem leisen Weinen geworden und bald spürte er, wie sie an seine Brust geschmiegt immer ruhiger wurde und eindöste. Blake hielt sie fest, streichelte ihr Haar, sagte ihr, dass er bei ihr sei und dass alles gut werden würde.

Er würde dafür sorgen.

In der Nacht wachte Samantha ein paarmal auf. Immer spürte sie dabei das Gewicht von Blakes Arm auf ihrer Taille und seine Hände, die sie sanft streichelten. Und immer schlief sie erschöpft wieder ein. Morgens erwachte sie mit verschwollenen Augen und pochenden Kopfschmerzen. Appetit hatte sie nicht. Und wenn sie an den peinlichen Anblick dachte, den sie geboten haben musste, als sie weinend zwischen einem Berg nutzloser Kondome auf dem Badezimmerfußboden gehockt hatte, glaubte sie, schlimmer könnte es einfach nicht mehr kommen.

Aber dann fiel ihr ein, dass sie schwanger war.

Es ging also doch noch schlimmer.

Ihre volle Blase trieb sie aus Blakes Armen und aus dem warmen Bett. Er blieb reglos liegen, während sie aufstand und ins Bad tappte.

Irgendwann in der Nacht hatte Blake anscheinend das Chaos beseitigt, das sie angerichtet hatte. Die Kondome waren weggeräumt oder weggeworfen. Gut. Sie wollte ihr ganzes Leben lang kein einziges mehr sehen.

Im Spiegel begutachtete sie die dunklen Ringe unter ihren Augen und die fleckigen Make-up-Reste in ihrem Gesicht. Ein paar Haarbüschel standen ihr vom Kopf ab und sie steckte noch in den Kleidern vom Vortag.

Gruselig.

Sie riss sich vom Spiegel los und stellte sich erst einmal ausgiebig unter die Dusche. Jeden Gedanken, wie es mit Blake und ihr nun weitergehen sollte, schob sie energisch beiseite.

Kein Rätselraten mehr, keine Spekulationen. Sie würden alle Aspekte ihrer Beziehung genauestens durchsprechen und sie würde ihre Gefühle im Zaum halten. Keiner von ihnen hatte diese Schwangerschaft gewollt. Aber jetzt gab es sie. Sam wusste, dass sie das Kind niemals weggeben oder gar die Schwangerschaft abbrechen konnte. Sie war eine verantwortungsbewusste Erwachsene, kein Teenager ohne Perspektive. In der Erwartung, im Bett den schlafenden Blake vorzufinden, trat sie in einem kuscheligen Morgenmantel aus dem Badezimmer.

Aber das Bett war leer.

In den knittrigen Kleidern, in denen er geschlafen hatte, beugte er sich über ein kleines Tablett, das er aus der Küche heraufgebracht hatte. Kaffee, Milch, Saft und ein paar Teller mit Crackern, Toast und hart gekochten Eiern standen darauf.

»Was ist das denn?«

Blake zog sie am Ellbogen zu einem Stuhl.

Sanft lächelnd setzte er sich zu ihr. »Im ersten Schwangerschaftsdrittel beginnt man den Tag am besten mit einem reizarmen Frühstück. Das beruhigt den Magen«, sagte er, als würde er aus einem Gesundheitsratgeber vorlesen. Dass ihr Magen sich dringend beruhigen musste, wusste Samantha aus leidvoller Erfahrung.

»Und woher weißt du das?«

»Während du heute Nacht geschlafen hast, habe ich mir auf meinem Handy mal was anderes angesehen als die aktuellen Börsenkurse. Ich habe Kaffee mitgebracht – koffeinfreien –, aber in den Artikeln, die ich gelesen habe, stand, dass Schwangere oft gar keinen mögen.« Er schob ihr ein Glas Milch hin. »Dagegen ist Milch für dich und das Baby ein Muss.«

Bei dem Wort *Baby* traten Samantha sofort wieder Tränen in die Augen. An ein Baby hatte sie noch gar nicht gedacht – immer nur an die Schwangerschaft. »Das ist wirklich süß von dir.«

»Du weißt ja, dass ›süß‹ mein zweiter Vorname ist.«

»Blake …«

»Augenblick.« Er griff nach ihrer Hand und beugte sich zu ihr. »Wir haben viel zu besprechen. Aber das kann noch ein bisschen warten. Du musst etwas essen, und ich muss unter die Dusche.« Er streichelte mit dem Daumen über die Innenseite ihres Handgelenks.

»Aber …«

Blake legte ihr den Zeigefinger auf die Lippen. »Pssst.«

Samantha nickte.

Er stand lächelnd auf. Bevor er ins Bad ging, drückte er ihr einen zärtlichen Kuss auf die Lippen.

Vielleicht würde tatsächlich alles gut werden.

Eine Stunde später saßen sie in den Sesseln auf der hinteren Veranda mit dem atemberaubenden Blick aufs Meer. Blake trug braune Shorts und ein schlichtes Baumwollhemd, das über seiner muskulösen Brust spannte. Der Seenebel lag weit draußen vor der Küste und gab der Sonne eine Chance. Die Luft hatte sich schon auf um die fünfundzwanzig Grad erwärmt.

Samantha musste zugeben, dass Blakes Frühstück Wunder gewirkt hatte. Nur auf den Kaffee hatte sie verzichtet. Im Augenblick trank sie lieber Kräutertee.

Seit sie das Schlafzimmer verlassen hatten, hatte keiner von ihnen das Baby erwähnt. Jetzt breitete sich das Schweigen zwischen ihnen aus wie der weite Ozean.

»Und?«, hörte Samantha Blake sagen.

»Und?« Sie lächelte nervös, stellte die Tasse ab und schlang die Hände im Schoß ineinander. »Ich habe das nicht gewollt.«

Ihr war sehr wichtig, dass Blake ihr das glaubte. Er hatte sich doch extra eine Ehefrau auf Zeit gesucht, um zu verhindern, dass sich eine Frau für immer in sein Leben schummelte. Und jetzt tat sie genau das. Wenn ihr gemeinsames Jahr ablief, würde das Baby immer noch da sein. Ohne zeitliche Begrenzung.

»Ja, das sagtest du bereits.«

»Mir liegt sehr viel daran, dass du mir das glaubst.«

»Sieh mich an, Samantha.«

Zögernd schaute sie ihm in die Augen und staunte über seinen sanften Blick. Sein Lächeln wirkte ungezwungen. Genau wie vorher, als sie aus der Dusche gekommen war. »Ich habe keine Sekunde lang gedacht, dass du die Schwangerschaft geplant oder irgendwie eingefädelt hast.«

Samantha seufzte tief. Sie spreizte die Finger auf den Schenkeln und versuchte, etwas von ihrer Anspannung abzuschütteln. »Gut. Das ist gut.«

Mit einem Blick auf den Ozean fragte Blake: »Hattest du schon länger den Verdacht, du könntest schwanger sein?«

Samantha schüttelte den Kopf. »Ich hatte keine Ahnung.« Sie erzählte ihm von dem Arztbesuch, bei dem sie von ihrem Zustand erfahren hatte.

»Und deine Ärztin sagt, bei Kondomen würde die Empfängnisrate bei zwei Prozent liegen?«

»Ja. Aber ich dachte immer, für diese Zahl wären allzu sorglose Teenager verantwortlich, nicht intelligente Erwachsene.«

Ein paar Minuten lang dachten sie beide stumm darüber nach. Diesmal war das Schweigen entspannt und lag nicht zwischen ihnen wie ein Felsblock auf einer Straße.

Als Samantha Blake wieder anschaute, fiel ihr sein gequälter Gesichtsausdruck auf. »Woran denkst du gerade?«

Er schüttelte den Kopf. »Ich versuche, die richtigen Worte zu finden, um dich etwas zu fragen.«

»Leg einfach los.«

»Aber was ist, wenn ich eine Antwort bekomme, die ich nicht hören will?«

Wow. Dass Blake sich nicht scheute, sich schwach zu zeigen, berührte sie tief. Einen Moment lang sah sie ihn als einen verletzlichen Menschen, der Ängste hatte und unsicher war wie jeder andere auch. Das machte ihn in ihren Augen aber nicht kleiner, sondern liebenswerter.

Liebe flutete ihr Gehirn. Sie schluckte. Wo kam diese Gefühlswallung denn nun plötzlich her? Verdammt, die Schwangerschaft machte sie noch emotionaler und sorgte für zusätzliche Verwirrung.

»Wenn du eine Antwort willst, musst du schon riskieren, die Frage zu stellen. Ich kann dir nur versprechen, ehrlich zu sein.«

Seine grauen Augen bohrten sich in ihre. »Willst du das Baby behalten?«

Ihr Herz krampfte sich zusammen. »Willst du, dass ich es … Willst du eine Abtreibung?« Ihr Magen rebellierte. Sie konnte Blakes Gesichtsausdruck nicht deuten, wusste nicht, was er dachte. Interessierte ihn nur ihr Standpunkt? Oder wollte er das Baby loswerden und weitermachen wie zuvor?

»Wenn du meine Frage beantwortet hast, kannst du mich fragen, was du willst«, sagte Blake.

Das klang fair. »Ich habe keine Sekunde lang daran gedacht, das Kind nicht zu bekommen.«

Blakes Schultern sanken nach vorn. War das Erleichterung oder Frustration? »Blake?«

Er lächelte. »Ich bin froh, das zu hören.«

»Wirklich?«

»Ja. Ich weiß, das kommt alles ziemlich plötzlich, und wir haben beide nicht damit gerechnet. Aber …«

»Aber?«

Blake stemmte sich aus dem Liegestuhl und begann, auf und ab zu gehen. »Ich sehe das so: Wir sind keine Kinder mehr. Vor zehn Jahren hätte ich anders darüber gedacht und du sicher auch, nehme ich an.« Er wartete, bis sie nickte, dann fuhr er fort. »Wenn zwei Leute, die keine Kinder mehr sind, herausfinden, dass sie schwanger sind, dann bringen sie das Kind zur Welt. Und wir haben den Vorteil, dass wir sogar miteinander verheiratet sind.«

O mein Gott. Er denkt schon ziemlich weit voraus. »Dass es so bleibt, war aber nicht Teil des Plans.«

Er blieb stehen und setzte sich auf die Kante ihres Liegestuhls. »Ja. Und vielleicht halten wir uns auch an unsere Abmachung. Aber ich glaube, ein Baby verändert alles. Nein. Ich *weiß*, dass ein Baby alles verändert. Und bis wir beide wissen, was wir wollen, würde ich einfach einen Schritt nach dem anderen gehen.«

»Und wie soll ich mir das vorstellen?«

»Wie es mit uns beiden läuft, gefällt mir, Samantha. Ich komme gerne zu dir nach Hause. So lange, bis einer von uns es lieber anders hätte, würde ich einfach so weitermachen wie bisher.« Sein Blick suchte ihren.

»Und wenn das Jahr um ist? Wenn das Baby da ist?«

»Wir können das Jahr ja erst mal abwarten.«

Sicher hatte er recht, aber die Antwort fühlte sich an, als hätte er ihr ein Glas Eiswasser über den Kopf gekippt.

»Das wolltest du nicht hören.« Ihre Reaktion war ihm nicht entgangen.

»Nein. Aber so haben wir es abgemacht.«

Seine Hand glitt an ihrer Wade nach oben und legte sich auf ihr Knie. »Willst du mehr als ein Jahr?«

»Im Augenblick weiß ich nicht, was ich will. Ich habe gerade erfahren, dass ich schwanger bin. Mutter werde ich für immer sein. Das ist das Einzige, was im Moment ganz sicher ist. Hinter allem anderen steht ein dickes Fragezeichen.«

»Dann lass mich noch für ein bisschen mehr Sicherheit sorgen.« Er tätschelte ihr Knie. »Ich werde der Vater dieses Kindes sein und dich und das Baby nie im Stich lassen. Darauf hast du mein Wort.«

Das nahm sie ihm ab. Blake würde garantiert nicht zu der Sorte Erzeuger gehören, die sich bei der erstbesten Gelegenheit aus dem Staub machte.

»Kann ich dich auch etwas fragen?« Ihr war klar, dass sie mit ihrer Frage ans Eingemachte gehen würde. Aber sie musste sie einfach stellen.

»Aber sicher doch.«

»Willst du mehr als ein Jahr?«

Er ließ sich Zeit mit der Antwort, atmete erst einmal tief durch. »Ich denke, wir sind es unserem Kind schuldig, uns gegenseitig die Option für mehr gemeinsame Zeit zu geben.«

»Wegen des Kindes verheiratet bleiben?« Klang das nicht nach einer schlechten Seifenoper?

Er beantwortete ihre Frage mit einer Gegenfrage. »Bist du gerne hier mit mir zusammen?«

Was für eine dumme Frage. Aber klar! »Es ist ganz erträglich.«

Er lachte. »Dann lass uns alle Termine und Absprachen so lange vergessen, bis sich das ändert.«

»Können wir das einfach tun?«

»Liebes, wir können tun, was uns gefällt.«

Sie lachte. Seit sie von ihrer Schwangerschaft erfahren hatte, gelang ihr das zum ersten Mal. »Okay. Dann also, solange es erträglich bleibt. Richtig unerträglich ist im Augenblick nur die Morgenübelkeit.«

Auch er lachte jetzt und rückte etwas näher. »Die zählt nicht. Aber ich habe gehört, die Geburt kann auch ziemlich unerträglich werden.«

»Ja, aber die zählt auch nicht. Erst mal werde ich fett werden, das ist unerträglich.«

Blakes Hand schob sich über ihren Schenkel und ihre Hüfte bis auf ihren noch flachen Bauch. »Ich wette, du wirst süß aussehen mit einer Babykugel.«

»Ha, das sagst du jetzt. Aber später wirst du es sicher scheußlich finden.«

Seine warme Hand schob sich über ihre Rippen bis unter ihre Brust. Mit dem Daumen strich er über die Brustwarze unter ihrem Shirt. »Die werden noch ein bisschen größer werden und das wird extrem erträglich sein.« Seine Stimme klang heiser.

Samantha saugte an ihrer Unterlippe. »Ich habe gehört, dass sie wehtun können. Dann darfst du sie nicht anfassen. Findest du das nicht unerträglich?«

Er beugte sich vor. Sein warmer Atem kitzelte ihre Lippen. »Wenn du es kannst, komme ich auch mit unerträglichen Zuständen klar.«

»Wird das eine Art Wettkampf? Willst du herausfinden, wer von uns das besser hinbekommt?«

Seine Augen funkelten schelmisch. »Vielleicht.«

»Es ist gemein, dass du genau weißt, welche Knöpfchen du bei mir drücken musst.«

Seine Lippen verweilten über ihren. Er berührte sie nicht, war ihr aber doch unglaublich nahe. »Erträgst du mich noch?«

»Mit knapper Not.«

Sein schnell hingehauchter Kuss genügte ihr nicht. Sie wollte mehr und beugte sich vor. Aber er zog sich ein bisschen zurück. »Ich bin froh, dass du es bist, die ein Kind von mir erwartet«, gestand er ihr. »Du wirst eine wunderbare Mutter sein.«

»Das kannst du doch überhaupt nicht wissen.«

»O doch, das weiß ich.« Diesmal küsste er sie, bis sie Sternchen sah, und sie vergaß, dass sie draußen saßen und die ganze Welt ihnen zuschauen konnte.

Wenn Blake sich von ihren Lippen über ihr Kinn bis zu ihrem Hals küsste und knabberte, wenn sie in seinen Armen lag, war die Welt alles andere als unerträglich.

Zwölf

Die Morgenübelkeit wurde schlimmer anstatt besser. Und das war ziemlich unerträglich! Blake war derselben Meinung und unterstützte Samantha, so gut er konnte. Sie kamen überein, die Schwangerschaft vorerst für sich zu behalten, denn im ersten Drittel wusste man noch nichts Genaues. Es hieß, dass es in dieser Zeit manchmal Komplikationen gab, die zu einer Fehlgeburt führen konnten. Aber nach dem zweiten Monat versicherte ihnen der Arzt, sie hätten nichts zu befürchten. Trotzdem verbreiteten sie die frohe Kunde nicht sofort.

Auch Eliza verriet Samantha nichts, obwohl ihr das sehr schwerfiel. Aber wenn sie ihre Freundin nicht einweihte, konnte die sich auch nicht verplappern.

Wie versprochen stand Blake ihr zur Seite. Hin und wieder musste er nach Europa fliegen, aber er hielt die Reisen kurz und war meist schon nach drei Tagen wieder zurück. Samantha gefiel es nicht, wenn er weg war, aber es war immer wunderbar, wenn er wieder nach Hause kam.

Die Tage flossen ineinander; die Nächte in Blakes Armen waren immer etwas ganz Besonderes. Und dann stellte die böse Morgenübelkeits-Fee, wie vom Arzt vorhergesagt, ihre Besuche von einem Tag auf den anderen ein.

Eines Abends kam Blake vom Büro zurück und sah, dass Samantha angefangen hatte, das Zimmer gegenüber dem Schlafzimmer auszuräumen. Sie wuchtete gerade einen kleinen Beistelltisch hoch, als Blakes erschrockene Stimme von der Tür her rief: »Was zum Teufel tust du da?«

Sie stellte sich das Tischchen fast auf den Zeh. »Du hast mich erschreckt.«

Blake stapfte zu ihr und stemmte die Hände in die Hüften. »Du darfst keine Möbel schleppen.« Seine Augen wanderten umher. »Hast du das Zimmer etwa alleine leer geräumt?«

Nur eine Kommode, das Bett und ein paar Tischchen standen noch herum. »Ja. Und? Wir waren uns doch einig, hier das Kinderzimmer einzurichten.« Samantha flüsterte, damit Louisa, die gerade das Schlafzimmer putzte, sie nicht hörte.

»Das geht gar nicht«, schnaufte Blake zurück. »Louisa? Mary?«, schrie er.

»Was soll das?«

Louisa hastete erschrocken ins Zimmer. »Ist etwas passiert?«

»Holen Sie Neil«, kommandierte Blake.

Samantha griff nach seinem Arm. Sie war verwirrt und besorgt. Blake weigerte sich, ihr zu erklären, warum er so aufgebracht war. Er wartete, bis Louisa, Mary und Neil vor ihnen standen.

»Samantha ist schwanger.«

Sam blieb der Mund offen stehen. Sie hatten doch erst nach der nächsten Vorsorgeuntersuchung damit herausrücken wollen. Aber ihr war sofort klar, was er mit seiner unverblümten Ansage bezweckte.

»Wusst' ich's doch.« Louisa warf Mary einen Blick zu.

Mary zuckte mit einem mütterlichen Lächeln mit den Schultern. »Das war doch klar.«

»Sie wussten es?«, fragte Samantha.

»Ich bitte Sie, wir wohnen hier! Natürlich wussten wir Bescheid.«

Blakes Blick wanderte zu Neil.

»Schau mich nicht so an. Ich hatte keine Ahnung.«

»Wenn den Damen klar war, dass Samantha schwanger ist, warum haben Sie dann zugelassen, dass sie Möbel durch die Gegend schleppt?«

Neils Blick huschte durch den Raum.

»Sie wollte nicht, dass wir ihr helfen.«

»Ich habe keine Hilfe gebraucht«, verteidigte Samantha sich selbst und die Frauen. »Was soll das eigentlich?«

Neil trat einen Schritt vor. »Schwangere dürfen nicht schwer heben.«

Blake klopfte Neil auf den Rücken. »Endlich jemand, der mich versteht.«

»Darum geht es also? Du meinst, ich wäre nicht in der Lage, ein paar Möbel wegzuräumen?« Samantha wurde sauer. Wie konnte Blake so eine Machonummer …

»Von jetzt an wird Samantha nichts mehr tragen außer ihrem Teller und vielleicht einer Einkaufstüte. Und wenn die Einkaufstüte schwer ist, dann trägt sie auch die nicht.« Blake redete nicht mit ihr, sondern mit seinen Angestellten über sie.

»Augenblick mal …«

Mary wich einen Schritt zurück und winkte Louisa zu. »Ich glaube, wir gehen jetzt besser.«

»Blake hat recht«, sagte Neil. »Lassen Sie mich das machen. Sie dürfen das Baby und sich selbst nicht in Gefahr bringen.«

Als Neil an Sam vorbeiging und sich den Tisch schnappen wollte, mit dem sie sich abgemüht hatte, schnellte ihr Arm vor. »Moment. Ich bin schwanger, nicht krank. Der Arzt hat nichts von irgendwelchen Einschränkungen gesagt.«

»Neil«, bellte Mary. »Ich glaube Samantha und Blake brauchen unsere Hilfe im Augenblick nicht.«

Die drei verzogen sich eilig. Samantha biss sich auf die Zunge und versuchte, ihren Zorn im Zaum zu halten. Blake schob entschlossen das Kinn vor.

»Ich dachte, wir hätten uns darauf geeinigt, noch niemandem etwas von dem Kind zu sagen.«

Er sah sich im Zimmer um. »Und ich glaube, wir haben zu lange damit gewartet. Verdammt, Samantha. Diese Umräumaktion hätte böse ausgehen können.«

»Ich habe doch nur ein bisschen Zeug herumgeschoben.«

»Dieses Zeug ist schwer und du darfst nicht schwer heben.«

»Blake, bitte …«

Er hob die Hand. »Was, wenn du diesen Tisch weggeschleppt hättest?« Blake trat gegen das Holz des Möbelstücks. »Und danach hättest du Bauchschmerzen bekommen?«

Samantha lief plötzlich ein Schauer über den Rücken. »Das wäre sicher nicht passiert.«

»Und wenn doch?«

Sam sah sich um. Erst jetzt fiel ihr auf, wie groß das Bett war und wie sperrig die Kommode, die sie aus dem Zimmer hatte schieben wollen.

Vielleicht hatte Blake ja recht. »Aber meine Einkaufstüten trage ich weiterhin selber«, murmelte sie.

Blake zog sie in seine Arme. Er rieb Samantha den Rücken und sie spürte, wie kalt seine Hände waren. Offenbar hatte sie ihn mit ihrer Aktion wirklich erschreckt. Die emotionale Frau in ihr seufzte vor Zufriedenheit darüber, dass er sich solche Gedanken um sie machte. Die unabhängige Frau in ihr ballte die Faust.

»Versprich mir, dass du in Zukunft um Hilfe bittest.«

Sie machte grundsätzlich nur Versprechungen, die sie auch halten konnte. Deshalb ließ sie sich mit der Antwort Zeit.

Blake lehnte sich nach hinten und nahm ihr Gesicht zwischen die Hände. »Versprich es mir.«

»Ich habe mich heute so wohlgefühlt. Endlich geht es mir morgens wieder besser.«

»Versprich es.« Blake gab nicht auf.

»Okay. In Ordnung. Ich hebe nichts Schweres mehr. Zufrieden?« Ihre Worte klangen etwas unwirscher, als sie es beabsichtigt hatte. Aber Blake schien das nicht zu stören. Sein Lächeln wanderte von seinen Lippen bis hinauf zu den Augen.

»Großes Ehrenwort?«

»Großes Ehrenwort!« Sie stemmte sich gegen seine Brust. »O Mann. Du kriegst einfach immer, was du willst.«

Blake nickte. »Von nun an helfe ich dir sofort bei allem. Versprochen. Du musst nicht lange bitten, sondern mir nur Bescheid sagen.«

»Okay, mein Lieber. Dann lass die Muskeln spielen. Ich will das Zimmer leer haben, damit ich die Wände streichen kann.«

Blake verzog den Mund. »Und die Farbdämpfe?«

In diesem Augenblick wusste Samantha, dass er ihr in den nächsten Stunden noch weitere Versprechen abringen würde.

Am Ende gelobte sie, alle schweren Arbeiten Blake oder den Handwerkern zu überlassen, die er damit beauftragen würde. Dafür ließ er ihr freie Hand: Sie durfte sein Geld ausgeben und so viele Veränderungen vornehmen lassen, wie sie wollte.

Anstatt den Anwälten seines Vaters schriftlich mitzuteilen, dass ein Erbe im Anmarsch war, entschied Blake sich für eine große Geste. Sobald es Samantha wieder gut genug ging, wollten sie ins Land seiner Ahnen reisen, um dem Rest der Familie die frohe Kunde zu bringen.

Bei der kleinen Dinner-Party herrschte gespannte Erwartung, bis Blake um Ruhe bat und Samantha an der Hand nahm. »Ich nehme an, ihr habt inzwischen erraten, warum wir euch heute Abend hierher gebeten haben.«

»Du weißt, wie sehr ich Spekulationen liebe«, rief seine Mutter vom anderen Ende des Tischs.

Die anderen lachten und warteten darauf, dass Blake weiterredete.

»Samantha und ich erwarten ein Kind. Der Geburtstermin ist Ende Januar.«

»Ich hab's gewusst!« Gwen sprang auf und umarmte erst Samantha, dann Blake.

Sie wurden mit Gratulationen und guten Wünschen überschüttet. Falls es jemanden gab, der sich fragte, warum Samantha schwanger geworden war, ließ er sich das nicht anmerken.

Nur Howard warf Blake einen langen Blick zu. Seine Lippen wurden schmal. Blake gab seinem Vater die Schuld für das angespannte Verhältnis zwischen ihm und seinem Cousin. Wenn sein alter Herr Howard nicht als Ersatzerben eingesetzt hätte, hätten die Cousins vielleicht Freunde sein können. Aber leider war es nicht so. Paul beugte sich vor und flüsterte seinem Sohn etwas zu und Blake wandte seine Aufmerksamkeit wieder seiner Frau zu.

Samantha war ihr Stolz anzusehen. Sie hatte das typische innere Strahlen, das man Schwangeren nachsagt. An diesem Abend trug sie ein kurzärmeliges Sommerkleid mit Gürtel. Ihre Taille war noch schlank, aber Blake fiel auf, dass ihre Brüste noch etwas üppiger geworden waren. Wenn sie sich liebten, reagierten sie empfindlicher. Es gab jeden Tag ein neues kleines Wunder zu bestaunen. Beim letzten Arztbesuch vor der Abreise nach Europa hatten sie ein winziges Flattern gehört – den Herzschlag ihres Kindes. Samantha waren Tränen in die Augen gestiegen und seine Kehle hatte sich schmerzhaft zusammengezogen. Die Verbindung, die er in diesem Augenblick zu seinem ungeborenen Kind gespürt hatte, war stärker als alles, was er bisher gekannt hatte. Als fast alles.

Er betrachtete seine von Menschen umringte Frau, sah zu, wie die anderen sie umarmten. Und er stellte fest, dass seine Liebe für ihr gemeinsames Kind sich mit einem anderen Gefühl vermischte.

Mit seiner Liebe zu Samantha.

Anstatt vor diesen potenziell gefährlichen Gefühlen wegzulaufen, benahm Blake sich wie ein erfahrener Pokerspieler: Er ließ sich trotz aller Freude nicht in die Karten schauen. Ihm blieb noch viel Zeit, Samanthas Gefühle zu ergründen, bevor er seine eigenen offenbarte. Blake legte die Karten immer erst auf den Tisch, wenn er sicher war, dass er das Spiel gewinnen würde.

Am Ende des Abends nahm Parker Blake kurz beiseite. »Wie ich sehe, haben Sie nun alle Vorgaben erfüllt.«

Das hörte sich scheußlich an. Über Blakes Gewissen legte sich ein dreckiger, schleimiger Film. Zwar hatte er die letzte Bedingung erfüllt, ohne selbst etwas davon zu ahnen, aber dass er Samantha bislang nichts von dem Testamentszusatz erzählt hatte, machte ihm zu schaffen.

»Sieht ganz so aus«, sagte Blake.

Parker streckte ihm die Hand hin. »Dann treffen wir uns also als Nächstes zur Unterzeichnung der Dokumente. Herzlichen Glückwunsch noch mal.«

»Danke.«

Während Blake zuschaute, wie Parker das Haus verließ, fühlte er sich plötzlich beobachtet. Er drehte sich um. Samantha. »Der Anwalt deines Vaters, richtig?«

Blake nickte knapp. »Die beiden waren gute Freunde.«

Samantha schlang den Arm um Blakes Taille. »Ich nehme an, er hat nun keinen Grund mehr, an deinen Absichten zu zweifeln.«

Sie schaute zur Tür.

»Ich fürchte, er wird noch zweifeln, wenn du schon in den Wehen liegst.«

Samantha schmiegte den Kopf an Blakes Schulter und verbarg ein Gähnen hinter der Hand.

»Du bist müde. Wir sollten schlafen gehen.«

»Aber einige Gäste sind doch noch da.«

»Die müssen eben auf unsere Anwesenheit verzichten.«

Dass Samantha ihm nicht weiter widersprach, zeigte ihm, wie erschöpft sie war. Er brachte sie ins Bett.

Auf dem Rückweg nach Kalifornien legten Blake und Samantha in New York einen Zwischenstopp ein. Während Blake sich mit seinem Anwalt traf, trotzte Samantha der Bruthitze in Manhattan bei einer völlig unnötigen Einkaufstour.

Eigentlich wollte sie sich nur Umstandsmode anschauen, aber die Babyabteilungen in den Kaufhäusern übten eine unerwartet starke Anziehungskraft auf sie aus. Vielleicht lag es daran, dass alle, die von der Schwangerschaft wissen mussten, nun informiert waren. Jedenfalls hatte sie das Gefühl, eine Grundausstattung erstehen zu müssen.

Das Geschlecht des Babys nicht zu kennen, machte manche Entscheidungen ein bisschen schwierig. Aber es gab ja auch grüne und gelbe Babysachen. Sie fand eine handgestrickte weiße Decke, in die sie das Kleine wickeln konnte, wenn sie zusammen die Klinik verließen. Beladen mit ein paar Taschen, blieb Samantha noch vor einem Regal mit winzigen Söckchen, Plüschtieren und Babyspielsachen stehen. Plötzlich tippte ihr jemand auf die Schulter.

Mit einer süßen kleinen Rassel in der Hand wandte sie sich um.

Der Anblick der hochgewachsenen Blondine traf Sam wie ein Granateneinschlag. Die Viper. »Warum bin ich nicht überrascht, Sie hier zu treffen?«, zischten Vanessas pinkfarbene Lippen.

Samantha war schnurz, was die andere Frau dachte, und sie hatte nicht die geringste Lust, sich auf ein Gespräch einzulassen. Wie groß war die Chance, in einer Riesenstadt wie New York völlig überraschend ausgerechnet der Viper über den Weg zu laufen? Sam wusste, dass Vanessa oft hier war. Aber konnte das noch Zufall sein?

»Vanessa.«

Vanessa tippte auf die Elefantenrassel in Samanthas Hand. »Wie herzig! Wann erwarten Sie denn den kleinen Wonneproppen?«

»Ich wüsste nicht, was Sie das angeht.« Samantha legte das Spielzeug weg und wandte sich zum Gehen.

»Lassen Sie mich raten.« Vanessa verstellte ihr den Weg. Samantha saß zwischen einem Wandregal voller Babysachen und einer Giftschlange fest. »Noch vor Blakes nächstem Geburtstag?«

Nicht wirklich ein Rechenkunststück. »Sind Sie neidisch, Vanessa? Wurmt es Sie, dass Blake nicht Sie geheiratet hat?«

Vanessa warf lachend den Kopf in den Nacken. »Ich bitte Sie! Blake? Der große Strippenzieher? Der skrupellose Manipulator? Aus der Distanz fällt es leichter, seinen wahren Charakter zu erkennen. Schade, dass Sie ihn nicht früher durchschaut haben.« Vanessa ließ den Satz in der Luft hängen und fixierte Samanthas Bauch.

Sam legte sich die Hand auf den Unterleib, als müsste sie das Baby vor den bohrenden Blicken dieser Frau schützen.

»Blake ist einer der fürsorglichsten Menschen, die ich kenne.«

»Blake sorgt sich nur um sich selbst. Ich wüsste zu gerne, ob er Sie gebeten hat, ein Kind von ihm zu bekommen, oder ob er eines Nachts ›aus Versehen‹ vergessen hat, sich was überzuziehen.« Vanessa malte mit den Fingern Anführungszeichen in die Luft.

Dieses Gespräch hatte schon seltsam genug begonnen, aber jetzt wurde es geradezu bizarr. »Sie stehlen mir die Zeit, Vanessa. Sie müssen mich jetzt leider entschuldigen.«

Samantha wollte sich an ihr vorbeiquetschen, aber Vanessa packte sie am Arm.

»Mein Gott, Sie haben tatsächlich keine Ahnung. Stimmt's?«

Sam ruckte an ihrem Arm, aber die andere Frau ließ sie nicht los. Plötzlich stieg Panik in ihr auf. So musste sich ein Hund kurz vor einem Erdbeben fühlen. In ihrem Inneren breitete sich eine seltsame, unheilvolle Ruhe aus.

»Sie wissen, dass Blake einen Nachkommen braucht, um erben zu können?«

Was?

Vanessas Lächeln wurde immer breiter. Sie ließ ihre Hand an ihre Seite fallen. »Armes Mädchen. Wie hat er das bloß geschafft? Hat er Ihre Pille versteckt? Oder Löcher in die Kondome gepiekt?«

Sams Kiefer fing an zu schmerzen. Sie hielt sich so eisern unter Kontrolle, dass sie das Gefühl hatte, ihre Halsmuskeln könnten jeden Moment reißen. Zum Teufel, wovon redete Vanessa?

Dann klangen ihr plötzlich Parkers Worte im Ohr. *Wie ich sehe, haben Sie alle Vorgaben erfüllt.* Um sich vor Vanessa keine Blöße zu geben, machte Samantha auf dem Absatz kehrt und flüchtete aus dem Geschäft.

Die Gluthitze New Yorks klebte ihr das Haar an den Kopf, während sie hektisch versuchte, so viel Abstand wie möglich zwischen sich und der Viper zu schaffen.

Sie wissen, dass Blake einen Nachkommen braucht, um erben zu können? Die Worte hallten als Endlosschleife durch Samanthas Kopf. Konnte das wirklich wahr sein? Wenn das stimmte, dann war es kein Wunder, dass Blake die unverhoffte Schwangerschaft so gelassen hingenommen hatte. Und Samantha hatte geglaubt, das sei das Letzte, was er sich für seine Ehe auf Zeit wünschte. Jetzt wusste sie, warum ihm nicht sämtliche Sicherungen durchgebrannt waren, als sie ihm von der Schwangerschaft erzählt hatte. Er hatte ja kaum mit der Wimper gezuckt. War er überhaupt überrascht gewesen?

Sie versuchte, sich zu erinnern: nein – eigentlich nicht.

Weitere Versprechungen wegen des Babys musste er ihr im Grunde auch nicht machen. Dass er ein guter Vater sein wollte und für das Kind sorgen würde, hatte er ihr ja bereits gesagt.

Samantha war wie betäubt. Sie winkte ein Taxi heran und ließ sich in den Nordteil Manhattans bringen, zu Blakes Apartment in der Upper East Side.

Die Wohnung kannte sie von anderen Zwischenstopps. Ein Aufenthalt in New York bot sich bei Reisen von Kalifornien nach Europa und zurück geradezu an. Kurz nach Mittag trat Sam in das angenehm kühle und gut gesicherte Gebäude.

Ihre Sonnenbrille behielt sie auf. Sie winkte dem Portier zu und erreichte die Fahrstühle, ohne mit jemandem ein Wort wechseln zu müssen.

Anders als in dem Haus in Malibu gab es hier keine Köchin und keine Hausangestellten.

Die fast vergessenen Einkaufstaschen warf sie aufs Sofa. Dann schaltete sie im Gästezimmer, das Blake als Büro nutzte, den Laptop an. Bevor sie ihn wegen Vanessas Behauptung zur Rede stellte, brauchte sie noch ein paar Informationen.

Die zweiprozentige Schwangerschaftsrate bei Kondomen hatte sie von Anfang an nachdenklich gestimmt. Verantwortungsbewusste Männer wie Blake benutzten die Dinger ihr halbes Leben lang und schafften es trotzdem, nicht Vater zu werden. Was war diesmal schiefgelaufen? Und warum ausgerechnet mit ihr?

Ihre Finger flogen über die Tastatur. Sie sah sich einige Seiten über Kondome, ihre Verwendung und ihre Zuverlässigkeit an. Von einer Website mit dem Titel »Warum versagen Kondome?«, erhoffte sie sich nützliche Hinweise.

Zunächst scrollte sie sich durch die üblichen Informationen, dann ging es um gerissene oder geplatzte Kondome. Aber so etwas war ihnen nicht passiert. Zumindest hatte sie nichts davon bemerkt. Es gab ein paar Interviews mit Frauen, die zu den zwei Prozent gehörten, die schwanger geworden waren. Sie sprachen von Benutzungsfehlern, von gerissenen Gummis oder welchen mit abgelaufenem Haltbarkeitsdatum.

All das traf auf sie nicht zu. Außerdem hatten sie zu dem Zeitpunkt, als ihre Schwangerschaft festgestellt worden war, erst einen Monat lang miteinander geschlafen.

Wie konnte ein Mann dafür sorgen, dass eine Frau schwanger wurde?

Sie hatten selbst in der Hitze der Leidenschaft nie auf Kondome verzichtet.

Samantha stand auf und ging ins Schlafzimmer. Dort hatten sie auch auf dem Weg zu ihrer Hochzeitsfeier übernachtet. Rein rechnerisch konnte es also gut sein, dass ein undichtes Kondom aus der Schachtel im Nachttisch der Grund für ihre Schwangerschaft war.

Die Schachtel war noch da.

Samantha suchte darauf nach dem Verfallsdatum. Die Kondome waren noch viele Monate lang verwendbar. Sie trug die fast leere Schachtel ins Bad und zog eine der kleinen Folienverpackungen heraus. Vorsichtig nahm sie das Kondom aus seiner Hülle. Es sah nicht aus, als wäre es beschädigt.

Plötzlich hatte sie eine Eingebung: Sie hielt es unter den Wasserhahn und ließ es mit Wasser volllaufen. Zunächst passierte nichts.

Aber als sie das Wasser abdrehte, löste sich plötzlich ein Tropfen von der Spitze des Kondoms. Dann noch einer.

Pling, pling, pling. Mit jedem Tropfen, der ins Waschbecken fiel, wurde Samanthas Herz ein wenig leerer.

Ihre Unterlippe bebte, ihre Hände fingen an zu zittern. Sie ließ das Kondom ins Waschbecken fallen und wiederholte den Test mit einem zweiten. Mit dem gleichen Resultat.

Sie wollte weder ihren Augen trauen noch den Gedanken, die in ihrem Kopf um die Wette brüllten. Sam zog ein drittes Kondom aus seiner Folienhülle, knipste alle Lichter aus, legte die Folienverpackung über die Glühbirne der Nachttischlampe und schaltete sie an.

Ein einzelner feiner Lichtstrahl drang durch ein einzelnes winziges Loch.

All das Gerede über Ehrlichkeit. All die Versprechen von Offenheit. Dabei hatte Blake mit List und Tücke dafür gesorgt, dass er zu seinem Stammhalter kam, und sie glauben lassen, es handle sich um einen Unfall.

Alles in ihr schrie. Wie hatte sie so naiv sein können? So gutgläubig? Tränen strömten ihr übers Gesicht, während sie die Kondome einsammelte und tief unter dem anderen Müll im Mülleimer vergrub.

Ein noch verpacktes Präservativ verstaute sie in ihrer Handtasche, zwei ließ sie in der Schachtel auf dem Nachttisch.

Nichts hasste Samantha mehr, als von einer anderen Person für deren eigene Zwecke benutzt zu werden.

Wie konnte der Mann, in den sie sich verliebt hatte, ihr so etwas antun?

Wie sollte sie ohne ihn weiterleben?

»Samantha ist schwanger.« Blake saß mit Jeff in dessen Büro.

»Dann haben die Klatschblätter diesmal also recht.« Jeff wedelte mit einer bunten Zeitschrift und warf sie auf den Schreibtisch.

Blake hatte den Artikel noch nicht gesehen. »Vaterfreuden für den hurtigen Herzog« prangte als Schlagzeile über der Seite.

»Ich dachte nur, du solltest es von mir hören, anstatt dich auf Spekulationen stützen zu müssen. Nach meinem Geburtstag im nächsten Jahr müsste eigentlich alles laufen wie am Schnürchen.«

»Ich werde Parkers Sekretärin bitten, mir die notwendigen Unterlagen zuzuschicken. Sicher haben wir nach deinem Geburtstag alles schnell unter Dach und Fach.« Jeff lehnte sich lächelnd zurück. »Ich kann gar nicht fassen, dass du das geschafft hast.«

»Was denn geschafft?« Blake legte einen Knöchel übers Knie.

»Sie zu einer Schwangerschaft zu überreden. Was hast du ihr dafür geboten? Noch mal zehn Millionen?«

Jeffs Worte jagten Blake einen Schauer über den Rücken. »So war es nicht. Das Schicksal hat einfach nachgeholfen.«

»Wirklich?«

»Solche Unfälle passieren nun mal.«

»Das behaupten die Frauen, die meine Mandanten auf Unterhalt verklagen, auch gerne. Aber meiner Meinung nach sind diese Unfälle Absicht.«

Blake hatte den Kommentar kommen sehen. »Du vergisst, dass ich mehr von diesem Baby profitiere als Samantha. Ich bin mir sicher, dass sie nicht irgendwie nachgeholfen hat.«

Jeff beugte sich vor. »Wirklich?«

»Hundertprozentig.«

Jeff streckte die Hand aus. »Gratuliere.«

Nach dem Handschlag sprach Blake ein anderes drängendes Thema an. »Was ist aus den Überwachungskameras in Samanthas Haus geworden. Gibt es etwas Neues?«

Jeff breitete ein paar Unterlagen auf seinem Schreibtisch aus. »Einmal ist Vanessa ja bei Samantha aufgetaucht. Das war, bevor wir aktiv wurden. Aber in der Zeit, in der wir sie beschattet haben, hat sie es nicht noch einmal versucht. Mit einem Privatdetektiv haben wir sie auch nicht gesehen. Unser eigener Mann hat ein paar Fotos gemacht, aber die Leute, mit denen sie darauf zusammen ist, sind alle unverdächtig.«

Blake betrachtete Vanessas vertraute Züge, die dunkle Sonnenbrille, den Porzellanteint. Sie trank Kaffee, sie telefonierte. Auf einem Bild sah er sie mit einer Person, die ihm bekannt vorkam. Wer war die Frau, mit der Vanessa sich unterhielt? »Weißt du, wer das ist?«

»Eine Jurastudentin … Oder eine Anwaltsgehilfin?« Jeff dachte laut nach. »Nein, ich glaube, das ist eine Sekretärin.«

Blake sah sich die anderen Fotos an, aber nur dieses eine ließ ihn stutzen.

»Der Kerl, der die Überwachungskameras abmontiert hat, hat sie in einen Müllcontainer geworfen. Das war's. Wir können Parker oder deinem Cousin keinerlei Verbindung zu der Überwachungsaktion nachweisen. Dieser Ansatz hat sich als Sackgasse entpuppt.«

Ganz so wichtig fand Blake das alles nun doch nicht mehr. Trotzdem hätte er sich gerne denjenigen vorgeknöpft, der derart unverfroren in Samanthas Privatsphäre eingedrungen war.

»Bleibt noch eine Weile an der Sache dran.« Die meisten Leute glaubten sicher, dass Anwälte vor allem als Vertreter in Rechtsfragen fungierten. Aber in dieser Welt wusch eine Hand die andere. Und Jeff kannte Leute, die ein wachsames Auge auf andere Leute und deren Machenschaften werfen konnten.

»Geht klar.«

Blake zog das Foto von Vanessa und der Sekretärin noch einmal aus dem Stapel. Er würde es so oft anschauen, bis ihm der Name der anderen Frau einfiel.

Nichts sagte deutlicher als gepackte Taschen an der Tür, dass es ein ernstes Problem gab, dass ein Funke reichte, um das Pulverfass hochgehen zu lassen. Zumindest hoffte Samantha das.

Blake hatte sie belogen. Anstatt das Problem mit ihr zu besprechen und gemeinsam nach einer Lösung zu suchen, hatte er im Hintergrund die Strippen gezogen, um zu bekommen, was er wollte. Erinnerungen an die Verhaftung ihres Vaters und an die Gefühle, die Dan mit seinem Verrat in ihr ausgelöst hatte, kamen in ihr hoch.

Blake kannte ihre Geheimnisse, ihre Schwächen und hatte sie für seine Zwecke ausgenutzt.

Ja, schön – den Pakt mit dem Teufel hatten sie gemeinsam geschlossen: Sie hatten geheiratet, um die Forderungen eines Toten zu erfüllen und um danach mehr Geld in den Taschen zu haben als vorher. Aber dann waren sie einander näher gekommen und hatten ein Kind gezeugt.

Samantha legte die Hände auf ihren Bauch. Langsam wurde er zu rund für die Jeans. Sie hielt ein Glas Wein in der Hand, hatte aber nur einen einzigen Schluck getrunken. Mehr ging auf keinen Fall. Sosehr sie Blake verletzen wollte, ihrem Kind wollte sie unter keinen Umständen schaden.

Verflucht sollte er sein. Verflucht, weil er sie dazu gebracht hatte, sich in ihn zu verlieben, ihm zu vertrauen. Verflucht, weil er das alles in den Wind geschossen hatte.

Der Schlüssel drehte sich im Schloss, Samantha fixierte die Taschen. Sie hob ihr Weinglas. Vielleicht hätte sie Schauspielerin werden sollen. Für Blake wäre das jedenfalls die ideale Berufswahl gewesen.

Aus dem Augenwinkel sah sie Blake zögernd zwei Schritte ins Zimmer machen. »Samantha?«

Den ganzen Nachmittag hatte sie sich überlegt, was sie sagen sollte. Die Vorstellung, einfach zu verschwinden, ihn ohne ein Wort zu verlassen, hatte einen gewissen Reiz. Aber dann hatte sie doch nicht gehen können, ohne ihm noch ein paar Worte mit auf den Weg zu geben.

»Wann wolltest du es mir denn sagen?«, fragte sie, als er sich ins Zimmer schob, als wäre es ein Minenfeld, in dem jeden Moment ein Sprengsatz hochgehen konnte.

»Dir was sagen?«

»Du warst heute bei deinem Anwalt. Sicher habt ihr über das Testament gesprochen.«

Blake schwieg.

Samantha drehte langsam den Kopf in seine Richtung, in Zeitlupe suchten ihre Augen seine. Sofort fiel ihr auf, wie sein Blick zwischen dem Weinglas in ihrer Hand und ihrem Gesicht hin und her wanderte. Aha. Selbst jetzt dachte er zuerst an das Kind und dann an sie. Trotzig hob sie das Glas an die Lippen, tat, als würde sie trinken und ließ es dann wieder sinken.

»Was ist los, Samantha?« Er sah zu den Taschen hinüber, die sie gepackt hatte, um einen halbwegs würdigen Abgang hinlegen zu können.

»Ich dachte, wir wollten ehrlich miteinander sein. Was ist daraus geworden, Blake?«

»Sam, wovon redest du?«

Sie konnte nicht länger stillsitzen. Sie stand auf, stellte das Weinglas ab und stieß es dabei fast um. Für Blake sah das vermutlich aus, als hätte sie zu viel getrunken. *Auch gut*, dachte sie. »Im Testament deines Vaters – was steht da wirklich drin? Oder dachtest du, ich würde es nie erfahren?«

Blakes Augen weiteten sich, seine Lippen wurden schmal.

Sein Gesicht sagte ihr alles, was sie wissen musste.

Sie sah Schuldbewusstsein … vielleicht ein wenig Reue. Aber aus welchem Grund? Weil er bei einer Lüge ertappt worden war?

»Ich dachte, das wäre nicht wichtig.«

»Du dachtest, es wäre nicht wichtig, dass ich erfahre, dass dein Vater sich einen Enkel bestellt hat?«

Blake schloss die Augen, nahm ihre Worte hin.

Auch eine Antwort.

Samantha drückte die Tränen weg, bevor ihre Augen überlaufen konnten. Sie straffte die Schultern und stürmte auf ihren Herzog zu. »Ehrlichkeit war die Grundlage unserer Beziehung. Aber anscheinend wolltest du mir doch nicht alles sagen.«

Blake öffnete die Augen. »Ich wollte dich nicht mit Details belasten.«

Samantha traute ihren Ohren nicht. Sie lachte sarkastisch auf. »Mich belasten? Mein Gott, womöglich glaubst du das auch noch selbst. Du bist nicht besser als dein Vater. Du diktierst allen um dich herum, was sie zu tun und zu lassen haben. Du zwingst allen Menschen deinen Willen auf und jeder lässt es geschehen.«

Er streckte die Hand nach ihr aus, aber Samantha wich ihm aus. »Fass mich nicht an. Diese Zeiten sind vorbei.«

»Samantha, bitte. Ich weiß, das sieht ...«

»Ich weiß Bescheid. Du hast mich angelogen. Du hast mir nicht gesagt, was wirklich im Testament deines Vaters steht.«

»Von der weiteren Bedingung habe ich erst nach unserer Heirat erfahren.«

Ihr Magen zog sich zusammen. Dieser Stress konnte für das Baby nicht gut sein. Sie zwang sich, tief einzuatmen und die Luft nur langsam wieder abzulassen. »Schon möglich. Aber das hat dich nicht davon abgehalten, heimlich dafür zu sorgen, dass du am Ende gewinnen würdest.«

Blake schüttelte den Kopf. »Was redest du denn da? Wir wussten doch beide, dass es riskant sein kann, miteinander zu schlafen.«

»Wag nicht, mich noch mal zu belügen. Mach endlich reinen Tisch, Blake. Mir haben schon ganz andere Männer etwas vorgemacht und über einen viel längeren Zeitraum. Aber ich bin kein willenloses Dummchen.« Sie wartete auf das Geständnis, dass er sich nicht zu fein gewesen war, Löcher in Kondome zu stechen, um zu bekommen, was er wollte. Sie wartete auf seine Bitte um Verzeihung.

Stattdessen warf er ihr nur einen verständnislosen Blick zu.

Samantha ging ohne ein weiteres Wort zu ihren Taschen.

»Was machst du da?«

»Ich gehe. Oder denkst du, ich habe die Taschen zum Spaß gepackt?«

»Verdammt, Samantha, wir können doch über alles reden. Ich hätte dir von dem Testamentszusatz erzählen sollen.«

»Ja, das *hättest* du tun sollen. Ich hätte dir alles gegeben, Blake.« Bei den nächsten Worten zersprang ihr Herz in tausend Stücke. »Du hättest mich nur darum bitten müssen.«

Damit drehte sich Samantha um und marschierte aus Blakes Leben.

Ein Teil von ihr hoffte, dass er ihr nachlaufen würde. Aber das war der hoffnungslos romantische Teil – der Teil, der glauben wollte, dass sie ihm etwas bedeutete und mehr für ihn war als eine Zuchtstute. Für ihn war es nicht weiter schlimm, wenn sie ging. Blake würde seinen Erben trotzdem bekommen.

Und sie würde ihr Leben lang schwer daran tragen.

Dreizehn

Sie war gegangen. Verdammt, sie war weg, weil er ihr etwas verschwiegen hatte.

Frauen sind emotionale Wesen. Für Schwangere galt das noch viel mehr. Sie brauchte Zeit, um Dampf abzulassen. Das konnte er verstehen. Aber dann würde sie sicher zurückkommen.

Doch als die Minuten zu einer Stunde verschmolzen und aus der einen Stunde zwei wurden, ahnte Blake, dass sein Vertrauensbruch seine Frau viel tiefer getroffen hatte, als er gedacht hatte.

Als noch eine Stunde später das Telefon klingelte, riss er sofort den Hörer von der Gabel.

»Samantha?«

»Nein, Jeff. Tut mir leid. Falls du einen Anruf erwartest, melde ich mich später noch mal.«

Sein Anwalt war der Letzte, mit dem er jetzt sprechen wollte. Blake ließ den Triple Malt Scotch im Glas kreisen, bevor er sich die bernsteinfarbene Flüssigkeit in die Kehle goss. »Was gibt's?«

»Alles klar bei dir? Du hörst dich beschissen an.«

»Danke.«

»Okay, dann eben ohne Smalltalk. Ich dachte nur, es interessiert dich vielleicht, dass mein Privatdetektiv Vanessa heute dabei beobachtet hat, wie sie in einem Kaufhaus Samantha auf die Pelle gerückt ist. Er meint, Vanessa hätte ziemlich aggressiv gewirkt und Samantha sei am Ende nicht ärgerlich weggegangen, sondern verstört.«

Vanessa?

»Hat dein Mann gehört, worüber die beiden gesprochen haben?«

»Nein. So nahe konnte er nicht ran. Ist alles in Ordnung?«

Blake konnte sich nun manches zusammenreimen. Anscheinend hatte Sam bei dieser Gelegenheit erfahren, was in dem Testamentszusatz stand. Vanessa wusste offenbar Bescheid. Aber woher?

Plötzlich erinnerte er sich an die Frau auf dem Foto. »Verdammt! Die Frau …«

»Welche Frau?«

»Die auf dem Foto mit Vanessa. Leona. Nein. Neo… Naomi. Naomi Soundso. Verdammt, die ist Sekretärin bei Parker und Parker.« Blake schlug sich mit der Hand an die Stirn. »Vanessa kennt Parkers Kanzleisekretärin, Jeff.«

»Deine Ex kennt die rechte Hand des Anwalts deines Vaters?«

»Das bedeutet, Vanessa wusste von Anfang an, was im Testament steht.« Kein Wunder, dass sie unbedingt Herzogin werden wollte.

»Glaubst du, sie steckt hinter den Kameras in Samanthas Haus?«

»Darauf möchte ich wetten.«

»Was hat sie wohl zu deiner Frau gesagt?«

»Was immer es war, es hat gereicht. Samantha ist weg.« Schönfärberei konnte er sich im Augenblick sparen. Jeff würde es sowieso als einer der Ersten erfahren, wenn er juristische Probleme bekam.

»Sie ist weg? Habe ich richtig gehört?«

»Lass uns das nicht jetzt besprechen. Ich rufe dich in ein paar Tagen wieder an. In der Zwischenzeit kannst du schon mal einen Brief an Parker aufsetzen, in dem steht, dass wegen eines Verstoßes gegen das Anwaltsgeheimnis alles null und nichtig ist, was aus seinem Büro kommt.«

Verdammt, er war ein Widerling und keinen Deut besser als sein verstorbener Vater. Er würde vielleicht seine Frau und sein Kind verlieren und dachte selbst jetzt noch an sein Erbe.

»Ach, vergiss es. Tu erst mal noch gar nichts. Oder Moment, warte: Du kannst etwas anderes für mich in die Wege leiten.«

Blake erklärte Jeff, was er sich vorstellte. Mit Nachdruck und sehr genau.

Kurze Zeit später saß er vor dem Computer. Er öffnete den Browser und warf einen Blick auf die Chronik. Sicher hatte Samantha online einen Flug nach Kalifornien gebucht. Aber in der Chronik fand er nur Seiten über Kondome und deren Versagensquote. Das brachte ihn ins Grübeln.

Wenn Vanessa den Inhalt des Testaments kannte, wusste sie auch, dass er einen Erben brauchte. Vanessa hätte auf jeden Fall versucht, von ihm schwanger zu werden, und mit etwas mehr Zeit wäre ihr das vielleicht auch gelungen. Zum Glück hatte er Sam kennengelernt. Das war das Ende seiner Beziehung mit Vanessa gewesen. An sie erinnerten nur noch die Kondome, die sie im Apartment zurückgelassen hatte.

»Grundgütiger!«

Blake sprang auf und rannte ins Schlafzimmer. Die Schachtel im Nachtkästchen war fast leer. Nur zwei Kondome waren übrig. Er nahm eines heraus, konnte aber nichts Verdächtiges erkennen. Dann hielt er die Folienverpackung gegen das Licht.

Als er das winzige Loch entdeckte, wurde ihm siedendheiß. »O Gott, Samantha.«

Sicher hatte auch seine Frau diese Kondome gesehen und dachte jetzt das Allerschlimmste von ihm. Das konnte er ihr nicht verübeln. Schließlich hatte er ihr nicht auf die Nase gebunden, dass die Gummis noch von seiner Ex stammten.

Verdammt. Vermutlich war er in ihren Augen noch schlimmer als Dan. Er gehörte nun auch zu den Männern, die sie tief enttäuscht hatten, sie für ihre eigenen Zwecke hintergangen hatten. Er wollte sie anrufen, zurückholen, sie zwingen, ihm zuzuhören. Aber wie sollte er ihr beweisen, dass nicht er hinter den Löchern im Latex steckte?

Der Gedanke an Vanessa brachte ihn zur Weißglut. Im Vergleich zu den Rachegelüsten, die er für seine Ex-Geliebte empfand, war der Zorn auf seinen Vater ein laues Lüftchen.

Blake griff zum Telefon. Es gab Leute, die ihm einen Gefallen schuldeten. Und Carter hatte Freunde bei der New Yorker Polizei. »Carter, du musst mir helfen.«

Vierundzwanzig Stunden später stand Blake vor einem exklusiven Hochhauskomplex voller Luxusapartments und rang die Hände wie Samantha in ihren besten Zeiten. Am liebsten wäre er ihr direkt hinterhergeflogen. Aber mit Sam konnte er erst reinen Tisch machen, wenn Vanessa für das, was sie getan hatte, bezahlt hatte.

Schon bevor er Vanessa sah, roch er die widerlich süße Parfümwolke, die sie stets umgab. Sein Herzschlag beschleunigte sich. Aber nicht etwa, weil er noch einen Rest Begehren für seine Ex empfand, sondern aus purem Hass. Wenn sie seine Zukunft mit seiner Frau ruiniert hatte, würde er eine Möglichkeit finden, sie ihr Leben lang dafür büßen zu lassen. Mit diesem stummen Versprechen an sich selbst stieß er sich von der Wand des Gebäudes ab, als Vanessa um die Ecke bog, und nahm sie am Arm.

Erschrocken fuhr sie herum. Aber als sie ihn erkannte, wich ihre Anspannung. »Blake? Darling, wie geht es dir?«

Aus dem Augenwinkel sah er, wie Carter und ein Polizist in Zivil im Gebäude verschwanden. Vanessa bekam nichts davon mit.

»Hast du einen Moment Zeit?« Freundlich zu ihr sein zu müssen, war ihm so zuwider, dass seine Haut unangenehm prickelte. Aber er musste den Polizisten Zeit verschaffen, ihre Wohnung zu durchsuchen.

Vanessas Blick blieb wachsam. Sicher fragte sie sich, was er noch von ihr wollte, denn ihre letzte Begegnung war alles andere als erfreulich verlaufen.

»Ich dachte, wir hätten einander nichts mehr zu sagen.«

»Ich wollte dir nur für deine Warnung danken.« Die Lüge kam ihm so leicht von den Lippen, dass er sie fast selbst glaubte.

»Meine Warnung? Wovor denn?«

»Du meintest, Samantha wäre erst dann glücklich, wenn sie meine Seele besitzt. Ich hatte mir eine nette, ruhige Ehe vorgestellt, nicht zu emotional, ohne allzu viele Verpflichtungen …« Er ließ die Worte als Köder in der Luft hängen und wartete, ob Vanessa anbeißen würde.

»O Blake.« Sie nahm die Sonnenbrille ab und bohrte den Blick in seinen. Dann schob sie die Unterlippe vor. Wahrscheinlich sollte dieser Gesichtsausdruck Anteilnahme signalisieren. »Was ist denn passiert?«

»Ich weiß nicht. Diese Schwangerschaft. Damit habe ich nicht gerechnet. Wir waren eigentlich immer sehr vorsichtig.« Er schaute sich um, zog sie in den Schatten des Gebäudes und senkte verschwörerisch die Stimme. »Wie kann eine Frau trotz Kondomen schwanger werden? Ich kann mir nicht vorstellen, dass das Kind von einem anderen ist, aber …«

Vanessa ließ den Kopf hängen. »O je. Dass Frauen Kondome durchlöchern, um schwanger zu werden, soll ja schon vorgekommen sein. Denkst du, sie hat zu so drastischen Mitteln gegriffen?«

Dankbar, dass seine Sonnenbrille den größten Teil seines Gesichts verdeckte, schloss Blake die Augen. Ein bitterer Geschmack stieg ihm in die Kehle. Was für eine hinterhältige, boshafte Hexe. Er schickte den Männern, die Vanessas Apartment durchsuchten, die mentale Aufforderung, sich gefälligst zu beeilen. Jede Sekunde in der Gegenwart dieser Schlange war eine Sekunde, die er nicht mit seiner Frau verbringen konnte.

»Ich kann mir nicht vorstellen …«, begann er.

»Eigentlich sollte ich stinksauer sein. Immerhin hast du sie Knall auf Fall geheiratet. Und das kurz nachdem wir …«

Blake seufzte. »Ich …« In seiner Tasche summte sein Handy. Er drehte es in der Handfläche und las Carters SMS. *Wir haben sie!*

Die Lüge, die er hatte ausspucken wollen, starb auf seiner Zunge. Stattdessen sagte er schlicht die Wahrheit. »Ich liebe sie.«

»Was?«

»Liebe. Vertrauen. Gefühle, die ich für dich nie hatte.«

Vanessa, die näher an ihn herangerückt war, als er es je wieder hatte erleben wollen, zuckte zurück. Sie wurde blass.

»Du hast doch gerade gesagt …«

Blake nahm die Sonnenbrille ab. Er gab sich keine Mühe, den harten Zug um sein Kinn zu verbergen. Seine Blicke wurden zu Dolchen. Vanessas Gesichtsausdruck nach zu urteilen, trafen sie sie bis ins Mark.

»Wir nennen dich *die Viper*, Vanessa. Weißt du das?«

»Was?«

»Dein Gift hat schon genug Schaden angerichtet. Hast du wirklich geglaubt, du würdest ungeschoren davonkommen? Während wir hier geplaudert haben, hat die Polizei deine Wohnung durchsucht und gefunden, was wir brauchen.«

Vanessa wich weiter zurück. Ihr hoher Absatz verfing sich in einer Fuge im Pflaster und sie kam ins Straucheln. Als sie sich wieder aufrichtete, brannte purer Hass in ihren Augen. »Ich weiß nicht, wovon du sprichst.«

»Oh, ich glaube, das weißt du genau.«

Hinter ihr fuhr ein Streifenwagen auf den Gehsteig.

Vanessas Blick flog zu den Polizisten und dann zurück zu ihm.

»Ich habe nichts Verbotenes getan.«

Die Drecksarbeit hatte sie andere für sich machen lassen. Wie zum Beispiel von dem Mann, der angeblich das Telefon repariert, in Wahrheit aber die Kameras in Sams Haus installiert hatte. Solche heimlichen Spähaktionen waren illegal. Er würde dafür sorgen, dass Vanessa dafür bezahlen musste. »Diese Entscheidung überlassen wir am besten dem Richter.« Eine längere Gefängnisstrafe drohte ihr sicher nicht. Aber Blake wollte, dass jeder Mann, der der Viper über den Weg lief, wusste, was für eine Schlange sie war.

In der ersten Nacht ihrer Rückkehr nach Kalifornien hatte Sam eine Liege in Jordans Zimmer geschoben und sich redlich bemüht, ein bisschen zu schlafen.

Sie hatte es komplett vermasselt. Einerseits hatte sie nun genügend Geld, um ihre Schwester zu versorgen, andererseits hatte sie eine neue Verantwortung. Ein Kind würde zur Welt kommen. Das Kind eines selbstsüchtigen, dominanten Vaters und einer Söldnermutter. Was für ein armseliges Paar sie doch abgaben.

Und warum das alles?

Samantha wäre schon irgendwie klargekommen, hätte sich auch ohne Blakes Millionen um Jordans Wohl kümmern können. Aber sie war den Weg des geringsten Widerstands gegangen, hatte sein Angebot angenommen und gehofft, sich das Leben auf diese Art angenehmer machen zu können.

Eliza hatte kürzlich ihren Freund vor die Tür gesetzt. Sie hatte ihn dabei erwischt, wie er in den Karteien der neu geworbenen Kundinnen für Alliance herumgeschnüffelt hatte. So war in Elizas Wohnung nun Platz für zwei missmutige Frauen, die ausgiebig über die Schlechtigkeit der Welt im Allgemeinen und der Männer im Besonderen lamentierten.

Anders als sonst konnte Samantha nur essen, schlafen und aus dem Fenster starren und zuschauen, wie das Leben draußen weiterging.

Der bohrende Schmerz in ihrer Brust wollte einfach nicht nachlassen. Sie überlegte schon, ob sie ihre Hausärztin anrufen sollte, doch dann fiel ihr ein, dass ein gebrochenes Herz tatsächlich körperliche Schmerzen auslösen konnte. Seit dem Tod ihrer Mutter hatte nichts mehr so wehgetan.

Am dritten Tag ließ Eliza Samantha eine Weile allein. So konnte sie ungestört vor sich hin brüten.

Das Klopfen an der Wohnungstür hörte sie zwar, aber sie erwartete keinen Besuch. Deshalb blieb sie auf dem Sofa sitzen und starrte einfach weiter an die Wand. Als das Klopfen nicht aufhörte, schleppte sie sich irgendwann doch zur Tür.

Dass Blake eines Tages zu ihr kommen würde, hatte sie sich gedacht, doch als er nun in einem zerknitterten Hemd, einer ausgebeulten hellbraunen Hose und mit Stoppeln im Gesicht vor ihr stand, brach die Wunde sofort wieder auf.

»Was willst du, Blake?«

»Wir müssen reden.«

Samantha hatte keine Tränen mehr und sie wollte ihrem Kind nicht noch mehr Stress zumuten, als es schon hatte erdulden müssen.

»Ich habe dir nichts mehr zu sagen.«

Sie wollte die Tür schließen, aber Blake schob einen Fuß in den Spalt. »Ich liebe dich.«

Samanthas Hand erstarrte mitten in der Bewegung. Sie schloss die Augen gegen den Schmerz. An einem anderen Tag, in einer anderen Zeit hätte sie sich bei diesem Geständnis in seine Arme geworfen, aber jetzt kamen die Worte zu spät.

Selbst wenn er sie liebte, änderte das nichts.

»Hast du gehört, was ich gesagt habe?«

»Warum quälst du mich so?« Der Schmerz in ihrer Brust war kaum noch auszuhalten. Sie hatte Mühe zu atmen, ihre Lunge war wie verstopft.

»Fünf Minuten, Samantha. Bitte, gib mir fünf Minuten.«

Hatte sie Blake je um etwas bitten gehört?

Sie öffnete die Tür ein wenig weiter und ließ ihn ins Zimmer.

Er überreichte ihr ein amtliches Schriftstück. »Schau dir Seite drei an.«

»Was ist das?«

»Sieh einfach nach.«

Samantha betrachtete die dritte Seite. Dort gab es ein Foto, auf dem die Viper und eine fremde Frau in ein Polizeirevier geführt wurden. »Was ist das?«

»Vanessa hat ihre Freundin benutzt, um Einblick in vertrauliche Unterlagen zu erhalten. Diese Freundin arbeitet in der Kanzlei des Anwalts meines Vaters. Vanessa kennt den Inhalt des Testaments.«

Das erklärte, warum die Viper deutlich mehr gewusst hatte als Samantha.

»Und?«

»Ich habe die Kondome gefunden, Samantha. Alle.«

Samantha schüttelte den Kopf und sah Blake fragend an. »Alle?«

»Vanessa wollte mich reinlegen, mich zwingen, sie zu heiraten. Dass ich einen Erben brauche, wusste sie schon vor mir. Also erfand sie eine Latexallergie und versorgte mich mit Kondomen. Ich hatte keine Ahnung, dass sie jedes einzelne manipuliert hatte. Sie hat sogar die Schachteln geöffnet und dann wieder säuberlich zugeklebt.«

Blake war ein wenig näher gekommen. Er griff nach ihren Händen. Seine Worte waren ein Schock für Samantha. Sie konnte nur dastehen und benommen auf seine Brust starren.

»Vanessa hat Löcher in die Kondome gepiekt?«

»Das war *sie*, nicht ich.«

Sam schwirrte der Kopf. Diese Informationen musste sie erst einmal verdauen. Samantha zog ihre Hände aus Blakes, wich ein paar Schritte zurück und setzte sich aufs Sofa. Das Foto, das Vanessa zwischen zwei Polizeibeamten zeigte, bestärkte Sam in ihrer Überzeugung, dass die Frau eine Schlange war.

»Die Polizei hat auf Vanessas Computer Filme gefunden. Von uns.«

Diese Frau war krank. Blake hatte Glück gehabt, dass er ihren Fängen entkommen war. Aber ihre Taten entschuldigten nicht seine. »Warum hast du mir nichts von dem Testamentszusatz gesagt?«

Blake setzte sich auf den Couchtisch. Als er die Hände auf Sams Knie legte, zuckte sie zurück. Mit einem verletzten Gesichtsausdruck nahm er die Hände wieder weg. »Mein Anwalt sollte erst prüfen, ob man diesen Zusatz irgendwie für ungültig erklären lassen kann. Ich hoffte, es gäbe eine Möglichkeit. Falls nicht, dann wollte ich es dir sagen. Aber als ich von der Besprechung mit Jeff nach Hause kam, fand ich dich im Badezimmer zwischen all den Schachteln. Danach gingen die Tage einfach so dahin und irgendwann schien es nicht mehr so wichtig zu sein.«

»Das ist keine Entschuldigung.«

»Das ist mir klar. Aber es ist die Wahrheit, Samantha. Erst als ich letzte Woche den Anwalt meines Vaters wiedergesehen habe, wurde mir bewusst, dass ich es dir endlich sagen muss. Aber die Angst, dich zu verlieren, hat mich davon abgehalten.« Blake wagte einen weiteren Versuch, sie zu berühren. Diesmal zuckte sie nicht zurück. Seine flehenden Augen suchten ihre. »Es tut mir leid. Ich hätte so vieles ganz anders machen sollen. Und wenn du mir noch eine Chance gibst, verspreche ich dir, dir nie wieder etwas zu verschweigen.«

Samanthas Unterlippe begann zu zittern. Sie saugte sie in ihren Mund, um sie unter Kontrolle zu bringen. Blakes Erklärung klang schlüssig, seine Beweggründe waren nachvollziehbar. Aber in Wahrheit war ihre Verbindung immer noch eine Zweckehe, die mit einem gebrochenen Herzen enden würde. Jetzt oder später – diese Ehe hatte ein Verfallsdatum. So konnte Samantha nicht mehr weitermachen. Das war einfach nicht fair. Weder ihnen beiden noch dem Baby gegenüber.

»Kannst du mir verzeihen?«

Samantha schloss die Augen und als sie sie wieder öffnete, sah sie tief in Blakes. »Ich verzeihe dir.«

Er fing an zu lächeln, aber Samantha schüttelte den Kopf.

»Blake, warte. Ich kann das nicht. Ich dachte, ich könnte deine nette kleine Ehefrau spielen und nach einem Jahr meine Koffer packen. Aber das geht nicht.«

»Aber …«

»Nein, bitte hör zu.« Sie war noch nicht fertig. »Ich weiß, du willst keine emotionale Bindung, aber ich konnte nicht verhindern, dass ich mich in dich verliebt habe. Genauso gut hätte ich aufhören können zu atmen.«

Diesmal reichte das Lächeln von Blakes Mundwinkeln bis zu seinen blitzenden grauen Augen. »Du liebst mich?«, flüsterte er.

»Das ist der Grund, warum wir die Sache jetzt beenden müssen.«

Blake schloss die Augen, schüttelte den Kopf und japste: »Wie bitte?«

»Schwanger zu sein, ist schon schwer genug. Aber der Schmerz in meinem Herzen, weil ich nicht weiß, ob du am Ende unseres gemeinsamen Jahres die Reißleine ziehst – den ertrage ich nicht mehr. Damit kann ich nicht leben.« Selbst wenn sie ihn nur anschaute, setzte ihr Herz einen Schlag lang aus. Wie sollte sie die nächsten acht Monate überstehen, wenn sie immer daran denken musste, dass er sie danach bitten könnte, ihre Koffer zu packen?

»Hast du gehört, dass ich gesagt habe, dass ich dich liebe?«

»Ja, aber …«

Er legte ihr einen Finger über die Lippen. »Ich liebe dich, Samantha Harrison. Und auf den Tag, an dem ich dich bitte, aus meinem Leben zu verschwinden, kannst du dein Leben lang warten. Ich habe Jeff bereits gebeten, ein Testament für mich aufzusetzen. Falls mir etwas zustößt, geht all mein Besitz an dich und unser Kind.«

»Was?«

Anstelle weiterer Erklärungen ging Blake auf die Knie, hob ihre Hand an die Lippen und küsste sie zärtlich. »Vielleicht zäume ich gerade das Pferd von hinten auf, aber – willst du mich heiraten? Nicht wegen irgendeines Vertrags, eines Testaments oder für Geld, sondern weil du mich liebst und jetzt und für immer meine Frau sein willst?«

»Was?« Ihre Stimme wurde noch eine ganze Oktave tiefer.

»Du hast mich zu einem besseren Menschen gemacht, Samantha. Sag, dass du mich heiraten willst.«

»O Blake.« Sie kniete sich zu ihm. »Wir sind doch schon verheiratet.«

Lächelnd nahm er ihr Gesicht zwischen die Hände. »Heißt das Ja?«

Sie liebte ihn so sehr. Nein zu sagen, war absolut unmöglich. »Für immer ist eine lange Zeit.«

»Eine sehr lange Zeit und manchmal wird sie dir vielleicht unerträglich lang vorkommen.« Das Wort erinnerte sie an das Gespräch, das sie kürzlich geführt hatten.

»Nur, dass du dich dann nicht verdrücken kannst, egal wie unerträglich es wird.«

Er legte die Lippen auf ihre. Zärtlich, liebevoll. »Sag Ja.«

»Ich dachte, das hätte ich schon getan.«

Blake drückte sie an sich und besiegelte ihren Bund mit einem langen, tiefen Kuss. Die Kopfschmerzen und die Herzschmerzen, die Samantha seit Tagen quälten, verflogen und sie spürte ein Flattern tief im Bauch.

Samantha zuckte erschrocken zurück.

»Was ist?«, fragte Blake verwirrt.

»Das Baby. Ich habe das Baby gespürt.« Sam wartete gespannt, legte sich die Hand auf den Bauch und spürte das Flattern dann noch einmal. Sie drückte Blakes Hand neben ihre, wusste aber, dass das Gefühl noch zu schwach war, als dass er es ebenfalls wahrnehmen konnte.

»Ich glaube, sie will uns sagen, dass sie einverstanden ist«, sagte Blake an Sams Ohr.

»Sie? Du glaubst, es wird ein Mädchen?«

»Frauen sind emotionale Wesen. Dass sie sich gerade jetzt meldet, ist sicher ihre Art zu sagen, wir sollen zusammenbleiben.«

Sam lachte. »Meinst du wirklich?«

»Vielleicht. Und falls es ein Junge ist, versucht er wahrscheinlich, uns mit einem Tritt zur Vernunft zu bringen.«

»Junge oder Mädchen – mit Eltern wie uns weiß das Kleine sicher, wie es kriegt, was es haben möchte.«

»Ich liebe dich, Samantha.«

Als Blake die Lippen wieder auf ihre legte, konnte Samantha nur noch an ihre Liebe zu ihrem Ehemann denken. Ohne Verfallsdatum.

Epilog

Sie nannten ihren Sohn Samuel Edmund Harrison. Samuel nach Samantha, weil Blake, trotz Sams Mahnung bei ihrem ersten Gespräch, den Hosenladen nicht geschlossen gehalten hatte und weil Blake sein Kind unbedingt, wie damals von ihr vorgeschlagen, nach ihr benennen wollte. Edmund nach seinem Vater, den Blake nun nicht mehr verabscheuen konnte, denn ohne seinen alten Herrn hätte er Samantha niemals kennengelernt.

»Du bist aber mal ein gieriger kleiner Herzog.« Samantha schaute Eddie bei seinem Nachmittagstrunk zu. Der Arzt hatte recht behalten: Stillkinder hatten tatsächlich alle zwei Stunden Hunger. Sam machte das nichts aus. Okay, wenn sie ehrlich war, waren die Nachtschichten doch ziemlich anstrengend. Trotzdem stand sie jede Nacht auf und stillte glücklich ihren Sohn. Blake meldete sich immer brav zum Wickeldienst und half ihr, wo er konnte. Anfangs hatte er versucht, auch nachts mit ihr aufzustehen. Aber meist war er schon wieder eingeschlafen, während sie Eddie noch versorgt hatte.

Vom Schlafzimmer aus näherten sich Schritte dem Kinderzimmer.

Blake stand mit einem jungenhaften Lächeln in der Tür. »Dachte ich mir doch, dass ich euch hier drin finde.«

Als Eddie die Stimme seines Vaters hörte, verzog er die Lippen um Sams Brustwarze zu einem Lächeln. »Hörst du deinen Daddy?«

Blake kam zu ihnen und kniete sich neben den Schaukelstuhl. Eddie blinzelte ihn mit seinen süßen blauen Augen an und hörte auf zu saugen. »Perfektes Timing.« Blake griff nach dem Bäuerchentuch auf Sams Schulter und nahm ihren Sohn auf den Arm.

Sam brachte ihr Oberteil in Ordnung. Ihr fiel auf, dass Blake statt der samstäglichen Freizeitkleidung nun Anzug und Krawatte trug. »Musst du noch mal ins Büro?« Es war ihr Hochzeitstag und eigentlich hatten sie zu Hause gemütlich zusammen essen wollen.

»Welcher Ehemann würde an seinem ersten Hochzeitstag zur Arbeit gehen?«

Eddie stieß einen herzhaften Rülpser aus.

»Genau«, sagte Blake.

»Und weshalb hast du dich dann umgezogen?«

»Ich habe eine Überraschung für dich.«

Sam stand auf und kniff die Augen zusammen. »Was denn für eine Überraschung?«

»Das wirst du gleich sehen.«

Er nahm sie an der Hand und führte sie hinunter ins Wohnzimmer.

Der Blumenduft kitzelte ihre Nase bereits, bevor sie den Raum betraten. Dann sah sie sie. Blakes Mutter und Gwen, Jordan und die Krankenschwester, die sie für sie eingestellt hatten, seit sie bei ihnen wohnte, Carter, Eliza und die Hausangestellten. »Was ist denn hier los?«

»Überraschung!« Jordan winkte aus dem Rollstuhl.

»Ich dachte, Überraschungspartys gäbe es nur an Geburtstagen und nicht auch noch an Hochzeitstagen.«

Linda ging zu Blake. »Wo ist denn mein süßer Enkelschatz?« Sie nahm Eddie aus Blakes Armen und küsste Samantha zur Begrüßung auf beide Wangen.

Blake hielt Samantha den Arm hin, damit sie sich unterhaken konnte. »Sie wollen nicht nur unseren Hochzeitstag mit uns feiern.«

»Sondern?«

»Hier wird heute geheiratet.«

Jetzt verstand Sam gar nichts mehr.

Sie konnte nirgendwo ein Brautpaar entdecken. Carter, Gwen und Eliza wären zwar allesamt naheliegende Kandidaten gewesen, aber sie standen mit Abstand zueinander im Raum.

»Wer heiratet denn?«

»Wir.«

»Okay. Ich weiß, dass die Schwangerschaft mich ein paar Gehirnzellen gekostet hat. Aber soweit ich mich erinnern kann, sind wir schon verheiratet.«

Blake beugte sich zu ihr und küsste ihre Verwirrung weg. Dann erklärte er: »Letztes Jahr haben wir unsere Familie und unsere Freunde mit unserer Blitzhochzeit um ein Fest gebracht. Wir beide wissen, wie das kam … Aber ich will nicht, dass je wieder jemand an meiner Liebe zu dir zweifelt. Von unserem heutigen Hochzeitstag an werden wir unseren Schwur jedes Jahr in einem anderen Bundesstaat erneuern.«

Sam machte mal wieder ihr Goldfischgesicht. »Jedes Jahr?«

»Ist das nicht romantisch?«, seufzte Gwen neben ihr.

»Und wenn uns die Bundesstaaten ausgehen, machen wir in Europa weiter.«

Völlig überwältigt starrte Sam ihren umwerfenden, sie über alles liebenden Mann an. Tränen der Rührung schossen ihr in die Augen. »Du bist verrückt. Aber das weißt du, oder?«

»Ich habe noch ganz andere Dinge zu ihm gesagt«, sagte Carter.

»Die wiederholst du jetzt aber bitte nicht. Schließlich ist ein Baby im Raum.« Eliza drohte Carter mit dem Finger. Er zwinkerte ihr zu.

»Eine Hochzeit an jedem Hochzeitstag?«

»Schlicht oder aufwendig – wie du magst. Wir kümmern uns abwechselnd um die Planung oder überlassen diese Aufgabe irgendwelchen Freiwilligen.«

Gwen klatschte in die Hände. »Oh, dann will ich gleich das nächste Jahr haben. Ich weiß ein perfektes Motto für eine Texas-Hochzeit.«

»Ein Motto?«

»Und ich übernehme euren fünften Hochzeitstag in Hawaii«, sagte Eliza.

Heiliger Strohsack, diese Wahnsinnigen stürzten sich Hals über Kopf in das verrückte Projekt. So wie sie, als sie zum ersten Mal Ja zu Blake gesagt hatte.

»Ach, was soll's. Ich bin dabei.«

»Braves Mädchen.« Blake zog sie enger an sich. Die Wärme und Geborgenheit seiner Arme umfingen sie wie eine kuschelige Decke.

»Ich sage dem Pastor, dass wir so weit sind.« Eliza ging davon.

»Und ich schaue noch schnell nach dem Partyservice.« Mary sauste in die Küche.

»Wann hast du denn das alles geplant?«, fragte Sam, während die Gäste den Raum verließen.

»Du und Eddie, ihr macht ziemlich viele Nickerchen.«

Sam lachte und verbarg gleich darauf ein Gähnen hinter ihrer Hand. »Der Arzt meint, mit drei Monaten würde Eddie nachts vielleicht durchschlafen.«

Blake küsste ihre Stirn. »Versuch einfach, bis zum Jawort die Augen offen zu halten.«

Samantha legte die Hand auf Blakes Wange und stellte sich auf die Zehenspitzen. »O ja! Tausendmal ja!« Dann besiegelte sie ihren Schwur mit einem Kuss, der die Schmetterlinge in seinem Bauch nur so flattern ließ.

Danksagungen

Hiermit schicke ich eine dicke Umarmung an Crystal Posey, die Göttin der Websites und Buchcover. *Danke* ist ein viel zu schwaches Wort, um meine Wertschätzung auszudrücken für alles, was du tust.

Wie immer geht ein herzliches Dankeschön an meine Kritikpartnerin Sandra Stixrude alias Angel Martinez. Ohne dein scharfes Auge hätte dieses Buch nie erscheinen können.

Ein letzter Dank geht an meine Facebook-Freunde und Fans, die mir geholfen haben, einen Titel für das Buch zu finden. Ein Hoch auf die sozialen Netzwerke!

Weitere englischsprachige Titel von Catherine Bybee

Zeitgenössische Liebesromane

Weekday-Brides-Serie

Married by Monday
Fiancé by Friday
Single by Saturday

Not-Quite-Serie

Not Quite Dating
Not Quite Enough
Not Quite Mine

Fantasy-Liebesromane

MacCoinnich Time Travels

Binding Vows
Silent Vows
Redeeming Vows
Highland Shifter

Ritter-Werewolves-Serie

Before the Moon Rises
Embracing the Wolf

Kurzgeschichten

Soul Mate
Possessive
Kilt Worthy
Kilt-A-Licious

Druck:
Customized Business Services GmbH
im Auftrag der
KNV Zeitfracht GmbH
Ein Unternehmen der Zeitfracht - Gruppe
Ferdinand-Jühlke-Str. 7
99095 Erfurt